カエルの魔法をとく方法

シャンナ・スウェンドソン

JN225589

愛しのオーウェンと晴れて婚約したケイティ。結婚式の準備に心弾む毎日だ。そんな折、魔法界のマフィアのような謎の組織、コレジウムのメンバーが接触してくる。コレジウムは以前からMSIの乗っ取りを企てていたが、マーリンがMSIのトップに返り咲いたことで、目論見を挫かれたらしい。だがコレジウムの息のかかった社員は、いまだMSI内部に多数いるはず。マーリンは一計を案じ、逆にスパイを送り込むことに。となれば適任なのはケイティしかいない。結婚式目前で潜入捜査？　どうなるケイティ。お待たせしました、大人気シリーズ第８弾。

登場人物

ケイティ（キャスリーン）・チャンドラー……㈱MSIのマーケティング部の部長
オーウェン・パーマー……㈱MSIの研究開発部理論魔術課の責任者。ケイティの婚約者
マーリン（アンブローズ・マーヴィン）……㈱MSIの最高経営責任者《CEO》
ロッド（ロドニー）・グワルトニー……㈱MSIの人事部の部長。マルシアのボーイフレンド
サム……㈱MSIの警備部の部長。ガーゴイル
ミネルヴァ・フェルプス……㈱MSIのプロフェット&ロスト部《予言&失せ物捜査》の責任者
グレゴール……㈱MSIの検証部の部長
パーディタ……㈱MSIの社員。ケイティのアシスタント。エルフ
トリックス……㈱MSIの社員。社長室受付。妖精
キム……㈱MSIの社員。マーリンのアシスタント。免疫者《イミューン》

ニタ・パテル……………………………………………ケイティの幼なじみ。ルームメイト
マルシア……………………………………………………ケイティのルームメイト
ジェンマ・スチュワート…………………………………ケイティのルームメイト
フィリップ・ヴァンダミア………………………………ヴァンダミア&カンパニーのCEO。
ジェンマのボーイフレンド
ケネス・ヴァンダミア……………………………………フィリップの弟
ロジャー……………………………………………………コレジウムの幹部
トリッシュ・ダグラス……………………………………コレジウムに勤務する免疫者《イミューン》
エヴリン……………………………………………………コレジウムのオフィスマネージャー
シルヴィア・メレディス…………………………………コレジウムのメンバー

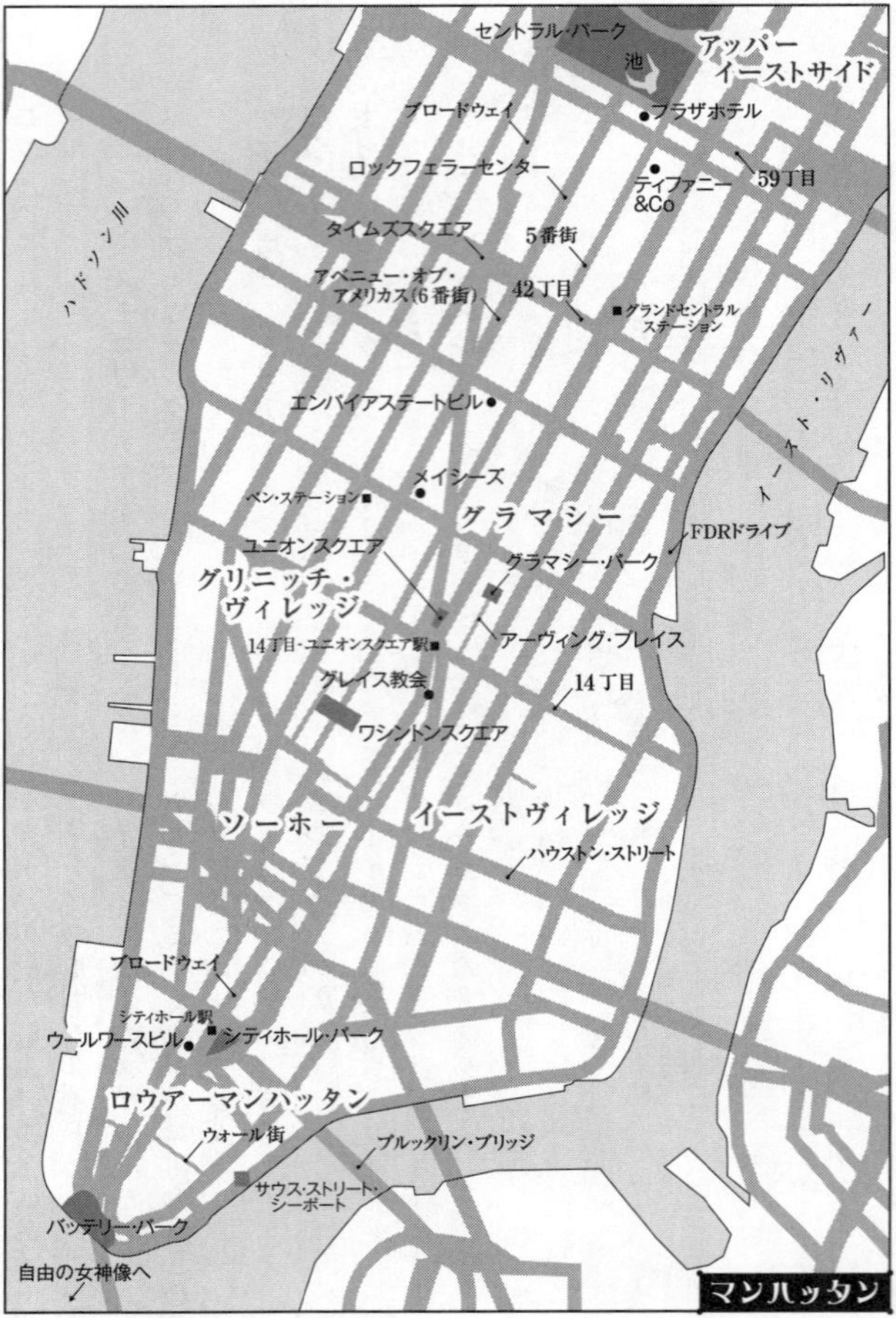

セントラル・パーク
池
アッパー
イーストサイド
ブロードウェイ
プラザホテル
ロックフェラーセンター
ティファニー
&Co
59丁目
ハドソン川
タイムズスクエア
5番街
アベニュー・オブ・
アメリカス(6番街)
42丁目
グランドセントラル
ステーション
イースト・リヴァー
エンパイアステートビル
メイシーズ
ペン・ステーション
グラマシー
FDRドライブ
ユニオンスクエア
グラマシー・パーク
グリニッチ・
ヴィレッジ
アーヴィング・プレイス
14丁目・ユニオンスクエア駅
グレイス教会
14丁目
ワシントンスクエア
ソーホー
イーストヴィレッジ
ハウストン・ストリート
ブロードウェイ
シティホール駅
ウールワースビル
シティホール・パーク
ロウアーマンハッタン
ウォール街
ブルックリン・ブリッジ
サウス・ストリート・
シーポート
バッテリー・パーク
自由の女神像へ
マンハッタン

㈱魔法製作所

カエルの魔法をとく方法

シャンナ・スウェンドソン
今　泉　敦　子　訳

創元推理文庫

FROGS AND KISSES

by

Shanna Swendson

はじめに

魔法製作所シリーズの一作目がはじめて世に出たのは二〇〇五年です。シリーズ中に具体的な日付は記されていませんが、物語はこの年を想定して書かれています。実際に執筆していたのは二〇〇三年ですが、最終的に本が出版されるのは二〇〇五年ごろになると考え、物語のタイムラインをその年に設定し、続く巻もそれを基準に書きました。

したがって、物語のなかでは実際よりもゆっくり時が流れています。一作目の『ニューヨークの魔法使い』から七作目の『魔法使いにキスを』までは、一年しかたっていません。今回、シリーズ開始から十年以上を経て物語を再開するにあたり、時代設定をどうするか考えましたが、結局、当初のタイムラインを維持することにしました。本作は二〇〇六年の秋から二〇〇七年のはじめにかけて展開します。物語のなかで言及されるテクノロジーやポップカルチャー、社会的な出来事なども当時のものです。

そのため、だれもスマートフォンをもっていないし（iPhoneが発売されるのは二〇〇七年六月です）、『スター・ウォーズ』の続三部作について話す人もいません（人々はまだ新三部作の余韻のなかにいます）。登場人物たちが話題にするビジネスのなかにはもう存在していないものもあります。

カエルの魔法をとく方法

続きを待ち続けてくれるファンに捧ぐ

1

雲ひとつない秋の空。梢に残る葉は鮮やかな黄金色。わたしはハンサムなボーイフレンドとセントラル・パークをのんびり歩きながら、ロマンチックな土曜の午後を堪能している。もとい、ボーイフレンドではなく婚約者《フィアンセ》だった。どうもまだ実感がわかない。「これって現実よね?」つい訊いてしまう。前回、すべてがこんなふうに完璧だったとき、わたしたちはエルフの国につくられた恋愛映画の複製のような世界に監禁されていた。

「ああ、間違いなく現実だよ」オーウェン・パーマーはわたしをとろけさせる笑顔を見せる。

「エルフの世界に戻っていたりしないわよね?」

「そうだったらわかるよ。きみは魔力のまったくない状態に戻ってる。だからもうめくらまし《イリュージョン》は効かない。もしここがあの場所なら、張りぼての舞台セットのように見えるはずだ」

「そうよね。一応確認してみただけ」

オーウェンはいたずらっぽい笑みを浮かべて立ち止まると、つないでいた手を放し、わたしの腰に腕を回して自分の方へ引き寄せた。「もちろん百パーセント確信したいなら、例の方法で確かめてみることはできるけど」

わたしは精いっぱい真面目な顔をつくる。「やはり念には念を入れるべきかしら」

オーウェンはこういうとき心のうちを隠すことができない。たとえ表情を変えなくても、顔が真っ赤になってしまうのだ。「慎重を期すに越したことはないんじゃないかな」

キスした瞬間、ふたりの頭上に二、三発、花火があがったような気がしたが、幸い、あくまで気がしただけだった。オーウェンはいろんな意味で夢のなかだけに存在する理想の彼氏《ミスター・ライト》のような人だけれど、彼はいま間違いなく目の前にいる。息継ぎのために顔を離し、わたしは言った。「まだここにいるということは、現実だと考えてよさそうね」

「ああ、そう考えていいと思う」

「ときどきこうしてチェックすべきかも」

ふたたび歩き出す。わたしは左手をあげ、婚約指輪のサファイアを日の光にかざした。「本当にそれでよかったかな」オーウェンが心配そうに訊く。

「もちろんよ」

「グロリアが宝石箱からそれを出して見せてくれたとき、きみには大きなダイヤモンドよりこっちの方が似合うと思ったんだ。それに、きみは家族に代々伝わるものをもちたがるような気がして」

「完璧よ。まさにわたしのスタイルだわ」

「スタイルといえば、結婚式について何かアイデアは思いついた？」

「考えてはいるんだけど、なかなかいい案が思い浮かばなくて。こっちで式を挙げると、うちの家族がニューヨークに来ることになって、それはつまり、母を魔法界の人々のなかに放り込むということでしょ？　できればそれは避けたいわ」そうなったときのことを想像して、わたしたちは同時に身震いする。母はわたしと同じ魔法の効かない免疫者《イミューン》だが、魔法が存在することを知らない。免疫者《イミューン》ゆえに目にする奇妙な出来事はすべて独自の解釈で正当化してしまう。

「でも、向こうで挙げると、友人たちやあなたの家族がテキサスまで行かなくちゃならないし、間違いなく母がすべてを仕切ることになるわ」母が計画しそうな結婚式を想像して、わたしたちはふたたび身震いする。花嫁介添人《ブライズメイド》たちにいかにも南部の淑女的《サザンベル》なフリルたっぷりのピンクのドレスを着せたりするのはほんの序の口だろう。

「ぼくとしては、牧師ひとりに証人ふたりというのが理想的な解決策だと言いたいところだけど、それじゃあ満足しない人がたくさんいそうだね」

「母は即刻あなたを勘当するわ。でも、だからといって二度と会わなくてすむわけじゃないの。その後も母はあなたのまわりにい続ける。そして、いかに自分をがっかりさせたかについてずーっと言い続けるの。まさに終身刑ね」

母の話をしたせいだろうか。首の後ろがむずむずする。だれかに見られているときのあの感じだ。もちろん、ここはセントラル・パークで、今日は素晴らしい秋の一日を楽しむ人々で賑わっているうえ、わたしはとびきりハンサムな男性と歩いているわけだから、だれかがこちらを見ていたとしても不思議ではない。問題は、それが何か意図のある視線かどうかだ。

銅像を見るふりをして、さりげなく振り返る。後ろを歩く人々のなかに、知っている顔はない。

「なんだか見られている気がしない？」オーウェンに訊く。

オーウェンは深いブルーの瞳で周囲を見回すと、やがて言った。「そうだね」

遊歩道が交差するところで、わたしたちは方向を変えた。「まだする？」数分後、オーウェンが訊いた。

「さっきより強くなったわ」気にしているせいで、過敏になっているだけかもしれない。この一年あまりの間に、周囲を警戒することがすっかり癖になってしまった。この調子でいくと、実際には存在しないものの存在を感じるようになるのも時間の問題かもしれない。

やっかいなことに、わたしはそもそも、いま公園にいるほとんどの人には見えないものが見えてしまう。魔法界の生き物は概して自然を好み、自然からパワーを得る。この街でそれに最も適した場所はセントラル・パークだ。そのため、ここには羽やとがった耳をもつ人々が大勢いる。小さな者たちは草むらや藪《やぶ》のなかにいて、大きな者たちはその辺を歩いている。一般の人にはたぶん、小さな者たちの姿は見えなくて、大きな者たちは普通の人間のように見えているはず。

気のせいでなければ、今日は魔法界の生き物たちがいつにも増して多くいるように見える。

「妖精たち、いつもより多くない？」小声でオーウェンに訊く。

「どうだろう。公園にはいつもたくさんいるからな」

特に何かが起こったわけではないけれど、公園での幸せなひとときに水を差されたような気分になった。ふたたび道を曲がると、つけられている感覚が消えた。「たまたま向かう方向が同じだっただけかもしれないわね」希望を込めて言う。

「神経質になるのはしかたないよ」オーウェンはわたしの肩に腕を回す。「ついこの間、エルフに拉致《らち》されたばかりで、その前はマンハッタンにいるほぼすべての魔法界の生き物に追いかけられたんだから」

「そうね。そして、その前はアイヴァー・ラムジーやフェラン・イドリスの手下たち。少なくとも、いまミスター・ガイコツやハーピーの姿は見えないわ。みんな普通の妖精や精霊たちみたい」

また遊歩道が交差するところにやってきた。一方にはたくさんの妖精たちがいる。反対方向はやや少なめだ。互いに相談するでもなく、わたしたちは少なめの方へ歩き出した。オーウェンの理由は知らないが、わたしの場合、周囲に魔法を使う者が少ない方が、特定の魔術の出どころを突き止めやすい。

まもなく、魔法の存在を暗示するしびれるような刺激が和らいだ。呼吸が楽になり、肩に回されたオーウェンの腕からも少し力が抜けるのがわかった。わたしたちはいま、湖のほとりを歩いている。すぐそこに美しいボー・ブリッジが見える。わたしがこの公園でいちばん好きな場所。そして、ロマンス映画では定番のロケ地でもある。「現実かどうかもう一度確かめた方がいいかしら、念のために」

「スタンダードジャズやポップミュージックは聞こえる？」

「サウンドトラックらしきものは聞こえないわ」

「だったら、映画のワンシーンを演じさせられている可能性はないと思うよ」わたしたちはアーチ形の橋の中央で立ち止まり、ほかの人の邪魔にならないよう手すりの方へ寄る。「でも、一応確認しておこう、念のために」オーウェンの唇がわたしのそれに触れた瞬間——感情の高まりを強調する音楽は聞こえなかった——わたしは思わず首をすくめた。「どうしたの？」オーウェンが訊く。

「またさっきの感じが戻った。だれかに見られてる」

「橋の真ん中でキスしているわけだから、多少の人目は引くと思うけど」

「違う。魔力を感じるの」

オーウェンはしばし微動だにせず立っていたが、やがて瞳から茶目っ気が消えた。「きみの言うとおりだ。たしかに感じる」オーウェンはわたしの腰に回していた腕をほどき、かわりに手をつかんだ。わたしたちは急いで橋を渡る。

橋を渡り切ると、まもなくランブルのなかに入った。ここは油断すると簡単に道に迷ってしまう場所だが、だれかをまくには適している。ここに棲む魔法界の生き物たちは、魔法のブローチをもっていなくてもわたしたちを助けてくれるだろうか。もっとも、ここは人目がないから、いざとなればオーウェンも魔法を使うことができる。

カーブを曲がると、目の前に見覚えのある女性が現れた。わたしはとっさに前に出て、オーウェンの盾になる。

「そんなに警戒しなくても大丈夫よ。フィリップ・ヴァンダミアをカエルにしたのはわたしの祖先で、わたしじゃないんだから」シルヴィア・メレディスは言った。そう言われても安心はできない。たしかに彼女は、一世紀前に、わたしの友人、フィリップをカエルにして彼の家業を乗っ取った人物の子孫にすぎないが、彼女自身、そのビジネスを通じてわたしたちが最近倒した悪党たちに資金を提供していた。

「ここへ誘導したのね！」

「友人たちの手は借りたけど、思った以上に簡単だったわ」

「何がねらいだ」オーウェンがわたしの後ろから出て言った。

「話があるの」

「ぼくに？　それとも、ぼくたちふたりに？　それとも、会社と話がしたいということか？」

「あなたたちふたりに。それからMSIに。そして可能なら、あなたのボスに」

「何について？」わたしは訊いた。

「あなたたちが知る必要のあることについてよ」

「わたしたちがあなたから聞くべきことなんてあるのかしら」

「間違いなく聞きたいはずよ。コレジウムを知っているわね？」

オーウェンは怪訝《けげん》な顔をする。「伝説としてはね。かつては実際に存在したのかもしれないけど、もうずいぶん前に消滅したんじゃ――」

「世間的にはそうなっているわ。ここしばらくわたしたちは目立つ活動を控えていたの。でも、それがいま変わろうとしている」

「きみはコレジウムの一員なのか？」オーウェンは疑わしげに眉をあげた。

「コレジウムって？」わたしは訊いた。

シルヴィアがオーウェンに言う。「あなたが説明する？　それとも、わたしがした方がいい？」

「コレジウムは一種の秘密結社で、いくつかの魔法使いの家系による連合組織だといわれている。ただ、実際にどのファミリーが関わっているのかははっきりしていない」オーウェンは言った。「表向きは正当なビジネスを営む合法組織なんだけど、実際にやっていたのは、競合相手を片っ端から潰すか乗っ取るかして、そうすることで得た立場と力を別の目的に利用することなんだ」

「魔法界のマフィアみたいなものね？」わたしは言った。「排除したい相手をコンクリート詰めにして海に沈めるかわりに、カエルにするっていう違いはあるけど」

「近年はめったにその手は使わなくなったわ」シルヴィアが言った。「ま、それはいいとして、この話を続ける前に、まずわたしの身の安全を保障してほしいの」

「身の安全って、何から守るんだい？」オーウェンが訊いた。

「もちろんコレジウムからよ。内部のことを部外者に話すと、睡蓮《すいれん》の葉の上で鳴くはめになるの」

「じゃあ、どうして危険を冒してぼくらに話すんだ」

「すでに危険が迫っているからよ。コレジウムにとってわたしはハイリスクな存在なの。わたしはアイヴァー・ラムジーの件でスケープゴートにされている。あの事件がコレジウムと結びつけられるのを避けるために、彼らはわたしを消すつもりだわ。だから、あなたたちに情報を提供するかわりに身を守ってもらうのが、唯一残された生き延びる道だと考えたの。言っておくけど、わたしのもってる情報にはそれだけの価値があるわよ」

「情報とは?」

「悪いけど、誘導には乗らないわ、ハンサムさん。わたしの身の安全を保障するのが先よ。ボスと相談してちょうだい。約束が得られたら、続きを話すわ」

「きみにはどうやって知らせればいい」

「大丈夫。わたしがあなたたちを見つけるから」

「期限はあるの?」わたしの質問に返事はなかった。突然、周囲に濃い霧が立ちこめ、シルヴィアの姿はもちろん、どの方向も五十センチ以上先は見えなくなった。

「何か見えるかい?」オーウェンが訊いた。

「これはめくらまし《イリュージョン》じゃなくて本物の霧だわ」この辺りは岩がちの急斜面が多いので、むやみに動くのは危険だ。オーウェンは片手をひるがえし、呪文を唱えた。すると、霧は次第に消えていったが、視界が晴れたときには、すでにシルヴィアの姿はなかった。

「妙なことになったわね」

「ぼくらにとっての〝妙なこと〟の基準からしたら大したことはないけどね」オーウェンは苦笑いする。「でも、たしかに雲をつかむような話ではある」

「それにしても、魔法界にそんな組織があるなんてはじめて聞いたわ。どうしていままで耳にしなかったのかしら」

「ぼくだってさっき言った以上のことは知らないし、いまでも本当に存在するのか疑わしいと思ってるよ」

「フィリップは実際にカエルにされて家業を乗っ取られたわ」

「百年も前の話だよ」

「でも、乗っ取った一族は今年までその会社を運営していた」

オーウェンはうなずく。「たしかにそうだね。でも、それだけでは彼らが巨大な陰謀組織だということにはならない。単にひとつのペテン師一族がやったことかもしれないしね。この件についてはまずフィリップと話をした方がいいな。それからマーリンに報告して意見を聞いてみよう」

そう、わたしのボスはマーリンだ。そう、あのマーリン。わたしは株式会社マジック・スペル《魔法・呪文》＆《＆》イリュージョン《めくらまし》という会社に勤めている。事業内容はほぼ社名のとおりだが、一方で魔法界における事実上の権威としての機能も果たしている。本来その役割を担うべき魔法評議会《カウンシル》があまり有効な働きをしていないからだ。「賛成よ。それじゃあ、ひとまず、素晴らしい秋の日の散歩に戻りましょう」

コレジウムについてはオーウェンの方が詳しいので、マーリンへは彼から報告してもらった。マーリンがシルヴィアの条件を受け入れたと聞いたときは、少し驚いた。彼女はつい最近まで敵側の人間だった。たしかに、フィリップの会社が乗っ取られたのはシルヴィアが生まれるずっと前のことで、ラムジーへの協力も強要されたという話だけれど、わたしはどうもまだ彼女を信用する気にはなれない。いずれにせよ、向こうが接触してくるのを待つ必要がある。

次の週のある日、仕事帰りの地下鉄のなかで、だれかがぶつかってきた。帰宅ラッシュの車内では珍しいことではないが、その人物はさらに耳もとでささやいた。「それで?」

振り向くとシルヴィアがいた。頭からショールをかぶっている。「オーケーよ。いつでも話しにきていいわ」

「そっちへは行かないわ。公共の場で会うのもだめ」

「じゃあ、どこで?」公共の場でもなく会社でもない、秘密のミーティングに適した場所といったら……。「うちではどう?」わたしは言った。「魔法除け《ワード》をかけてあるし、正面玄関はたくさんの人が出入りするから特に目立つことはないわ」

「いいわ、そうしましょう」

シルヴィアに住所を教える。「七時でどう?」それまでには三人のルームメイトのうち唯一魔法界の存在を知らないニタもホテルのフロントの夜勤に出かけている。ただ、来客を予定していなかったので、部屋の散らかり具合が心配だ。

「つけられないよう気をつけてね」シルヴィアが言った。

「わたしは住人よ。家に帰るわたしをつけてもしょうがないでしょう?」

シルヴィアはわたしのひとつ前の駅で電車を降りた。帰る前にいくつか済ませておく用事があったので、駅を出るとすぐにオーウェンに電話し、シルヴィアとの取り決めについて伝えた。次に、家に電話して、電話に出たルームメイトのジェンマに来客があることを知らせる。それからクリーニングに出していた服を引き取りにいき、自分で焼く時間がないのでクッキーをひと箱買った。

アパートに帰り、階段をあがると、廊下にシルヴィアが立っていた。あのあとまっすぐこっちへ来たらしい。「やっと帰ってきたわね」不機嫌そうに言う。

「まだ四十五分あるわ」わたしはそう言って、ドアの鍵を開けた。

部屋に入ると、ジェンマがわたしたちを出迎えた。ボーイフレンドのフィリップも来ている。わたしの電話を受けてから、急いで片づけたらしい。床には一枚も服が脱ぎ捨てられていないし、キッチンの流しに洗わずに残された皿はほんの数枚だ。部屋はなんとか客を迎えられる状態になっていた。「どうぞ、座って」ジェンマはソファーの方を指し示す。「飲み物はいかが?」

「何か強いお酒があったらいただくわ」シルヴィアはそう言ってから、すぐに首を横に振った。

「いいえ、やっぱりやめておく。頭はクリアにしておかないと」

フィリップは部屋の隅に腕組みをして立っている。いつもにこやかな彼が、今日は険しい表情でシルヴィアをにらみつけている。シルヴィアは窓にいちばん近い椅子に腰をおろし、肩越しに外を見ては玄関の方に視線を移す。だれかが突入してくるのを恐れているかのように。

正面玄関のインターフォンが鳴り、シルヴィアはびくりとした。わたしは到着したオーウェンのためにドアの解錠ボタンを押す。シルヴィアの様子を見て、ふと思った。マーリンはどうするのだろう。部屋に入ってきたオーウェンに訊く。「ボスは、どうやってここに来るの？あなたとフィリップはしょっちゅう来ているからいいけど、ボスがわたしのアパートに来たら何ごとかと思われるわ。もしだれかが見ていたら、ということだけど」

「それについては心配いらないよ」オーウェンはにやりとして言った。彼の視線をたどると、窓の外に空飛ぶ絨毯《じゅうたん》が浮いていた。その上にマーリンがあぐらをかいている。自宅のリビングにでもいるかのようにくつろいだ様子で。

わたしが窓を開けると、マーリンは小さな運転手にいくつか指示を出してから、絨毯を滑りおり、部屋に入ってきた。絨毯は一瞬で飛び去り、マーリンが脱いだコートをジェンマが急いで受け取る。

「これでみんなそろったわね」シルヴィアはそう言うと、出された水をまるで強い酒を飲むかのように飲み干し、自分のひざをぎゅっとつかんだ。「で、本当に身の安全を保障してくれるのね？」

マーリンがうなずく。「あなたの身を守るためにわれわれにできることはすべて実行すると約束しましょう。で、話というのはなんですか」

シルヴィアはゆっくりと深く息を吸うと、それをいっきに吐き出した。「まず、アイヴァー・ラムジーはコレジウムの一員だったわ。株式会社マジック・スペル&イリュージョンは長い間、コレジウムの一部門のようなものだった。いまでも内部にコレジウムのメンバーがたくさんいる。あなたを呼び戻して倒すことで自分の地位を固めるというのはあくまでアイヴァー自身のアイデアで、必ずしもお偉方たちの賛同を得られていたわけじゃないの。おかげで、彼に協力したわたしはとてもまずい立場になったわ。でも、許可されていなかったとは知らなかったのよ」

「コレジウムと思われる社員のリストを提供していただくことは可能ですかな？」マーリンが言った。

「具体的にだれということまではわからないわ。わたしが知っているのは、ＭＳＩのなかにコレジウムのメンバーが紛れ込んでいるということだけ」

ずっと険しい表情で黙っていたフィリップがシルヴィアの前まで行って彼女を見おろした。

「その程度の話では、あなたを保護する理由にはなりませんね」

「あなた、根にもつタイプみたいね」

「一世紀もの間、ハエを食べて過ごせば、多少の恨みは抱くものでしょう？」

「話はこれだけじゃないわ。コレジウムはＭＳＩをねらっている。魔法界で権力を握るために、彼らにはＭＳＩが必要なの。でも、あなたがトップにいると、ＭＳＩを思いどおりにできない。気をつけた方がいいわ」

「何を？」わたしは訊いた。これまでに観たマフィア映画を片っ端から思い出してみる。「コレジウムはわたしたちを追い払おうとしているの？　焼き討ちでもかけるつもり？　社員たちを脅して辞めさせるの？　ボスを追い出すつもりなら、かわりにCEOになる人が必要よ。すでに社内にいるメンバーを昇進させて社長にするということ？　いきなり外からだれかがやってきてトップにつこうとすれば、絶対問題になるもの」

「映画の見すぎよ」シルヴィアは冷ややかに言った。「計画の詳細はわからない。まだ具体的なプランはできていないのかもしれないわ。でも、トップの連中が頻繁《ひんぱん》にミーティングをしているのはたしかよ。これは相当大きなことだわ。あなたたちはすでに何十年もかかって準備した陰謀を潰している。彼らも次は失敗したくないはずよ。どう？　わたしの身の安全を請け合うにはまだ十分じゃないかしら」

具体性に欠ける警告ばかりでいまひとつ納得がいかない。でも、マーリンはうなずいた。

「いいでしょう。これからわたしといっしょに来ていただければ、あなたを安全な場所にかくまうことが可能です」

シルヴィアは立ちあがった。「いまいっしょにここを出ることには同意するわ。窓から空路で去れば、尾行もされにくいでしょうから。でも、姿を消すのはもう少しあとにします。しばらくの間、目立つ動きを控えてふだんどおりに生活した方が、こちらのプランを悟られるリスクも減るし、それだけ長く仕事も続けられる。それに、新しい生活を始めるために必要なお金を秘密の口座に移すのに少し時間が必要なの。わたしが求めるレベルの暮らしをあなたたちが提供してくれるとは思えないので。今日はどこかに落としてくださればいいわ」

「ではそのようにいたしましょう」マーリンは携帯電話を取り出し、ボタンを押す。すると、すぐさま窓の外に絨毯が現れた。フィリップとオーウェンが手を貸して、シルヴィアとマーリンを絨毯に乗せる。絨毯はあっという間に飛び去った。

わたしはマーリンが座っていた長椅子に腰をおろす。「どうする？　彼女の言うことはあまりに漠然《ばくぜん》としていて、具体的に何をすればいいのかわからないわ」

オーウェンは隣に座り、わたしの手を取った。「とりあえず、危険人物がいないかどうか社員をチェックすることから始めよう。それにはおそらくきみの協力が必要になる。魔法で何か隠していることも考えられるからね。そして、あらたな採用は極力慎重にやる。それから、確実に信用できて力のある個人や会社との関係を強化することも必要だろう」

「あなたたちに必要なのはドニー・ブラスコね」ジェンマが言った。

「それはどなたですか？」フィリップが訊く。

「マフィアの内部に潜入したFBI捜査官よ。マフィアは彼を信用していろんなことを話すの。ジョニー・デップで映画化されてるわ」映画を思い出しているのか、ジェンマはかすかに笑みを浮かべてしばし黙る。

ほんの少し苛立ちの表情を見せてフィリップが言った。「残念ながら、それほど簡単にはいかないと思います。彼らは血縁で結ばれた者たちです。身内以外の魔法使いが彼らの一員になって秘密を共有するなどということはまずあり得ない。ただし……」

「ただし？」わたしは訊いた。

「わたしの知る唯一の例外は、彼らが免疫者《イミユーン》を使うということです。魔法使いの家系にもときおり免疫者《イミユーン》が生まれることはありますが、通常は外部から採用せざるを得ません」

わたしが口を開く前にオーウェンがこっちを向いて言った。「考えるだけ無駄だよ」

「考えてなんかないわ」嘘ではない。考える間すらなかったのだから。「いずれにしろ、わたしはもう顔を知られすぎてるわ。魔法界の人たちは皆、わたしがだれでどこで働いているか知っている。FBIのジャケットを着てマフィアに潜入しようとするようなものよ。なにより、わたしは結婚式を控えている身だし」

オーウェンはつないでいた手を放し、肩に腕を回してわたしを引き寄せると、頭のてっぺんにキスをした。「くれぐれもそのことを忘れないように」


次の日の午後、マーリンのオフィスに呼ばれた。わたしの役職はマーケティング部長だが、ほとんどの時間をマーケティングとはおよそ関係のない分野で危機の対処に費やしている。邪悪な魔術を売る魔法使いと戦うためにマーケティングの手法を使ったことはあったけれど、それ以外は、社内に潜り込んだ二重スパイを見つけたり、非道な陰謀を阻止したりといったことばかりやってきた。このタイミングで社長室に呼ばれるということは、またあらたな使命を課される可能性が高い。

社長室には来客用のバッジをつけたフィリップがいた。警備部長を務めるガーゴイルのサムが椅子の背にとまっている。オーウェンの幼なじみで人事部長のロッド・グワルトニーがわたしのすぐあとに部屋に入ってきた。続いて、プロフェット&ロスト部の責任者、ミネルヴァ・フェルプスがスカーフと香水の香りをたなびかせて登場した。さらにその数分後、オーウェンが不安げな顔で現れた。

マーリンはロッドとミネルヴァにシルヴィアから聞いたことを手短に伝える。「この情報がどれだけ信頼できるものなのかはわかりません」マーリンは言った。「しかし、念のために調査すべきだと判断しました。ミスター・グワルトニー、現社員について調べてください。ミス・チャンドラーに協力してもらうとよいでしょう。何か隠蔽《いんぺい》されている可能性もありますのでね。サム、ミスター・パーマー、あなたがたは社内に盗撮装置が設置されていないか確認し、社屋の安全を確保してください。わたしはほかの組織や団体と話をします」

わたしたちは皆うなずく。「ミスター・ヴァンダミアには相談役として協力してもらうことになります」マーリンは続ける。「コレジウムについては直接的な経験をおもちですから。ミスター・ヴァンダミア、何かほかに提案はありますかな?」

フィリップは集まった面々を見回して言った。「恐ろしいのは、気づかないうちに危険が迫っていることです。彼らはわたしたち兄弟が父から会社を継いだ直後に、買収したいと言ってきました。拒否すると、幹部社員の一部が突然辞めたり姿を消したりしました。その後ふたたび買収の申し出がありました。そして、気がつくと、わたしは睡蓮の葉の上にいました。弟がどうなったかはいまだにわかっていません。表向きは行方不明ということになっています」

「ここは守勢に回ってはだめだと思います」わたしは言った。「彼らが何を企んでいるのか突き止めて、先手を打たないと」

オーウェンは痛みを堪《こら》えるかのような表情で目を閉じると、頭を振って言った。「ケイティ、だめだよ」

「ミス・チャンドラーの言うとおりです」驚いたことにマーリンが言った。「コレジウムの内部にだれかを送り込む必要があります」

2

潜入調査の任務にとりあえず抵抗するふりだけでもしようかと思っていると、マーリンがデスクの上のインターコムでキムを呼んだ。

キムはわたしがこの会社に来てはじめて会った社員のひとりだ。彼女も免疫者《イミューン》で、当初は検証部に所属していた。わたしが早々に昇進したことに腹を立てていたが、わたしがマーケティング部に異動した際、マーリンのアシスタントのポストを引き継いでいる。その後、何度か協力し合う機会もあったけれど、こちらをライバル視していることに変わりはないようだ。どうやらマーリンは彼女に任務を課そうとしているらしい。わたしがやるべきではないことは重々わかっている。それでもやはり、気持ちは穏やかではない。

「ああ、来ましたね」マーリンはキムに言った。「あなたにお願いしたい仕事があります」

キムは敬礼せんばかりの勢いで、「イエス、サー！」と言った。

「魔法界のある秘密組織に潜入していただきたいと考えています。彼らが親族以外で雇うのは免疫者《イミューン》だけです。ＭＳＩを解雇された者は適材と見なされるでしょう」

「おとり捜査ですか？」キムの目が大きく見開かれ、顔がぱっと輝いた。早くも任務が成功したときのことに思いを巡らせているのがわかる。報酬として与えられるであろう新しい地位にふさわしい文房具や名刺について考えはじめているのが――。

「やっていただけますかな？　そのためにはまずあなたを解雇することになります。ＭＳＩに対して恨みを抱くあなたは、相手にとって魅力的な人材となるはずです。ただし、彼らが必ずあなたを採用するという保証はありません」

「まずは彼らの目にとまる必要があります」フィリップが言った。「いくつかいい場所を知っています」フィリップはかすかにほほえむ。「彼らのように伝統に縛られた組織は、百年たっても習慣を変えないのです。まずはわたしの会社に応募してください。彼らは必ず気づきます。何軒か行くべきレストランやバーをお教えしますので、そのあとそこへ顔を出すようにしてください。彼らはきっと接触してくるでしょう」

　自分が適任でないことはわかっているが、どうしても悔しさが込みあげてくる。とても面白そうな任務だ。本物のマフィアに潜り込むわけではないから、撃ち殺されて死体を川に投げ込まれる心配はないし、わたしには魔法が効かないのでカエルにされることもない。

「本当はやりたかったんだろう？」キムへのブリーフィングが終わり、マーリンのオフィスを出ると、オーウェンが言った。

「まあね。でも、指名されなかった理由は理解できるわ。わたしがいきなり仕事を求めて現れたら、〝ハーイ、おとり捜査に来ました！〟って宣言しているようなものでしょ？　でも正直、やってみたかった。販促資料のアップデートよりずっとやりがいがありそうだもの」

「もしかすると、キムが任務についている間、マーリンのアシスタントに復帰できるかもしれがいいと思うわ。キムが帰ってきたら、結局またマーケティングに戻らなきゃならないんだから。いい加減ひとつの仕事に落ち着かないと」

そのアイデアは一瞬、魅力的に思えたが、すぐにため息をついて言った。「そうならない方がいいよ」

スパイにはならなくても、コレジウムから会社を守る任務から外れたわけではない。毎日ロッドのオフィスで長時間過ごすうち、いっそマーケティング部長を辞任して、警備部に配属してもらうべきではないかと思えてきた。

はじめは書類を精査した。「わたしがこれを見る意味、本当にある？」金曜の午後、わたしはついにぼやいた。この数日間、ひたすら人事ファイルに目を通してきた。「会社の書類に魔法で手を加えたりするかしら」

「人によるよ。ぼくの前に人事部長だった人が何をしたかはわからない。推薦状や証明書が改ざんされていないという保証はないよ」

わたしは書類の山を眺めてげんなりする。「そもそも何を探せばいいのかすらわからないのに……」

「何かが書きかえられたり隠されたりしていたら、危険信号だと考えればいい」

正直、退屈な作業だ。ふたりでひとつの書類に向かい、彼が読みあげるものが、わたしに見えている内容と同じかを確認する。この会社に来た当初、わたしは毎日こういうことをやっていた。仕事がこれだけつまらなければ、ＭＳＩの免疫者《イミューン》をヘッドハントするのは難しいことではないだろう。ロッドが人事部長になる前に採用された社員の資料には、いまのところ怪しいものは見つかっていない。

ようやく書類の山がなくなったとき、すべてを宙に放り投げて歓喜の声をあげたくなったが、何も見つからなかったということは収穫がなかったということだと気づいて、うれしさはすぐに消えた。

それはロッドも同じらしい。座ったまま顔をしかめている。「少なくともひとつぐらい何か見つかっていいはずだ」

「もし人事部長が関わっていたなら、記録のなかにあえて本物の情報を入れるかしら」わたしは藁にもすがる思いで言った。「わざわざ二重帳簿をつけるようなことはしないんじゃない？」

「たしかにそうだな」ロッドはうなずく。「ぼくが人事を担当するようになって以降の書類をチェックすべきかもしれない。推薦状から始めてみよう」

「前の人事部長のもとで応募して、あなたのもとで採用された人たちを選別する方法はある？」

「それはいい考えだな。最初の応募書類にコレジウム関係者であることを示唆する何かが、隠されている可能性はある」ロッドは立ちあがるとアウターオフィスへ行った。「イザベル、もう少しファイルを出してくれ」

ふたりがファイルを選んでいる間、わたしは立ちあがって伸びをする。まもなくロッドが薄い書類の束をもって戻ってきた。「それだけ？」

「これだけあれば十分だろう？　人事書類を読むのが楽しくて仕方がないというなら別だけど」

わたしはわざとらしく笑ってみせる。「とてもやる気の出る薄さだわ」

わたしたちはふたたびデスクに向かって座る。ロッドが最初のファイルを開くや否や、読みはじめるのを待たずにわたしは言った。「これ、怪しい」

「どうして？」

「この推薦状、白紙だもの。何かのシンボルが描いてあるだけ。星形のマークの中心にルーン文字みたいなものが書いてある。オーウェンならわかるんじゃないかしら」

ロッドは書類に顔を近づける。「ぼくには普通の推薦状に見える」

わたしは目を細めてシンボルマークを見つめた。どこかで見たような気がする。目をさらに細めて、マークが遠く小さく見えた瞬間、はっとした。「もしかして……」いまチェックし終えたファイルの山に手を伸ばすと、急いで最初の三つをどける。あった。四つめのファイルのいちばん上に、とても小さくはあるが、同じマークが描いてある。「ほら、これ」

ロッドは書類をのぞき込む。「何もないけど」

「だとしたら、覆い《ヴエール》をかけてあるのね。秘密を知っている者だけがそれを外すことができるのよ。おそらくコレジウムの関係者には全員マークがついているんだわ。この推薦状はきっと、新しい人事部長がコレジウムの人だったときのためのものだったのよ。その場合、このマークだけで十分意図は伝わったはず。でも、実際に部長になったのはあなただった。それで、あなたには普通の推薦状にしか見えない」

ロッドはファイルの束をわたしの方に押し出した。「ということは、マークのチェックはきみに任せるしかないな。コーヒー飲む？」

「ううん、結構。ファイルにこぼしたら大変だもの」

「わかった。じゃあ、頼むね。少ししたら戻る」

少なくともシンボルマーク探しは、すべてのファイルのすべてのページを一字一句読んでいくほど面倒な作業ではない。ファイルを開いてマークの有無を確認すればいいだけだ。まもなく、左右にひとつずつファイルの山ができあがった。左側にはマークのないもの、右側にはあるもの。さっきまでは書類の一部だと思って特に気にとめていなかった。ここは魔法をつくる会社だ。書類に神秘的なシンボルマークのひとつやふたつあっても意外ではない。いま振り返れば、マークについてロッドが何も言わなかったことを不思議に思うべきではあったけれど。

最後のファイルを見終わったとき、ロッドが戻ってきた。「何か見つかったかい？」

わたしは右側の山を指さす。ロッドはいちばん上のファイルを手に取り、眉を片方あげた。

「彼が？　へえ、なるほどね」

「何？」

「仕事の成績が悪くて何度か注意している社員だよ。コレジウムとのコネがあれば仕事を頑張る必要はないと思っているのかもしれない」

「あなた、よくカエルにされずにすんでるわね」

「おそらく、彼は自分が思うほどコレジウムにとって重要じゃないんだろう。連中は彼のために計画を台無しにする気はないんだよ」

ロッドは次のファイルを見てにやりとした。「まじかよ」

「ああ、グレゴールでしょ？　びっくりよね」グレゴールは検証部の部長で、MSIで最初にわたしの上司になった人だ。怒るとしばしば鬼に変身する。そして、その姿が見えるのは免疫者《イミューン》である検証人だけ。つまり、会社は彼を最悪のポストにつかせたわけだ。いや、最良の、というべきか。「もしコレジウムが免疫者《イミューン》を探しているのだとしたら、グレゴールの立場はまさに理想的だわ。有望な人材がいたら、その人を徹底的にいじめればいいのよ。そうすれば、コレジウムからヘッドハントの声がかかったとき、ふたつ返事で飛びつくもの」わたしは椅子の背にもたれ、頭を振った。「そう考えてみると、うなずけることがたくさんあるわ」

コレジウムとの関係が疑われる社員は、営業担当にふたり、経理に多数、研究開発部《R&D》を除くすべての部署の中間管理職のほとんど、という結果になった。「どうして研究開発部だけコレジウムの侵入を逃れたんだろう」ロッドがつぶやく。

「彼ら、革新者《イノベーター》に見える？　どちらかというと、他人の仕事をエサにする寄生者《パラサイト》タイプじゃない？　たしかにイドリスはいたけど、彼はコレジウムのメンバーというより、都合のいいカモだったような気がする」

「なるほど。研究者としての技量がなければすぐにばれるだろうし、そういう技量があるなら、そもそも秘密組織のコネを利用して職を得る必要はない」

コレジウム絡みと思われる社員のファイルの山に目をやる。かなりの量だ。「あなたがこの会社に来てから採用された人はどのくらいいるかしら」

　ロッドは肩をすくめる。「さあね。それにしても、こんなにたくさんいながら、いままでコレジウムの話をいっさい耳にすることがなかったというのが、信じられないよ。たしかに子どものころは話題にのぼったこともあったけど、どれも昔話みたいな感じで語られるだけだったからね。歴史上のことっていうかさ」

「物語に出てくる妖精が、常にもうこの世にいない生き物のように語られるみたいに？」

「でも彼らはいる」

「そのとおり」もっとも、わたしにとって羽のある人々はもはや特異な生き物ではなく、彼らを童話に出てくるそれと同一視することはないけれど。「ものすごく古い時代に生まれた物語でも、その時点ですでに遠い昔の伝説として語られているわ。彼らはいまも存在しているのに、人々はそのことを知らない」

「まあ、コレジウムは秘密組織だからな。みんながその存在を知ってたら、秘密とはいえないよ。でも、まったく噂にならないってことは、それほど悪いことをしているわけではないのかもしれない」

「彼らはフィリップをカエルにして、会社を乗っ取ったのよ。弟はいまだに消息不明だわ。それに、実際に被害に遭った人たちは証言することができない。こちらが〝ゲロゲロ〟の微妙なニュアンスを聞き分けられないかぎりね。とにかく、連中がうちの会社に身内を送り込んでいることは明らかになったわ。どうする？」

ロッドはファイルの山に目をやり、顔をしかめた。「とりあえず、ボスのところにもっていくか」

ふたりで手分けして、マークのついたファイルをすべてマーリンのオフィスへ運ぶ。「魔法でぱっと移せないの？」落ちそうになったファイルを束のなかに押し込みながらわたしは言った。

「インターセプトされる可能性がないとはいえないからね。リスクはできるだけ冒さない方がいい」

マーリンはわたしたちの説明を聞きながら、ファイルの量に眉をあげた。「コレジウムがわが社に深く潜入しているという彼女の話は本当だったわけですな」

「どうしますか？」ロッドが訊く。「この人たちを全員解雇するわけにはいきません。会社が機能しなくなります」

「それに、こちらが気づいたことを向こうに知らせることにもなります」マーリンは言った。「これらの疑わしい社員たちについては注意深く監視することにして、彼らが解雇や異動に値することをしたときに然《しか》るべく対処いたしましょう」

「グレゴールについては何かした方がいいのではないでしょうか」わたしは言った。「いまこの瞬間にも、コレジウムにヘッドハントさせる免疫者《イミューン》を見繕《みつくろ》っているかもしれません」

「あるいは、彼をいまのポストにとどめておいて、うちを辞めてコレジウムに行ってもらうことを前提に、あらたに免疫者《イミューン》を雇うという手もあります」ロッドが言った。「そうすれば、二重スパイとして使える」

「それはいまキムがやろうとしているわ。作戦を始めてまだ数日よ。彼女を信じてもう少し待ってみるべきじゃないかしら」自分の口から出た言葉とはとても思えない。でも、彼女がMSIを裏切ることはないと思う。少なくとも、今回の任務が出世のための大チャンスだと思っていることはたしかだ。考えてみると、コレジウムがこれまでキムに接触してこなかったのは意外だ。彼女はこの会社にいる数少ない真に有能な検証人のひとりなのに。

「監視は簡単ではないかもしれません。彼らは警備部にも人を送り込んでいます」ロッドが言った。

「確実に信頼できることがわかっている人たちを頼りにするしかありませんな」マーリンはデスクの上のファイルの束を見つめる。「ただ、この者たちが会社に害を与えようとしているのかどうかはわかりません。単に人脈がもたらした結果かもしれない。この会社には大学のさまざまな魔法秘密結社出身者が少なくありません。皆、先輩や仲間の推薦を受けてここに来ています」

「同じ秘密結社でも意味が違いますよ」ロッドが言う。「魔法界の人々は皆、大学のそうした組織のことは知っています。実質的に魔法のトレーニングを受ける場になっていますからね。秘密結社といっても非魔法界に対して秘密だというだけです。コレジウムの場合、秘密の質が違います」

「それに、シルヴィアの話では、彼らはMSIを乗っ取ろうとしているわけですから」わたしは腕時計を見る。「キムといえば、今日、偶然を装って彼女に会うことになってるんです。進捗状況を聞くために」

自分のオフィスに戻り、コートとハンドバッグをもって、ＭＳＩの社員が仕事のあとによく行く会社近くのバーへ向かった。店に入り、キムを見つけて驚いたふりをする。「あら、ハーイ！ 元気だった？ 今回のことは本当にびっくりしたわ」

キムはおおげさにため息をついてみせる。「まあ、なんとかやってるわ。予想外のことだったから、正直ショックだったけど」

「一杯おごらせて」キムの向かい側のスツールに腰かけ、通りかかったウエイトレスにふたり分の飲み物を注文する。「で、次の仕事は見つかりそう？」

「就活はしてるけど、いまのところ手応えはないわ」

「あなたなら大丈夫よ。まだほんの数日じゃない」

とりあえず必要な情報は得られたけれど、不自然に見えないよう少なくとも一杯飲み終えるまではこのままおしゃべりを続けるべきだろう。これはこれまでのどんな任務にも引けを取らないタフな仕事だ。わたしたちはおよそ仲がいいとはいえない。

その後二回、同じような形でキムと会ったが、よいニュースは聞けなかった。オーウェンの養父母の家で過ごした感謝祭《サンクスギビング》の休み明け、何かよい代案はないか考えていると、わたしのアシスタントをしている若いエルフ、パーディタが、オフィスのドア枠をノックした。

「ミスター・ハートウェルが会議をすると言ってます」気まずそうに一歩出たり下がったりし

ている。わたしがどんな反応をするか予想できるからだろう。「すぐに会議室に来てほしいそうです」

「本当?」思わずため息が漏れる。「何についての会議か言ってた?」

「いいえ。訊くべきだったでしょうか」

「ううん、いいわ」会議そのものがいやなのではない。グループで仕事をする場合、会議はどうしても必要になる。問題は、わたしの所属する営業部が大学の友愛クラブのような部署で、何もかもがパーティーの口実になってしまうことだ。オーウェンは以前、彼らならおそろいのTシャツをつくって〝新しい鉛筆の箱開封記念フェス〟をやっても驚かないと言っていたけれど、実際、部署に新しいコンピュータを導入したとき、彼らは盛大な祝賀パーティーを催した。会議が招集されても、本当に仕事の話をするのか、くりぬいたパイナップルからカクテルを飲んで歌い踊るのかは、行ってみないとわからない。ノートと資料をもって会議室に入ったら、目の前をコンガの列が通過して、自分ひとりがお堅い真面目人間みたいに思えたこともあるし、飲む気満々で行ったら、現状報告を求められて焦ったこともある。

今回、わたしを待っていたのは、会議とパーティーが合体したようなものだった。ポンチの入ったボウルと市販のクッキーを並べたトレイがうしろのテーブルに置いてあり、部屋の前方では、スクリーンにグラフが映し出されている。わたしは後方の席に着き、ノートとペンを取り出した。

名づけるなら、〝ホリデーシーズンだからといって怠けていいと思うなよ会議〟といったところだろうか。数字を並べて営業マンたちを奮起させようということらしい。わたしは営業担当ではないので、部屋に集まった人々に目を移した。

今回の調査で、営業部にはコレジウムとつながりがあると思われる社員が最も多くいることがわかった。営業は人脈とコネがものをいう仕事なので、当然といえば当然かもしれない。彼らは他社にいるコレジウム関係者に特別に値引きしたりするのだろうか。いずれにしても、この人たちが悪人だとはどうしても思えない。彼らの組織がひどいことをしていたとしても、ここにいる個人たちはただ自分の仕事をしているだけのように見える。まあ、パーティーをしていないときは、ということだけれど。

ふと名前を呼ばれたような気がして、わたしは瞬《まばた》きをした。皆の視線がこちらに注がれている。「ああ、すみません。さっきのコメントについてちょっと考えていたので」慌ててごまかす。「ええと、なんておっしゃいました?」

「ホリデー関連のキャンペーンはどんなものを予定しているかということだよ」営業部長のミスター・ハートウェルが言った。

「それなら三カ月前の会議で決定しているじゃないですか」考えるより先に言葉が出ていた。もう少し角の立たない言い方をすべきだったが、もう遅い。「すべてのプランを発表して承認も得ています。というか、すでにほとんどが実施済みです。感謝祭《サンクスギビング》のあとにホリデーキャンペーンを始めたりはしませんから」

「では、いま実施中のものについて教えてくれるかな」

心のなかでなんとか十数えてから、言葉を選んで話し出す。「詳細は皆さんに送付済みの報告書とキットのなかに書いてあります。この会議で議題になるとは思わなかったので、ここにはもってきていません。とにかく、ターゲット市場向けに広告は打っています。各商品は感《サンク》謝祭《スギビング》の翌日に自動的に新しいパッケージに変わっていますし、家庭用魔術はホリデーシーズン価格になっています。先月はデコレーション用魔術の新しいラインをリリースしました」

やはり、サムの誘いに応じて警備部に移った方がいいかもしれない。危険な秘密結社の動向を気にしながら、クリスマスツリー用の魔法の電飾の売り方を考えるのは容易なことではない。

「では、春のキャンペーンについてもすでに考えはじめているということかな?」ミスター・ハートウェルは言った。

「はい、準備は始まっています。いま、春にリリースできそうなものについてＲ＆Ｄに詳細を聞いているところです」

幸い、これでこの会議におけるわたしの出番は終わったようだが、イライラはなかなか収まらない。一年前までいまのわたしのポストは存在すらせず、会社は何世紀もの間、マーケティングなしでやってきていた。そのためか、ミスター・ハートウェルはたまにわたしがいることを思い出しては、ちゃんと任務を果たしているかを皆の前で確認する衝動に駆られるらしい。監督責任を果たそうとしているだけだとは思うけれど、彼のこの行動は面白くもあり、迷惑でもある。

今日の仕事を終え、研究開発部《R&D》にあるオーウェンのラボへ向かうときになっても、腹立たし

いた。「夕食、いっしょにどう？」

オーウェンはオフィスにいて、いつものように古い文献に見入ってい
さはまだ消えなかった。

オーウェンはたったいまわたしに気づいたように顔をあげる。「ああ、ケイティ、ごめん。これ、今夜じゅうに終わらせたいんだ。明日ならたぶん」

落胆が顔に出ないよう努める。「オーケー。じゃあ、また明日」

わたしはキムと落ち合うときに使うバーへ行くことにした。こんな気分のまま家に帰りたくないし、キムがいないときにも顔を出しておけば、ちょくちょく店で彼女に会うことがより自然に見えるだろう。

グラスワインを注文した直後、同い年くらいの女性が隣のスツールに座った。「きつい日だった？」

「それほどでもないけど、ただ、終わり方があまりよくなかったから。会社ってどうして一日の最後に会議をするのかしら」

「ああ、わたしもそれ、すごくいや」女性は飲み物を注文すると、しばらく黙っていたが、やがてこちらを向くとにっこり笑って言った。「転職する気はない？」

見ず知らずの人にいきなり仕事を紹介すると言われたら、こう返すのが普通だ。「え？　でもあなた、わたしのこと知らないじゃない」

女性は眉を片方くいとあげ、可笑《おか》しそうに唇をゆがめた。「それが、知ってるの。あなたが思う以上にね」

結構ですと言おうとして、ふと気がついた。コレジウムは免疫者《イミューン》を探している。そして、わたしは今日、コレジウムの関係者がたくさん同席している会議でミスター・ハートウェルに腹立たしげな態度を取った。あれがわたしを引き抜きのターゲットにしたのだろうか。

平静を装って言う。「わたしについて何を知っているの？」

女性はこちらに体を寄せると、周囲に聞こえないよう声を低める。「名前はケイティ・チャンドラー。魔法に対して免疫をもっている。MSIの社員。そこではあなたの貴重な能力が無駄にされている。営業マンのためにマーケティングプランを立てるなんて、どこでだってできるわ。かといって、あなたの特殊な能力を使う仕事をしようとすれば、ひどい職場環境に身を置くことになる。一時は能力を発揮できるポストにいたけれど、そこからも外されてしまった。彼らは都合のいいときだけあなたを頼って、正当に評価しようとしない」

「たしかによく知ってるみたいね」あまりに詳しく知っているので、薄気味悪くなる。「で、どんな仕事なの？」

「わたしの勤めている会社があなたのような人を探しているの。ＭＳＩとは比べものにならない待遇よ。まず給料がずっといいし、それ以外にもさまざまな社員特典があるわ。でもおそらく、あなたにとっていちばん魅力的なのは、魔法使いではないという理由で二流市民扱いされたりしないということじゃないかしら」

「なんだかできすぎた話で信じられないわ」自分のワイングラスに視線を戻す。

「もちろんいい話だけじゃないわ。会社はあなたのような人材を求めているけれど、実際に採用するにはいくつか条件を満たしている必要があるの。それに、高い忠誠心も要求されるわ」マニキュアをした手のなかに突然名刺が現れる。「まあ、考えてみて。いまの会社にうんざりしたら、いつでも電話してちょうだい」

　女性は名刺をバーカウンターに置くと、自分のグラスを飲み干し、立ち去った。わたしはワインをちびちび飲みながら考える。ＭＳＩはＥメールでわたしをスカウトした。最初はスパムメールだと思って無視していたが、上司の仕打ちにいよいよ耐えられなくなって検討してみることにしたのだ。そもそものきっかけは、オーウェンが書店でわたしを見かけたことだった。魔法で隠してあるものに反応するわたしを見て免疫者《イミューン》ではないかと思ったが、内気すぎて声をかけることができなかったそうだ。その後、ＭＳＩの担当者たちがしばらくわたしを観察したのち、免疫者《イミューン》であることを確認し、正式にオファーをしたと聞いている。

でも、コレジウムはなぜいま、声をかけてきたのだろう。会議での態度はそこまで劇的なものではなかったはずだ。わたしがそんなに簡単に忠誠の対象をかえると思っているのだろうか。それとも、これは罠？　こっちが彼らを調べていることを知っているの？

バーテンダーがわたしの前にシャンパンのグラスを置いた。「ごめんなさい、これわたしじゃないわ」

「お友達からです。あなたにはお祝いすべきことがあるからと」

グラスを見つめる。バーテンダーがシャンパンを注いだのは彼女が出ていったあとだから、毒やドラッグを混入することはできなかったはず。そして、魔法や呪いはわたしには効かない。おそらく飲んでも大丈夫だろう。それに、観察されている可能性もある。まだどうすべきかわからないが、これは潜入調査のチャンスかもしれない。わたしはグラスをあげ、こちらを見ているかもしれないだれかに乾杯すると、シャンパンを飲んだ。

翌朝、アパートを出ると、オーウェンが玄関前の歩道で待っていた。「昨日はごめん」

「いいのよ。忙しいのはわかってるわ」

「どうかした？」

「どうかって？」ふだんどおりに振る舞っているつもりだったが、いつも古い文献のことで頭がいっぱいの人が気づいたのであれば、よほど不安げな顔になっているのだろう。「大丈夫よ。会社に着いたら話したいことがあるだけ」

地下鉄の駅へ向かう間、心配そうにちらちらとわたしの方をうかがい、電車を降りてからは会社への道を薄氷を踏むような面持ちで歩くオーウェンが気の毒になったけれど、もしコレジウムがこれを見ていて、ふたりの間に漂う不穏な空気に気づけば、わたしがスカウトに応じる可能性は高いという印象をさらに強くするだろう。それに、この話を公共の場でするわけにはいかない。申しわけないけれど、オーウェンには会社に到着するまで待ってもらうしかない。

これまでは、社屋に入りさえすればどんな話も自由にできた。でも、あれだけコレジウム関連の社員がいることがわかったいま、そして、彼らがおそらくわたしの動向を注視しているとなれば、まだ話し出すわけにはいかない。おかげでオーウェンはますます不安げな表情になった。「このまままっすぐボスのところへ行きましょう」わたしは言った。

マーリンのオフィスに入り、ドアを閉め、魔法除け《ワード》でプライバシーが確保されたのを確認してから、わたしはようやく言った。「コレジウムはわたしをヘッドハントしようとしているようです」

「それで様子が変だったのか」オーウェンは見るからにほっとしたように言った。「昨日、夕食の誘いを断ったことを怒っているのかと思った」

わたしはバーで出会った謎の人物とのやりとりについて報告する。「どうすべきでしょう。キムにはいまだアプローチがありません。わたしが潜入しましょうか」

「ぼくは反対だ」オーウェンが首を横に振る。「彼らはきみがこの会社に愛情をもっていることを知っている。きみが行けば、絶対にスパイだと思われる。いやむしろ、だからこそきみに近づいたんだ。これは罠だよ」

「わたしもそう思ったわ。もしわたしが彼らだったら、わたしだけは絶対にヘッドハントしないもの。でも一方で、もしわたしを引き入れることができたら、対ＭＳＩの大きな戦力となるのも事実よ」

「あなたがそのような立場に身を置くのは非常に危険です」マーリンがあごひげを撫でながら言った。「たとえ今回の勧誘に他意がなかったとしても、スパイでないことが確信できるまで彼らはあなたを監視し続けるでしょう。有益な情報を入手できるようになるには、相当な時間をかけて彼らの信頼を獲得する必要があります」

「たしかに、条件を満たす必要があるとは言われました。具体的にどんなテストをされるのかは、あまり考えたくありませんけど」

「少なくとも、きみにだれかをカエルにしろと命令することはできないね」オーウェンは果敢にほほえんでみせる。

「でも、なんらかの形でＭＳＩを裏切ることを求められるかもしれないわ」

「今回は応じない方がよいでしょう」マーリンが言った。「今後、どこかの時点で検討することにしたとしても、最初の申し出にいきなり飛びついてはいかにも怪しく見える。しかしながら、先方に引き続きあなたに対して引き抜きを試みる理由を提供するのは悪い考えではないかもしれません」

「ここで働くのがつらくなるようにするということですか？」少々うろたえながら訊く。「まさか、ミミを雇ってわたしの上司にするつもりじゃないですよね？　たしかに、わたしがこの会社に転職したそもそもの理由は彼女ですけど」

「報告書の提出を頻繁《ひんぱん》に求めるというのはいかがですかな？　早々にマーケティングの成果を分析するよう求めて、驚くような効果が出ていないことを批判するというのはどうでしょう」

「ひょっとしてミミとお話しになりました？」思わず訊いた。「それこそまさに彼女のやり方です」

「ぼくらもけんかする必要があるかな」オーウェンが言った。

冗談のつもりのようだけれど――少なくとも顔は笑っている――胃の辺りがきゅっと痛んだ。コレジウムはきっと、自分たちが標的としている会社で重要なポストに就いている人物が婚約者《フィアンセ》であることを問題視するだろう。わたしがオーウェンから機密情報を聞き出せるかもしれないという利点はあっても、彼や会社に対する忠誠心が勝るリスクの方が高い。どう見ても、わたしは裏切り者というよりスパイだ。彼らの信用を勝ち取るには相当な努力が必要になるだろう。やはり、わたしが潜入するのは利益より危険の方が大きいかもしれない。

それでも、チャンスがあるかぎり、それを無駄にすべきではない。マーリンは打ち合わせどおり次々に報告書を要求し、わたしは仕事に時間を取られて、十二月に入るとほとんどオーウェンと過ごすことができなくなった。ふたりがつき合いはじめた去年の十二月を思い出しては、遠い目をしてほほえんでいる自分に気づく。いっしょにクリスマスのショッピングをしたり、スケートに行ったりしたっけ。スケートといえば、およそ有能とはいいがたいフェアリーゴッドマザーのおせっかいのせいで、氷を突き抜けて冷たい水のなかに落ちたりもした。いまとなれば懐かしい思い出だ。まあ、こんな状況では、かえってそういうことをする時間がない方がいいのかもしれない。

キムには定期的に会っているが、いっこうに仕事の勧誘がないことに苛立ちを強めているようだ。わたしに話があったことを知ってからは特に。ただ、あれから何度かひとりで同じバーに行っているが、謎のスカウトウーマンは一度も現れていない。

クリスマスはオーウェンといっしょにわたしの実家へ行き、一週間、コレジウムのことを忘れて過ごすことができた。テキサスのあんな片田舎が彼らの活動範囲に入っている可能性はまずない。ニューヨークに戻ったときには、ふたりともへとへとで少し気難しくなっていた。もし、コレジウムのだれかが空港でわたしたちを監視していたら、すぐに別れるとまでは思わないにしても、ふたりの態度にほころびと解釈できなくもないサインを見いだしたかもしれない。わたしたちは短くそっけない言葉で会話し、互いの体にほとんど触れなかった。実際は、飛行機のなかで何時間も肩を寄せ合っていたので、少しの間だれにも触りたくなかっただけなのだけれど。

休暇が明けて出社すると、サムが会社の正面玄関でわたしたちを出迎えた。「ミーティングだ」

「どうしたの？」

「社長室に来てくれ」サムの表情を読むのは簡単ではないが――なにしろ石でできているので

——かなり深刻そうに見える。ふだんなら、わたしたちをからかったり、休み中のことを尋ねたりするのに、そういう言葉はいっさいない。

マーリンのオフィスに行くと、すでにロッドとフィリップがいて、まもなくミネルヴァもやってきた。マーリンが部屋に魔法除け《ワード》をかけると、ロッドとオーウェンも加わって三人で何やらさらに魔術を行う。どうやら盗聴器を捜しているようだ。なるほど、これはかなり深刻な事態らしい。

「休暇中、気がかりなことが起こりました」マーリンは言った。「評議会《カウンシル》の委員二名と企業の幹部数名が行方不明になっています」

「休暇でどこかへ出かけたのではなくて、ですか？」わたしは訊く。

「家族が捜索願を出しています」

「わたしの身に起こったこととよく似ています」フィリップが言った。

「いよいよコレジウムが動き出したってことか」ロッドがつぶやく。「今日の欠勤者をチェックしてみます」

「コレジウムが関連しているとはまだ断言できないのでは？」オーウェンが言った。「少し前にはエルフが人々を拉致《らち》する事件がありました」

「エルフの仕業でないことはすでに確認しました」マーリンが言った。「もちろんほかにも理由は考えられますが、皆さん、十分に警戒してください。そして、情報収集の努力をいっそう強化する必要があります」

「名刺の番号に電話してみますか？」あまり気は進まないが言ってみる。

「名刺？」ロッドが訊いた。バーでスカウトされたことはオーウェンとマーリンにしか話していない。

「コレジウムだと思われる人物にうちに来ないかと言われたの」

「それはやめた方がいいです」フィリップが首を横に振りながら言う。

「ええ、だからオファーには応じてないわ」

フィリップはマーリンの方を向く。「彼らが組織への忠誠を確かめるために社員にどんなことをさせるか聞いたことがあります」

「何をさせるの？」わたしは訊いた。

「知らない方がよいと思います」

「彼らに勧誘された身としては知っておきたいわ。それに、これは潜入調査のチャンスかもしれないし」

「大切な人を裏切るようなことをさせるのです。おそらく彼らは、あなたにこの会社や社員たちを攻撃させるはずです。彼らのなかに潜入しても、ＭＳＩを守るどころか、逆にＭＳＩを潰す武器として使われることになるのです。彼らはそのためにあなたに近づいたのでしょう」

自分が青ざめるのがわかった。「なるほど、では、この案はなしということね。となると、代替案が必要だわ。そして、行方不明になっている人たちを見つけないと。もしカエルにされているとしたら、この寒さのなかどうやって生き延びるの？」

フィリップは身震いした。「幸い、わたしが魔法をかけられたのは夏でした。冬が到来するころにはすでにカエルとしての本能が目覚めていて、どう行動すべきかわかっていました。寒さの厳しい季節にカエルにされると、身の安全を確保できる前に命を落とす可能性が高いと言わざるを得ません」

ミネルヴァに意見を聞こうとしたとき、彼女の方が一瞬早く口を開いた。「行方不明者の居場所は特定できていませんが、何人かは確実に生存しています。ただ、彼らがどこでどのような状態でいるかはわかっていません。もしカエルにされている場合、夏に再度捜索を試みれば、居場所を突き止められるかもしれません。そうすれば、魔術を解くためにニューヨークに生息するすべてのカエルにキスして回らなくてもすみます」

歯がゆいけれど、いまできることはほとんどない。社長室を出て、自分のオフィスに戻る。営業部のフロアはひどくがらんとしていた。いや、今日は休暇明けの初日だ。異常な光景というわけではない。わたしは頭を振る。実際のところ、会社のなかは特に変わっていないのに、秘密結社から人々が送り込まれていると思うと、すべてが疑わしく見えてしまう。

午後の半ば、ロッドがオフィスにやってきた。パーディタの口調で、本人の声を聞く前から彼だとわかった。ロッドはいわゆる正統派のハンサムではない。でも、身だしなみをきちんとして、笑顔でいると、独自の魅力がある。彼はふだん、自分をハンサムに見せるめくらまし《イリュージョン》を使っている。最近は仕事のとき以外はほぼ素顔でいるようになったけれど、職場ではだれだかわかってもらえない可能性があるのでまだやめていない。わたしのアシスタントがイケメンの映画スターを前にしたような声色になるのはそのためだ。

「ありがとう、パーディタ。入ってもらって」

ロッドはオフィスに入ると、ドアを閉めて、部屋に魔法除け《ワード》をかけた。「パーディタは信用しても大丈夫だと思うわ」

「用心するに越したことはない」ロッドは険しい表情で言う。

「何？　どうしたの？」

ロッドはデスクの前のゲスト用の椅子に腰をおろすと、紙を一枚差し出した。「今日、出社していない社員のリストだ。だれひとり休暇届を出していないし、病欠の連絡もない。こちらからの連絡にも応答はない」

リストには十数名の名前があった。営業部の社員も何人かいる。「それは普通じゃないことなのね？」

「休暇明けの日として？　通常よりやや多くはあるけど、必ずしも異常な事態ではない。こういう状況でなければ、さほど問題視していなかっただろうね。でもこれは、すでに連絡の取れた人たちを省いたリストなんだ。その人たちの数は、まあ、いつもどおりだったよ。旅行中に足止めを食ったとか、寝坊とか、体調不良とかね」ロッドはリストを指さす。「いまこのリストに載っている人たちは皆、行方不明になっていると考えてよさそうだ。でも、それだけじゃない」

「何？」

「このリストをコレジウムとの関連が疑われる社員のリストと照合してみた。すると、ほとんどがコレジウム関連の社員の直属の上司なんだ」

「本当？　ということは、この行方不明者のうち、コレジウム関係者のリストに部下の名前がなかった人の下には、あなたが人事部長になってから採用された人で、わたしたちが把握していないコレジウム関連の社員がいる可能性があるってことね」

「ああ、でも、それがだれかを突き止めるのは簡単じゃない。この人たちにはそれぞれ大勢の部下がいるからね」

「要するに、連中は組織のメンバーをＭＳＩの重要なポストに昇進させるために邪魔者を排除しているってことよね。彼らは明らかに行動を起こしはじめたわ。こちらも何か手を打たないと」

「きみの潜入調査はなしだよ」

「わかってるわよ」でも、どうしても考えてしまう。いまのところほかに有効な選択肢はない。

「何か考えはある？」

「各部署でだれが昇進するかを決めるのはぼくじゃないけど、空いたポストに昇進するコレジウムのメンバーができるだけ少なくなるよう動いてみるよ。でも、何人かは目をつぶる必要がある。でないと、こっちが連中の動きに気づいていることがばれてしまうからね」

「それにしても、彼らはいったい何を企んでいるのかしら」そう言って、手でこめかみの横の髪をすく。ふと、これはオーウェンが考えあぐねてフラストレーションがたまったときにする癖だと気がついた。まだ夫婦でもないのに、もう彼と同化しはじめているらしい。「休みも明けたことだし、もしかしたらキムの方に何かアプローチがあるかもしれないわ」藁をもつかむ思いで言ってみる。「彼女はMSIに解雇されたことになっているわけだから、彼らもわざわざうちに対して忠誠心が残っていないか試したりしないんじゃないかしら」

「さあ、なんとも言えないね。でも、たとえ彼女が採用されたとしても、ひと晩で奇跡が起こるとは思わない方がいい。組織の一員になったからといって、だれもが重要な情報にアクセスできるわけじゃない。マフィアのおとり捜査なんかは何年もかけて行われるんだから」

「じゃあ、魔法で盗聴することはできないの？　それもFBIがマフィアに対して使う手よ」

「それにはまず彼らがどこにいるのかを突き止めないと」

「つまり、やっぱりだれかが内部に入り込まなきゃならないってことね。明日、キムに会うことになってるの。万が一、連中が彼女を欲しがらなかった場合、だれかほかに解雇できる人はいる？」


次の日の午後、バーに行くと、キムはすでに来ていた。そのあまりの意気消沈した様子に、失業してへこんでいるふりをしているのではなく、声がかからないことについて本気で落ち込んでいるのではないかと心配になった。「何もなし」わたしが訊く前に、キムはそう言って力なくため息をついた。「雇用市場の状況は思った以上に厳しいわ」

「大丈夫よ、きっと何か見つかるわ」そう言ったものの、もし彼らに採用する気があるなら、もうとっくにそうしているように思える。

キムはグラスをいっきに空けた。「そうね、そうだといいけど。でも一応、わたしの状況をボスに知らせておいて。ボスもきっと気にしていると思うから」もしこれが演技なら、みごとな演技力だ。スツールからおりるとき、軽くよろめきさえした。

キムが出ていったあと、わたしもグラスワインを飲み干して店をあとにした。地下鉄の駅に向かいながら、手袋を出そうとポケットに手を入れると、覚えのない紙切れが一枚入っていた。

〝フルトン・ストリートを左に曲がれ〟と書いてある。

フルトン・ストリートは次の角だ。指示に従うべきだろうか。罠かもしれない。でも、だとしたらずいぶん奇妙な罠だ。わざわざ招待状をくれなくても、奇襲をかけるのにいい場所ならいくらでもあるだろうに。

通りの角まで来て立ち止まる。さてどうしたものか。危険かもしれない。でも、糸口が見つかる可能性もある。ふと近くの街灯に知っているガーゴイルがとまっているのが目に入り、心が決まった。左に曲がると、ガーゴイルも舞いあがってついてくる。万一、罠だったとしても、わたしには援軍がいる。もしやっかいなことになって、あとでリスクを冒したことをオーウェンにとがめられたら、そう言おう。

通りには大勢人がいて、奇襲にはかなり不向きな状況だ。左には曲がったものの、このあとどうすればよいかわからないので、そのままフルトン・ストリートを歩き続ける。前方のコーヒーショップから女性がひとり紙コップをもって出てきた。頭からショールをかぶっていて顔はよく見えないが、この寒さなので特に奇異な格好ではない。彼女はわたしが通り過ぎるのを待ってから、歩行者の流れに加わり、すぐ後ろをついてくる。

「振り向かずにそのまま歩いて」後ろから声が聞こえた。シルヴィア？　振り向いて確かめたいのを我慢する。

「どうしたの？」

「いよいよ保護が必要になりそうなの。あなたのボスに伝えて」

「わかった」

「それから、組織の内部にだれかを送り込もうっていう作戦、諦めた方がいいわよ。彼らが彼女を雇うことはないわ。彼女は器じゃない。融通がきかなすぎる。事実を知ったとたん、当局に密告するタイプよ。だから早いところ会社に戻した方がいいわ」

「そう、それがわかってよかったわ」本当はよくない。ほかにこれといった代案はないのだから。ただ、少なくとも、見込みのない作戦に無駄な時間を費やすのをやめて、キムをいまのみじめな状態から解放することはできる。

「彼ら、あなたをスカウトしたらしいわね」

「さあ、どうかしら」

「とぼけなくていいわ。彼らがあなたに接触したことは知ってるんだから」

「あれは罠？　彼らはわたしたちが動いていることを知ってるの？」

「わからない。でも、オファーは本物だと思うわ。あなたを消したいなら、わざわざ雇う必要はないもの」

「わたしからＭＳＩの内部情報を引き出そうとしているのかしら」

シルヴィアは短く笑った。「可愛いことを言うのね。彼らが内部情報をもっていないと思ってるの？　あれだけ大勢人を送り込んでおいて？　あなたが教えられるようなことは、彼らはとっくに知っているわ。あなたの場合はおそらく、やっかいなやつは味方に引き入れておけってやつね」

「わたしが当局に密告するとは思わないのかしら。魔法界の陰謀をくじくのはいまやわたしの趣味みたいになってるわ。お菓子づくりや刺繡《ししゅう》や編み物と並んで」

「彼らはきっとあなたが断れないような申し出をしてくるはずよ。心しておくことね」

「応じるなんてだれが言った？」

「ほかに選択肢がある？　とにかく、わたしは姿を消す必要があるの。できれば、明日じゅうに。明日のこの時間この場所に、わたしをさらってくれる人をよこしてちょうだい」

「わかったわ」

返事はなかったが、振り返らず、そのまま次の交差点まで歩いてから、会社に向かった。マーリンはきっとまだいるだろう。社長室に住んでいるのではないかという疑念はわたしのなかでいまだ晴れていない。

社屋に入り、オーウェンのラボのあるフロアまで来たとき、一瞬迷ったが、まっすぐマーリンのオフィスへ行くことにした。これはオーウェンには直接関係のないことだ。

思ったとおり、マーリンはオフィスにいた。「おや、ミス・チャンドラー、もう帰宅しているべき時間ではありませんか？　それとも、本日のミーティングに関して何か報告することがありましたか？」

キムが採用される可能性はないというシルヴィアの指摘も含めて、起こったことを報告する。マーリンは警備部に電話してシルヴィアの保護を要請すると、あらためてわたしの方を向いた。

「申し出を受けようと思っているのですか？」

「まだ決めかねています。こちらにとって唯一のチャンスかもしれませんが、成功の確率が低いチャンスでもあります。リスクを冒してまでやる価値があるかどうか……」

「わたしも同じ意見です。もう少し様子を見ましょう。明日はあなたも現場に赴いてください。彼女はあなたを知っていますし、付近に魔法で身を隠している者がいた場合、あなたは気づくことができます」

「まさに、わたしにぴったりの任務ですね」


次の日の午後、わたしはしっかり着込んで会社を出た。長時間屋外にいることになるかもしれない。フルトン・ストリートに到着すると、通りを一往復してみる。「うちのチーム以外、特に目につく人はいないわ」イヤピースを通してサムに報告する。

「連中がここで人間以外の生き物を使うことはないだろう」サムは言った。「そのまま目を光らせといてくれ、お嬢。少しでも怪しげなやつがいたら、そいつの外見を描写してくれ。覆い《ヴェール》で姿を消していないか確認する」

もうひと往復してみたが、怪しげな人は見当たらなかった。厳密には、マンハッタンでふだん目にする人たち以上に怪しげな人は、ということになるけれど。腕時計を見る。そろそろ時間だ。シルヴィアはいつ現れてもおかしくない。

三十分待ったが、彼女は現れなかった。自力で逃げることに成功したのだろうか。あるいは、気が変わった？　それとも、またあらたに行方不明者が出たということ？

4

会社に戻り、サムと合流する。「うちの連中はだれも彼女の姿を見なかった」サムは言った。「もしかしたら気が変わったのかもしれないわ。逃げることを楽しみにしているようには見えなかったし」

「あるいは、ねらわれているという彼女の話は本当で、うちより先にやつらに捕まったということかもしれねえ」

「そうじゃないことを祈るわ」シルヴィアの運命が心配なわけではない。彼女の身に何か起こったのだとすれば、MSIが直面している危機についての彼女の話にも信憑性が出てくる。彼女に最初に警告されたときから、対策はちっとも進んでいない。社内に信用してはいけない人たちがいることがわかっただけだ。

「ま、とりあえず、やるべきことはやった」サムは肩をすくめる。「あれ以上どうしろってんだ。約束は守ったぞ。現れなかったのは向こうだ」

「もう一度彼女と連絡を取ってみる」

「どうやって？　連絡は常にあっちが入れるってことになってたんだろ？」

「連絡を取りやすい状況をつくることはできるわ。これまで彼女がわたしに接触してきた場所に行ってみる。もし何かが起こって計画を実行できなかったのだとしたら、きっとわたしがそこに行くことを望んでいると思うわ。別のプランを準備するために」

「まあ、やってみる価値はあるかもしれねえな」サムはふたたび肩をすくめる。「でも、そりゃ、出血大サービスだぜ」

わたしはシルヴィアが昨日、ひそかにメッセージをよこしたバーへ行った。彼女が逃亡計画を立て直すためにわたしに接触するとしたら、この場所が第一候補だ。本当はココアが飲みたい気分だったが、いつもどおりグラスワインを注文する。コートのポケットをチェックするまで、どれくらい待てばいいだろう。

だれかが隣のスツールに座った。見ると、この前わたしをスカウトしたあの女性だった。

「電話をくれないのね」

「せっかくだけど、興味がないの」

「一応確認よ。でも、本当に？」

「だいたいどうしてわたしなの？」

彼女は笑った。「わかりきったことを訊かないで、ケイティ。あなたのような人がどれだけ希少か知ってるでしょう？　正気と常識を保っているとなればなおさらね。あなたは貴重な人材なの。あなたのように仕事をしっかりやり遂げる能力のある人は、会社の大きな戦力になるわ」

どうしてわたしがMSIを裏切ると思うのか訊こうとして、ふと、彼女は自分がコレジウムの人間だとはひとことも言っていないことに気がついた。彼女がくれた名刺は投資銀行のものだったし。このてのヘッドハンティングはウォール街ではよくあることだ。ライバル会社の有望な人材に近づいて引き抜こうとするのは珍しいことではないはず。そのすべてにマフィアがからんでいるわけではないだろう。

もちろん、これがなんの裏もない純粋な勧誘だと思うほど、わたしもナイーブではない。でも、ここはそう信じているふりをするのが得策に思える。そもそもわたしは魔法界に入って間もない、いってみれば新人だ。秘密結社のことなど知らなくて当然だろう。「ちなみに、どういう仕事なの？」

「基本的にはあなたもよく知っている検証の仕事だけど、魔術の店が正規の商品を置いているかどうかをチェックするようなことではなく、大型の金融取引が対象になるわ。あなたは人間界でビジネスの経験があるわね。わたしたちはその点に興味をもっているの」

「ビジネスといっても小さな町の農業用品店よ。巨額な資金を扱うような仕事じゃないわ」

「でも、それはつまり、実際にお金に触れていたということでしょう？　単にコンピュータ上で数字を動かすだけではなく。あなたは契約書にどのような文言があるべきか、人々がどのように行動するかをよく知っている。あなたがそうした常識をどんなふうに仕事に生かしてきたかについてはいろいろ耳にしているわ。聞くところによると、免疫を失っていたときも検証人としてよい仕事をしたそうね」

シルヴィアからコレジウムについて警告されていなかったら、気持ちが揺らいでいたかもしれない。たしかにＭＳＩにはたくさんの恩があるし、オーウェンと同じ会社で働くのは楽しい。でも、わたしたちはもうすぐ結婚して、いっしょに暮らすことになる。職場まで同じである必要はあるだろうか。夫婦のほとんどは別々の仕事をもっている。あまりいっしょにいすぎない方が、長くよい関係を維持できるような気もする。

でも、これはそういう話ではない。もし、コレジウムがわたしを引き抜こうとしているのだとしたら、たとえ採用したとしても、重要な情報に近づかせる前に、徹底的にわたしの忠誠心を試すだろう。それに、そもそもわたしは彼らの組織のために働きたくはない。

「ごめんなさい。でも、やっぱり仕事をかえる気はないわ。いまの職場が気に入ってるの」

「それはわたしが聞いた話とは違うわね。あなたは会社自体は好きだけど、やっている仕事は嫌いなはずよ」

「どうしてそんなこと知ってるの？」

「おかげさまで情報網は充実しているの」彼女はにっこり笑って、カウンターに名刺を滑らせた。「もう一度渡しておくわ。オファーはいまも有効よ。いつでも電話して」

彼女はバースツールから優雅におりると、そのまま消えた。消えたといっても、文字どおり虚空に消えたわけではなく、店内の人混みに紛れて見えなくなったという意味だ。グラスワインを飲み干し、クロークに預けていたコートを取りにいく。ポケットには手袋以外何も入っていなかった。

シルヴィアと会ったセントラル・パークや地下鉄にも行ってみたが、成果はなかった。彼女の失踪が自分の意志でないことはほぼ間違いないだろう。つまり、組織が彼女を消そうとしているというのは本当だったのだ。ということは、彼らがＭＳＩを乗っ取ろうとしているというのも、標的がマーリンだというのも、信じるに値する話になってくる。早急に何かしなければ――。

問題は、何をすればいいかわからないことだ。コレジウムとの関連が疑われる社員を全員クビにしても、把握できていないスパイがほかにいることはほぼ間違いない。それに、一斉解雇をすれば、彼らはおそらくそれを先制攻撃と見なすだろう。

もうひとつだけ選択肢はある。きわめて危険で、あまり有効ではないという理由で、話に出るたびに却下されてきたあれだ。でも、どんな情報でもまったくないよりはましだろう。面接に行って向こうの顔ぶれや組織の所在地がわかるだけでも、いまよりは前進することになる。危険すぎると思えば、採用を断ればいいだけだ。

それに、予想以上に成果が得られる可能性もある。わざわざスカウトするくらいわたしに価値があるなら――シルヴィアの言うことが正しければ、彼らはわたしがもつＭＳＩの内部情報が欲しいわけではない――特ダネをつかむチャンスはあるかもしれない。

翌朝、わたしはまっすぐマーリンのオフィスへ行った。「やはり、わたしがオファーを受ける以外ないように思えます」

マーリンは座るよう手で合図する。「その作戦は有益ではないということで意見が一致したはずですが？」

「そうですけど、でも、何もしないよりはましです。シルヴィアは行方不明になりました。つまり、彼女の話は本当だったということです。このまま何も行動を起こさずにいては手遅れになるかもしれません。それに、彼らの信頼を早々に得られるかもしれない方法を思いついたんです」

「それはどのような方法ですかな?」

「わたしがMSIを見捨てたように見せるんです。仕返しも辞さないくらい会社に腹を立てているように。この会社に誘われたとき、はじめはロッドからのEメールをことごとく無視しました。彼に会ってみようと思ったのは、ある日、上司のミミの仕打ちにいよいよ耐えられなくなったからです。この状態から抜け出せるならどんな会社だっていいと思いました。だから、何かわたしがここを逃げ出して彼らの腕のなかに飛び込みたくなるような流れを演出するんです。送り込まれたスパイたちが社内のことを逐一報告しているでしょうから、わたしがどんな状況にあるかは向こうに伝わるはずです」

「あなたを困らせる方法は何かしら考えられるとは思いますが……」マーリンはかすかにほほえむ。

「社長ご自身にもやってもらう必要があります。わたしがこれまで会社のだれかと衝突したとき、あなたはいつも味方になってくださいました。彼らを信用させるには、わたしがあなたに対して個人的に怒りを抱く必要があります」

「それには、わたしから何か不当な扱いを受ける、ということになりますかな。しかし、わたしが突然、理由もなくあなたに対して理不尽な振る舞いをするようになっては、かえって怪しまれるのではありませんか？」

「そうですね。急にではなく、徐々に態度を変えていくようにしていただくべきかもしれません」

「ところで、このことについてミスター・パーマーとは話し合ったのですか？」

わたしは目を逸らし、もぞもぞと座り直す。「まだです。もちろん、コレジウム関連の話はしますけど、この件については彼と話す前にあなたにご相談したかったんです。これは彼の管轄ではありませんし、できるだけ煩わせたくなくて」

「しかし、彼も個人的に大きな影響を受けることになります。なにより、敵対する組織に移ろうとするくらい会社に恨みを抱きながら、一方で、そこの社員との結婚を予定しているというのはいささか奇妙に見えませんかな」

唇を噛み、ため息を堪《こら》える。それについては考えた。同時に考えないようにもしていた。この計画の大きな問題点がそれだ。ＭＳＩのシンボルみたいな社員と婚約していながら、〝ＭＳＩを潰してやりたいので、あなたたちの陰謀について詳しく教えて〟という態度を取ることなど、果たして可能だろうか。「それについても演じる必要があるかもしれません」わたしはしぶしぶ言った。「会社との決別を印象づけたいなら、婚約破棄以上に説得力のあるものがあるでしょうか」

マーリンは厳しいまなざしでわたしを見据えた。「そこまでやるのであれば、やはり計画を実行する前にミスター・パーマーと話し合わなければなりません」

「もちろんです。理由も言わずに勝手に婚約破棄などしません」

「わたしが言ったのは、彼の同意を得るということです。潜入調査の任務を負うのはあなたですが、彼も犠牲を払うことになるのですから」

わたしはうなずいた。「話します。彼ならきっと理解してくれると思います」もしくは、けんかになるかだ。それはそれで、わたしの退社劇をとても信憑性のあるものにするだろう。

自分のオフィスへ行くと、Eメールの返事をして、いくつか書類仕事を片づけてから、今回の計画について利点と難点を箇条書きにし、これがいまなし得る最善の策であることを訴えつつ予想できるさまざまな異議を論破する準備をした。

そして、〝憂鬱《ゆううつ》な冬を熱く盛りあげようパーティー〟への参加命令が営業部全体にかかったとき、オーウェンに対峙する方がましだと判断し、重い腰をあげて彼のラボへ向かった。

到着すると、オーウェンとアシスタントのジェイクがホワイトボードの前で何やら議論していた。オーウェンとつき合うようになって、かなりの言語を判別できるようになったけれど、いまボードに書かれているのははじめて目にする言語だ。ふたりともマーカーを手に、互いに前に出たり後ろに下がったりしながら、相手が書いたものを消しては、あらたに何か書いていく。議論はどんどん熱を帯びていく。

オーウェンがだれかと言い争ったり、ましてや声を荒らげたりすることはめったにない。そう考えるとこれは、きわめて危険でかつ無益に終わるかもしれない潜入調査に赴くために、婚約を破棄したうえで怒りにまかせて会社を辞めるふりをしなければならない、と告げるには最悪のタイミングといえそうだ。こっそり引き返そうとしたとき、オーウェンがわたしに気づいた。

「ケイティ！　何かあったの？」

「え？　別に。どうして？」われながらこれ以上なく不自然な口調で、自分を蹴りたくなった。

「なんだか……ひどく疲れているみたいだけど」

「営業部のパーティーをなんとか回避してきたの。危ないところだったわ。そっちは何ごと？」

「ちょっとした意見の相違ですよ」ジェイクが言った。「でも、やっぱりどう考えても、そのルーン文字の解釈は違うと思いますね」

「ジェイク、これはアルバムのジャケットじゃないんだ」

「あなたはすごい学歴をもっていて、このてのものは苦もなく読めてしまうんでしょうけど、一方でそれは、先入観が邪魔をして真の意味が見えなくなる可能性もあるってことです」

「でも、それでは魔術としての整合性がなくなる」

「そもそも静寂の魔術じゃないとすれば？」

わたしはラボのテーブルの端に腰かけ、ふたりのやりとりを眺める。ポップコーンがないのが残念だ。「静寂の魔術？」

「ルーン文字をどう解釈するかによるんだけど、これは音を消して静寂をつくる魔術かもしれないんだ」オーウェンが言った。

「あるいは、呪文を声を出さずに心のなかで唱えよという指示ですね」ジェイクが言う。

「両方っていう可能性はない?」わたしは訊いた。「静寂をつくる魔術を無言でやるっていうのは理にかなっている気がするわ。音を消したいときに声に出して呪文を言うのは、ちょっと矛盾してるもの」


ふたりは顔を見合わせ、そろって眉をあげると、ホワイトボードの方を向いた。「もしかしたら、それでふたとおりの解釈ができるのかもしれない」オーウェンが言った。「きっと両方を意味しているんだ。ほら、これ、このマークが意味を変えてるんだよ」

「なるほど、それでぼくは指示だと思ったんですね」ジェイクが言う。「無言でかける静寂の魔術か……たしかに理にかなってますね」


ふたりはわたしの方に向き直る。さっきまでの険悪なムードはすっかり消え、ふたりとも笑顔だ。「きみが来てくれてよかったよ」オーウェンが言った。「ときには外部の視点も必要だな」

「常識の力も捨てたものじゃないでしょ?」わたしは言った。頭のなかにあの謎のヘッドハンターの言葉がこだまする。

「ところで、パーティーから避難する場所以外に何か必要だった?」オーウェンが訊いた。


機嫌もすっかり直ったようなので、タイミングの悪さを言いわけにはできなくなった。「実は、例の問題について話がしたかったの」

「ぼくには関わらせないようにしているんじゃなかったの?」

「あなたの意見を聞く必要があるの」

「ぼくはこれをやってますよ」ジェイクはそう言って、ホワイトボードの方を向いた。

わたしがテーブルからおりると、オーウェンはわたしを連れてオフィスへ移動し、ドアを閉めた。そして片手をひるがえし、部屋に魔法除け《ワード》をかけてプライバシーを確保する。「話というのは？」

このての交渉にはまず足固めが必要だというのが、営業部で学んだことのひとつだ。いきなり本題に入ってはいけない。「シルヴィアのこと、聞いてる？」

「シルヴィアのことって？」

「彼女、一昨日、わたしの前に現れて、いよいよ保護が必要だと言ってきたの。それから、コレジウムは決してキムを採用しないとも言ってたわ。おそらく、グレゴールから彼女の性格諸諸についてかなり情報がいってるのね」

「それで、いまシルヴィアの身は安全なのかい？」

「それが、そうともいえないの」彼を説得するにはここでしっかり目を見る必要があるのはわかっているが、なかなかそうすることができない。「彼女、約束の時間に現れなくて、その後、連絡が取れなくなってるの。気が変わったか、逃げる前に捕まったかのいずれかだと思う。後者だとすると、彼女の話のほかの部分についても信じる必要が出てくるわ」

「大勢の人が行方不明になっていることも、それを裏づけるものだといえそうだな」

「ええ、そうね」いよいよ彼の目を見られなくなってきた。わたしは組んでいた脚をほどき、また組み直す。「彼らがわたしをスカウトしたことは言ったわよね。コレジウムとは名乗らなかったけど。名刺には聞いたことのない金融機関の名前が書いてあったわ。でも、彼らに間違いない。わたしの常識に期待していて、重要な検証の仕事を任せたいと言ってた。わたしのこと、かなり詳しく知ってるみたいだったわ。もちろん、断ったけど」

「あるいは、本当に別の会社かもしれないよ。きみの評判は広まっているからね。この街の魔法関連の会社はどこもきみを欲しがると思うよ」

「でも、ちょっとタイミングがよすぎない?」

「まあ、そうだね。いずれにせよ、受けるつもりはないんだよね?」

すでに話の展開を読まれているような気がしてきた。オーウェンにはわたしの行動を予期する不思議な能力がある。魔力のなせるわざなのか、それとも、それだけわたしのことを理解しているからなのかはわからない。「実は、電話してみようと思ってるの。もし別の会社だったら、特に害はないわ。うまくすれば、給料アップか、よりやりがいのある仕事をもらうための交渉材料として使えるかもしれない。で、もし、そうじゃなかった場合、おそらくコレジウムの内部に潜入するまたとないチャンスとなる」

オーウェンの表情がにわかに険しくなる。「潜入調査は成果が期待できないということで意見が一致したんじゃなかったかい? 彼らがきみを信用することはないと」

「それは彼らがわたしをスカウトする前の話だわ。ひどい辞め方をして、わたしが完全にMSIを見限ったように見せられれば、信用させることは可能だと思う。ボスと相談して、徐々に関係を悪化させて最後はけんか別れの形で辞めるようにするのがいいだろうってことになったの」

「でも、ぼくたちは？　きみはぼくと婚約している」

この先は、面と向かって話すのが本当に、本当に、つらい。でも、心を決め、まっすぐ目を見つめて言った。「それについても、ふりをする必要があるわ。ひどい別れ方をすれば、説得力が増すと思うの。もちろん、あくまで演技よ。こっそり会うことだってできるかもしれない。十分注意する必要はあるけど。でも、密会なんてなかなか刺激的じゃない？　長く続けるつもりはないわ。何かしら情報が得られるまでよ。組織の所在地やメンバーの一部がわかるだけでも、かなりの前進だわ」

「これは決まったことの報告？　それとも、ぼくに意見を求めているの？」オーウェンの顔はあまりに無表情で、心のうちを読むことができない。これに比べたら、石でできたサムだってジム・キャリーに見える。

「決める前にあなたと話すようマーリンに言われたわ。あなたも大きな犠牲を払うことになるからって。あなたが反対ならやらない。でも、考えてみて。おそらくこれがわたしたちにとって唯一のチャンスかもしれない。彼らが何を企んでいるかがわかれば、きっと大勢の人を救える。会社も乗っ取られずにすむわ。いつも『カサブランカ』の台詞を引用するのはあなたよ。三人のちっぽけな人間の問題など……まあ、ここではふたりだけど、より大きな思惑の前では取るに足らないことだって」

「慎重にやるね？」

「あたりまえよ！」

「少しでも危険を感じたら、ただちに中止するね？」

「もちろん！」

「ケイティ、ぼくはきみをよく知っている。〝でも、もう少しでわかるの！〟っていう声が聞こえるようだよ」

「遅きに失したことでシルヴィアがどうなったか見たばかりよ」

「気は進まないけど、反対はしないよ」

「気が進まないのはわたしも同じよ。でも、ほかに選択肢が見当たらないの。おそらくこれが組織に潜入する唯一の方法だわ」

「あるいは、本当にどこかの国際銀行がきみをヘッドハントしようとしているだけかもしれない」

「もしそうなら、彼らがどんなオファーをしてくるか楽しみね。本当にすごくいい仕事だったりして」

オーウェンはにやりとしたが、すぐに真顔になって言った。「まさか本気で転職するつもりじゃないだろう？」

「もちろん、しないわよ。じゃあ、さっそくボスに報告して、会社がわたしを理不尽に扱うよう取り計らってもらわなきゃ」

わたしに会社を辞める口実を与える作戦の実行は、難しくもあり、恐ろしいほど簡単でもあった。マーリンとは問題なく意見の対立を演出できるけれど、ほかに協力を頼めるほど信頼できる人はそう多くない。営業部で何かことを起こすとすれば、演出ではなく本当に起こす必要がある。悲しいかな、あえて原因をつくらなくても、この部署で日常的に行われていることについて自分の気持ちを正直に口にすれば、衝突はいくらでも引き起こすことができた。

たとえば、翌日のミスター・ハートウェルとのミーティング。彼は人を待たせることで悪名高い。それは前もって予定された会議でも同じだ。ふだんはいちいち腹を立てないようにしている。待っている間にできる仕事や何か読むものをもっていって時間を潰したり、あとに別のミーティングが控えているときは彼のアシスタントに予定を組み直すよう頼む。でも、今回は、約束の時間になっても彼が現れないと、わたしは立ちあがり、「このミーティングは彼にとってさほど重要ではないみたいだから、別にやらなくてもいいわね」と言い捨てて、自分のオフィスに戻った。脚の震えをごまかすため、早足で歩かなければならなかった。上の立場の人にこんな態度を取ることにはあまり慣れていない。

午後、またもや部署をあげてのパーティーがあった。今日は、〝ルアウ（ハワイ式宴会）で一月を夏にしちゃおうパーティー〟だ。わたしは参加するそぶりすら見せなかった。オフィスにいると、服の上から草でできたスカートをはいた営業マンが部屋をのぞき込んだ。「もしもーし。パーティーに来ないの？　マイタイがあるよ」

「あいにく、みんなと違ってこっちは仕事があるの」わたしはぴしゃりと言った。「そうやってパーティーに費やす時間を本来の仕事にあてれば、会社の売りあげは劇的にあがるんじゃないかしら」

彼はまるで平手打ちでも食らったかのようにたじろぐと、目をぱちくりさせた。「まあ、無理にとは言わないけど……」

頬が緩みそうになるのを唇を噛んでごまかす。いまのところ、このやり方は有効なようだ。ふと、職場の状態を何ひとつ変えなくても、ここを辞めて引き抜きに応じる理由をつくれることに気づいて、笑みはすぐにしぼんだ。怒りにまかせて辞めることに信憑性をもたせるには、ただ正直に反応していればよいだけなのだ。

翌朝、パーディタがおずおずとオフィスをのぞいた。「あのう、ケイティ、ミスター・ハートウェルがいますぐ会いたいそうです」

わたしはただちに役に入り、コンピュータから目をあげずに——インターネットで天気予報を見ていただけだけれど——言った。「了解」

パーディタは入口にとどまっている。「あの、急いでいるみたいでした」

「これが終わったら行くわ」この先五日間の予想気温を確認し、着る服を考えてから、ようやく立ちあがってミスター・ハートウェルのオフィスへ向かう。心臓の鼓動があまりに激しくて、エイリアンのように胸から飛び出すのではないかと思えたが、なんとか平静を装った。

ミスター・ハートウェルは、今日はちゃんとオフィスにいた。不機嫌そうだ。まあ、型取りしたプラスチックの人形のような顔に可能な範囲で、ということだけれど。「入ったらドアを閉めてくれるかな」彼は言った。

ごくりと唾をのみそうになるのを堪え、これは望んだとおりの展開なのだと自分に言い聞かせる。ほかの人たちにもよく聞こえるよう開けたままにしておきたかったけれど、言われたとおりドアを閉め、勧められるのを待たずに椅子に座った。「何かご用ですか？」何食わぬ顔で言う。

「昨日は忙しかったようだね」

「ええ。時間を無駄に奪われるのは好きではありません」

これにはかなり不意をつかれたようだ。わたしをたしなめる気でいたのだろう。彼は急に防御の態勢に入る。「ときには突発的に予定が変わることもある」

「そういうときはその旨連絡をいただけるとありがたいですね。自分の時間はほかの人のそれより貴重だと考えるのではなく」

「どうやら昨日のミーティングのことだけを問題にしているのではなさそうだね。きみは営業部での仕事に不満をもっているのかい？」

わたしはミスター・ハートウェルをにらみつける。「そうですね。はっきり言って、時間を無駄にしているように感じています。実は、部署の異動を申請しようかと思っているところです」

「それがいいかもしれない」彼は冷ややかに言った。自分が大きなリスクを冒していることにあらためて気づく。わたしはいま、次々に橋を燃やしているようなものだ。これでもしコレジウムに潜入できなかったら、本当に職探しをしなければならなくなるだろう。もはやあと戻りはできない。

5

〝怒り心頭の退社劇〟の第二ステップはこれで完了した。ミスター・ハートウェルとのミーティングのあと、わたしはマーリンのオフィスへ行き、ドアを閉めずに言った。「キムのあとはまだ空いたままです。わたしをアシスタントに戻してください」

「それはつまり、現在の役割に満足していないということですかな?」デスクの上の書類から目だけあげて、マーリンは言った。「会社のマーケティング活動を率いるのは、管理職のアシスタントよりやりがいのあるものだと思っていましたが」

「普通はそうですよね。でも、あの部署は違うんです。もう一日たりともあそこにいるのはいやです。最大の競合相手を倒したいま、もう大してマーケティングの必要はありません。そもそもあれは免疫者《イミューン》じゃなくてもできる仕事です。はっきり言って、宝のもち腐れです。それに、どうせほとんどの時間を臨時の特別任務に費やしているのが現実です。だったら、最初から職務規定にそう書かれているポストを与えられるべきだと思います」あくまで演技だが、これをマーリンに向かって言うのはなんともいやな気分だ。顔が赤くなってくるのがわかる。

それに、対立を演出するための台詞とはいえ、いま言ったことはすべて事実でもあることに気がついて、さらに気が滅入った。わたしはこんなにため込んでいたのだろうか。

マーリンはまっすぐわたしを見つめる。一瞬、心配そうな表情が垣間見えたような気がした。わたしの言葉が本音であることに気づいたかのように。「考えておきましょう」

「いつまでに答を出していただけますか？　別の選択肢も検討中なので、期限を示していただけると助かります」

「追って連絡します」マーリンは視線を書類に戻す。話は終わったという合図だと理解し、わたしはくるりと向きを変えてオフィスを出た。周囲に聞こえるよう、わざとらしいくらい大きなため息をつきながら。

「ケイティ、大丈夫？」社長室受付の妖精、トリックスが、デスクの横を通るわたしに言った。友人に嘘をつくのはいやだし、彼女は信頼できると思うけれど、いまはどんなリスクも冒すべきではないと考えて、役に徹することにした。それに、トリックスは社内きってのゴシップ源のひとりだ。彼女の耳に入れておけば、間違いなく社内のコレジウム関係者に伝わるだろう。

「今週はいろいろきつくて」涙を堪《こら》えているかのように激しく瞬《まばた》きする。

「ちょっと聞こえたんだけど、社長室に戻ろうとしているの？」

「ええ、ここにいたときがいちばん楽しかったわ。営業部はカオスよ」

「あそこは昔からそう。あなたはよく耐えてるわ。こっちに戻れるといいわね」

わたしは人差し指と中指を交差してみせる。「そう願うわ」

「わたし、ボスがその気になるよう、いい波動を送っておくわね」

「ありがとう、よろしくね」笑ってそう言ったが、これはあくまで冗談で、彼女が本当にそんな能力をもっているわけではないことをひそかに祈った。希望が通っては意味がない。わたしは大きなため息をついて続ける。「じゃあ、カオスに戻るとするわ」

とりあえず計画は順調に進んでいる。でも、ここからが正念場だ。いよいよ最も難しいステップを実行しなければならない。オーウェンとの仲違いだ。

わたしがこの会社に来て以来、ふたりはほぼずっと切り離すことのできないペアだった。最初は友達として、その後は友達以上として。だから、楽園《パラダイス》に異変が起きたことを世間に信じさせるのは簡単ではない。ふたりは気が合いすぎて、どちらかがよほどらしくないことをしないかぎり、衝突の種を見つけるのは難しい。どうすれば、わたしがオーウェンとも彼の働く会社ともいっさい縁を切ろうとするくらいひどい別れ方をしたと皆に思わせることができるだろう。

五時を回るのを待ってオーウェンのラボへ行くと、ジェイクがオーウェンを前に何やら音楽についてとりとめもなくしゃべっていた。オーウェンの唇がかすかに動き、手で何かを絞るようなジェスチャーをする。すると突然、ジェイクの声が聞こえなくなった。でも、口は相変わらず動いている。オーウェンが声を出さずに何かつぶやき、指を開くと、ジェイクの声が戻った。

「やった、できましたね！」ジェイクが言った。

「でも、ぼくたちが求めているものとはちょっと違うな」オーウェンは顔をしかめ、身をかがめてノートに何か走り書きする。「これではあまり実用性がない」

「そうかしら。対人用ミュートボタンの使い道ならいくらでも思いつくわ」わたしは言った。

「ですよね」ジェイクがにやりとする。「もし映画館が観客にこの魔術を使ったら、映画鑑賞の質は劇的に改善すると思うな」

「でも、この魔術はひそかに何かを行うためのものなんだ」オーウェンが眉を寄せる。「まわりを静かにさせたら、よけいに自分が目立つことになる」

「人目を盗むという概念を理解していないがさつな相棒といっしょに行動しなければならないときには役に立つわね」わたしは言った。「映画にも必ずひとりは出てくるじゃない？　最悪のタイミングで小枝を踏んじゃう人とか、周囲がしんとした瞬間によけいなことをつぶやく人」

オーウェンはノートに何か書き加える。「ここを変えて、この部分を調整すれば、魔術を使う本人が出す音を消すことができるようになるかもしれない」さらに何か書いてから、わたしの方を向いた。「ケイティ、何か用だった？」

わたしは腕時計を見る。「五時を過ぎたし、あなたの方もちょうどきりがいいみたいだから、ディナーに行かない？　前回、また今度ってことになったから、今日はどうかと思って」

オーウェンの顔がつらそうにゆがむ。本当にどこか痛いかのように。その姿にこちらも胸が締めつけられた。わたしを傷つけるようなことをするのは、たとえ演技でも苦痛に違いない。できればこんなことはさせたくないけれど、何も説明せず一方的に別れを演じるのはもっと残酷だ。「ああ、いや、まだきりがいいわけじゃないんだ。続けてやってみたい実験があって」

「どのくらいかかる？」声にほんの少し棘《とげ》を加える。

「さあ、一時間くらいかな。なりゆきによるよ」

「見ててもいい？　これ、けっこう面白いから」

葛藤《かっとう》しているのがわかる。オーウェンはふだん、わたしが仕事を見るのを気にしないし、こちらの意見や指摘に興味をもってもくれる。だから、いてほしくないという返答は嘘になる。

オーウェンは見たこともないほど赤くなった。「どのくらいかかるかわからないし、ディナーは別の日にできないかな」

「結婚式について相談したかったんだけど」

「じゃあ、なおさら別の日がいいよ。ちゃんと時間があるときの方がいい」

「で、それはいつなわけ？　八月？」

わたしの口調には相当辛辣《しんらつ》な響きがあったようだ。ジェイクはわたしから二歩ほど離れ、「ええと、ステルスモードのテストに使う気泡シートをもってきますね」と言うと、逃げるように備品室へ消えた。

オーウェンは眉をひそめる。「もちろんもっと前だよ。結婚式は五月にやるって話だっただろう？」

「で、具体的にいつならわたしと話す時間が取れるの？」

「今週は特に予定はないから、明日ではどう？」

「いいわ、約束よ。じゃあ、魔術の実験、大いに楽しんでね！」捨て台詞を吐いてオーウェンのラボを出ると、いかにもぷりぷりした様子でほかのオフィスやラボの前を通り、研究開発部《R&D》

をあとにした。

R&Dーのゴシップ好きは敵のスパイだったことが判明し、ずいぶん前にクビになっているので、果たしてこのオーウェンとのちょっとした口論の噂が部署の外まで広まるかどうかはわからないが、まずまずの演技はできたと思う。オーウェンがワーカホリック気味であるというのは本当だけれど、ふだんはそれがけんかの種になることはない。たしかに結婚式の準備はしなければならないが、いつもならあのまま実験が終わるのを待って、いっしょに夕食に出かけただろう。こうやって入念に下準備をしなければ破局が説得力のあるものにならないというのは、きっとふたりはそれだけいいカップルだということだろう。

ふさいだ様子を装いながら、会社を出る。「よう、どうした、お嬢」正面玄関のオーニングの上から声が聞こえた。顔をあげると、サムが心配そうに見おろしている。

マーリンは彼に作戦のことを話しているだろうか。いずれにしても、ここは人目があるのでふりを続ける必要がある。「今日はついてなくて」肩をすくめてみせる。「まるで何かの陰謀みたいに、あらゆることがうまくいかなかったわ」

「どいつもこいつもお嬢の価値がわからないってわけか」

「まあ、そんなところね。でも、大丈夫。きっと明日はいい日になるわ」

警備部に来ればいいといういつもの冗談を言わなかったので――もっとも、本当に冗談なのかはさだかじゃないけれど――彼には伝わっているに違いない。有効な選択肢があっては、社内に行き場がなくなるという状況を演出できなくなる。

「ああ、そうに違いねえ」サムは言った。

翌日、営業部の人たちが妙に優しくなっていた。努めて感じよくしようとしているのがなんとなくわかる。デスクにクッキーの小さな箱があるのを見たとき、思わず天を仰ぎたくなった。皆がわたしに優しくなってしまったら、作戦は台無しだ。人々がこっそりクッキーの差し入れをくれるような職場を怒りにまかせて辞めるのは難しい。しかも、これは美味しいと評判の高級ベーカリーのクッキーだ。この小さな箱がひとつあるだけで、部屋じゅうが焼き立てのクッキーのにおいに満ちている。

デスクの前に座って箱を手に取り、送り主を示すものはないか探してみる。オーウェンだろうか。それとも、ミスター・ハートウェルが謝罪のしるしに置いていった？　箱にかけられたリボンに名刺がはさんである。

名刺は謎のヘッドハンターがくれたものと同じだった。贈り物をよこすとは攻めに出たものだ。しかも、直接オフィスに届けるとはかなり大胆。

立ちあがり、パーディタのところへ行く。「デスクに置いてあるクッキー、だれがもってきたのかしら」

「クッキーがあるんですか？　それでいいにおいがするんですね。だれかがアロマキャンドルを焚いているのかと思ってました」

「これをもってきた人のこと、見てないの？」

「ええ。あたしが来たときはもういいにおいがしてましたから」そう言うと、パーディタは恥ずかしげにほほえむ。「おすそわけ、いただけちゃったりします？」

わたしは箱ごとパーディタに渡した。たしかにいいにおいだけれど、急に食べる気が失せた。これはねらいどおりの展開だし、自分が見られていることはわかっているつもりだったが、いざこういう形でどれほどしっかり観察されているかがわかると、なんだか落ち着かない。それに、だれかが不審に見えることなくわたしのオフィスに入って、デスクに何かを置いていけるというのは、営業部のなかにコレジウムのスパイがいることの証でもある。

今日は営業部のだれもわたしを怒らせるようなことをしなかった。これはこれで、過剰演出を避ける意味では悪くない。本格的な衝突の機会は一日の終わりにやってきた。仕事を終えて、約束のディナーに行くため、オーウェンのラボに立ち寄ったときだ。いや、約束したふりをしたディナーと言うべきだろう。それが実現しないことはすでにわかっている。

いつものようにオーウェンは忙しそうに仕事をしていた。「準備はいい？」わたしは朗らかに言った。

オーウェンは顔をあげてきょとんとする。「準備？」

「いっしょにディナーに行く約束でしょ？　結婚式について相談するって言ったじゃない。あなたが今日を指定したのよ」

オーウェンは赤くなった。ラボにいる人たちが、わたしほど彼の心のうちを読めないことを祈る。わたしには嘘をついているのが一目瞭然だ。もし彼がポーカーをしたら、いまどれほど裕福であっても、あっという間に段ボール箱暮らしになるだろう。「ぼくが？　ああ、そういえば、そうだったかもしれない。ごめん、忘れてたよ。別の日にしてもらえるかな。いまグループで作業をしているから、ぼくだけ抜けるわけにはいかないんだ」

わたしはほかの人たちの方をちらりと見る。皆、オーウェンとわたしを交互に見ている。オーウェンは嘘こそうまくないかもしれないが、目撃者がいるようしっかりお膳立てをしたようだ。

この機会はぜひとも生かさなければならない。「忘れてた？」わたしは若干ヒステリックな声で言う。「婚約者《フィアンセ》との約束をそんなに簡単に忘れるわけ？　なんだか結婚式が心配になってきたわ。この調子じゃ、当日もここで魔術の実験か何かやっていて、わたしはウエディングドレスを着たまま教会で待ちぼうけを食わされることになるんじゃないかしら」

オーウェンは顔をゆがめ、さらに赤くなった。「そんなわけないだろう？　今夜は結婚式じゃない。ただのディナーだ。それにぼくだけ勝手に帰ったら、ここにいるみんなに失礼だよ。ぼくひとりだったら中断してもかまわないけど、今日はそういうわけにはいかない。明日にしてもらえないかな。今度こそ本当に。ほら、いま予定表に書くよ」

「いいわ。じゃあ、明日。あまり期待はしてないけど」歯を食いしばるようにしてそう言うと、くるりときびすを返し、ラボを出た。そして、ひそかに吹き出す。とびきり陳腐な昼メロで、くだらない痴話げんかをシェイクスピアの舞台のように演じる女優になった気分だ。

翌朝は、職場に不満があることを示すため、少し遅れて出社した。パーディタがすでにデスクにいて、「花が届いてます」と言った。「すごくいいにおいです。まあ、昨日のクッキーほどじゃないけど。だれからですか？」

「昨日、オーウェンとちょっと大きなけんかをしたから、仲直りのために彼がくれたのかしら」

花は白いバラの大きなブーケだった。白バラには何か象徴的な意味があったはずだけれど、思い出せない。この時期なら、輸入か温室栽培のものだろう。香りがとても強い。

仲直りをしては意味がないので、オーウェンからでないのはたしかだ。小さな封筒が添えてある。開ける前から中身が予想できて気持ちが沈む。思ったとおり、例の名刺が入っていた。計画が順調に進んでいるということではあるけれど、自分の一挙一動がどこかの秘密組織につぶさに観察されているというのはやはり気持ちが悪い。わたしをスカウトしたのがどこかの金融機関でないことも、これではっきりした。ただの金融会社がどうしてＭＳＩの社内で起こっていることを知っているのだ。

午後の半ば、パーディタがわたしを呼んだ。「ボスが来てほしいそうです」

わたしはオフィスから出ていく。「理由は言ってた？」

「いいえ。トリックスにあなたを呼ぶよう言われただけです」

いよいよ芝居のヤマ場がきたらしい。マーリンのオフィスに向かいながら、汗ばんだ手のひらを腰で何度もふく。到着すると、トリックスが無言のままドアの方に頭を傾けた。わたしは胸を張ってなかに入る。「お呼びでしょうか」

「ああ、来ましたね」マーリンは言った。デスクにひじをつき、両手の指を山形に合わせている。「わたしの補佐に戻りたいというあなたの希望について検討してみました。結論から言いますと、このポストにはキムに復帰してもらいます。解雇の原因となった問題について彼女と話し合い、解決できたと判断しました。この仕事には彼女の方が適任です。あなたは現在の部署にいる方が、会社に貢献できると思います」

「嘘でしょう？　わたしがあなたのアシスタントのポストを離れたのは、あなたに課された特別任務を遂行するためです。一時的な措置のはずだったのに、キムに席を横取りされて戻れなくなったんです。あなたは彼女を解雇したんじゃないですか。それなのに、わざわざ呼び戻して、わたしのかわりに彼女を使うんですか？　わかりました。もういいです。実は、あるところから来ないかと言われてるんです。わたしはわたしを正当に評価してくれる会社に行きます。今日をもってMSIを辞めさせていただきます」

マーリンの返事を待たずに——真顔を維持できる自信がなかったのが主な理由だけれど——勢いよくオフィスを出ると、そのままトリックスのデスクの横を通り過ぎる。トリックスは跳ねるように立ちあがり、追いかけてきた。「ケイティ、どうしたの？」

わたしは立ち止まって言った。「たったいま辞めたわ。気分は最高よ」オフィスに戻ると、私物をまとめ、バラの花束をもって、ふたたび出ていく。

「ケイティ、どこに行くんですか？」パーディタが言った。

わたしは足を止めて振り返る。「会社を辞めたの。あなたならきっとわたしのかわりができるわ。必要な資料やデータは全部コンピュータに入ってるし。じゃあ、頑張って！」

ロビーへ行くと、さっそくトリックスが知らせたらしく――もくろみどおりだ――オーウェンが出口の前に立っていた。「どういうつもりだよ！」なかなかいい演技をしている。「いきなり辞めるなんて、何を考えてるんだ」

「でも、辞めたの」

「辞めるにしたって、書類の提出とか、退職者面談とか、いろいろやるべきことがあるだろう？」

「ロッドはわたしの連絡先を知ってるわ」オーウェンをかわして出口へ向かう。オーウェンは並んでついてくる。

「きっと解決策があるはずだ」

「無駄よ。魔力のないわたしは、結局ここではいつまでたっても二流市民なの。危機のときだけ頼りにされて、あとは忘れ去られる存在なのよ」

オーウェンは顔をしかめる。「それって、会社の話？　それともぼくのこと？」

「たぶん、両方ね。少なくとも、どちらにとってもわたしが優先事項でないことはたしかよ。じゃあ、行くわ。これからいろいろやることがあるの」

「ケイティ、待てよ！」

無視して歩き続ける。背後でサムの声が聞こえた。「やめときな。いまは何を言っても無駄さ。とりあえず、花やチョコレートを山のように贈って、おまえさんがどれほどお嬢を大切に思っているかを示すことだ。時間をかけるんだな」

いつものバーへ行き、テーブルに花束を置いて、グラスワインを注文する。こちらから電話するより、向こうが接触してくるのを待つ方がいい。あれだけ積極的にアピールしてきたことやわたしの派手な退社劇を考えれば、そう長く待つ必要はないだろう。

ところが、謎のヘッドハンターはいっこうに現れなかった。ワイングラスと花束を前にひとり座ったまま、時間だけが過ぎていく。急に疲労が襲ってきた。芝居とはいえ、それぞれのシーンを演じるにはそのつど自分を奮い立たせる必要がある。いまや、まるですべてが本当のことだったかのような気分だ。わたしは花束をつかみ、重い足取りで店を出た。

家に帰ると、ニタがいた。「わおっ、それだれから？」ベストに名札をつけ、鏡の前で曲がっていないかチェックしながら言う。

「実は、ある会社から熱心に誘われてるの」

「そんな花束をくれるなら、きっといい会社ね。誘いを受けるの？」

ナイトテーブルに花束を置き、崩れるようにベッドに腰をおろす。「たぶんね。今日、会社辞めちゃったし」

ニタはぎょっとしてこちらを向く。「うそ！　まじで？」

「まあね」わたしはにやりとする。「すっきりしたわ」

「辞表をたたきつけて出てきたってやつ？」

「まあ、それに近いわね」

「ああ、その場にいたかった！　わたし、一度でいいから劇的に出ていくっていうのをやってみたいのよ」

「ご両親に何も言わずにいきなりニューヨークに来たじゃない」

「わたしはこっそり抜け出したの。こっそりは劇的の真逆だわ。で、その会社には連絡するの?」

「明日するつもり。それから、その、ジェンマとマルシアには次の仕事が完全に決まるまで言わないでおきたいの。特にマルシアには。こんなふうに辞めたと知ったら、きっと大騒ぎするわ」ほかのふたりのルームメイトにどう話すかはまだ決めていない。すべてはこのあとどうなるかで変わってくる。

「マルシアの彼氏、たしかあなたの会社の人事部長でしょ? 彼から聞いちゃうんじゃない?」

「大丈夫。そのての情報は勝手に開示できないはずだから」ロッドは作戦のことを知っているが、慎重を期してマルシアに話すことはないだろう。


辞めたのは金曜日なので、そのことをルームメイトたちに伏せたまま、今後の展開についてあれこれ考えながら週末を過ごすことになった。もちろん、オーウェンには会えない。そのかわり、コレジウムが自宅のなかのことまで知る可能性はまずないと考えて、電話でたっぷり話をした。会えないのは寂しいけれど、受話器を手にベッドに横たわり、男の子とおしゃべりをするのは、十代のころに戻ったようでなかなか楽しかった。

月曜の朝には、次の動きに出る覚悟ができていた。ルームメイトたちには、朝いつもより遅く起きて仕事に行く準備をしない理由を、リフレッシュ休暇を取ったと説明した。ニタが夜勤から戻ってベッドに入ったので、しばらくリビングルームで静かに読書をし、正午になったところで、先方が接触しやすいようランチを食べに外へ出た。

何も起こらないまま午後三時を回る。やはりこちらから電話しなければならないのだろうか。いつものバーに向かっていると、携帯電話が鳴った。携帯はあまり使わないので、ハンドバッグから取り出すとき、危うく落としそうになった。待ち受け画面を見ると、発信者番号が非通知になっている。

彼女だろうか。それとも、ただのセールス電話？　職場でのわたしの状況をあれだけ詳しく把握している彼らなら、携帯電話の番号を入手するくらいたやすいことだろう。受信ボタンを押し、電話に出る。「もしもし？」

「こんにちは、ケイティ」ヘッドハンターの声だ。「こちらのオファーを考慮し直す気になったんじゃないかと思って」

「どうしてそう思うの？」そう言いながら、近くのベンチに腰をおろす。やった、ついにきた！

「会社を辞めたでしょう？」

「驚いた。もう耳に入ったの？」

「魔法界で起きていることをいち早く知ることがうちのモットーなの。それで、考え直してくれた？」

「そうね、とりあえず、お話だけでもうかがってみようかな」

「もちろん、それで結構よ。さっそく明日はどうかしら。十時？」

「いいわ。十時にどこへ行けばいい？」

「それはこちらに任せて。十時にアパートの前に出ていてくれたらいいわ」電話はこちらが返事をする前に切れた。「りょ～うかい」わたしはひとり言を言う。

オーウェンに連絡するのは家に帰るまで待った。監視されている可能性があるので、彼女と話した直後に電話をかけるのはやめた方がいい。アパートに戻ると、さっそく会社にいるオーウェンに電話をした。「明日、彼らと会うことになったわ」

「どこで？」

「わからない。十時までに出かける準備をしておくよう言われただけ」

「なんだかいやな感じだな。彼らは信用できない」

「わたしを消すことが目的だったら、クッキーや花束なんか贈らないで、とっくに連れ去ってるんじゃない？」

「連中が獲物に対してやる悪趣味な遊びかもしれない。サムにきみの監視を頼んでおくよ」

「慎重にね。監視していることに気づかれたら一巻の終わりよ。彼らは絶対にそのてのことを警戒しているはずだから」

「ガーゴイルは街じゅうにいる。それに、サムは視線を自分の方に向けさせないようにすることができる」

「彼らは免疫者《イミューン》を使ってるわ。だからわたしをスカウトしたんだもの」

「ますますいやだな」

「でも、やらなくちゃ」

「明日、夜になってもきみから連絡がなかったら、捜しにいくよ」

「大丈夫、きっとうまくいくわ」そうでないと困る。


翌朝、約束の時間の少し前にアパートを出て、玄関先の歩道に立った。ふだんと違うものは特に目につかない。空から監視しているのだとしたら、どちらの側であれ、いい仕事をしているということだ――わたしにも見えないわけだから。監視をつけるのはリスキーだとオーウェンには言ったけれど、だれもわたしの居場所を知らない状態でコレジウムの人間についていくのは、やはり不安だ。

十時ちょうど、黒いリムジンが目の前に止まった。スモークガラスでなかは見えない。後部座席のドアが開いて、ヘッドハンターの女性が顔を出した。「こんにちは、ケイティ。時間に几帳面《きちょうめん》なようでなによりだわ。乗って」

さあ、食うか食われるかだ。わたしはひとつ深呼吸し、リムジンに乗り込んだ。

6

それは高校生がプロムに行くときにレンタルしたり映画スターが乗ったりするストレッチリムジンではなく、トップ企業の幹部が使いそうな、通常の高級セダンより少し大きい二列のシートが向かい合っているタイプのリムジンだった。ヘッドハンターは運転手に背中を向ける側に座っていて、わたしに進行方向向きのシートに座るよう合図した。わたしが腰をおろすと、彼女は後部座席と運転席を隔てる仕切りを軽くたたき、車を発進させた。

少なくとも、走り出したような感覚があった。窓は外がまったく見えない仕様になっている。運転席との仕切りまで不透明で、ほとんど豪華な護送車という感じだ。これはハイクラスの誘拐なのだろうか。

「シャンパンには少し早いから――」ヘッドハンターはにっこりして言った。「コーヒーはいかが？」わたしの顔をじっと見る。「お好みはカプチーノ……わかった、モカね」

ヘッドハンターの手のなかにマグカップが出現し、彼女はそれを差し出した。断ろうと思ったが、コーヒーとチョコレートの香りはたまらなく魅力的で、おまけにホイップクリームとチョコレートシェービングまでのっている。これを突き返せる人がいるだろうか。

カップを口もとへ運ぶ途中で、手を止める。もしかしたら、これが彼らのやり方なのかもしれない。魅力的なものばかりで囲い込む――。それに、わたしの好みを熟知しているのもちょっと気味が悪い。彼女は苦笑いした。「警戒するのも無理ないわ。仕事の面接に行くのにリムジンが迎えにくるなんて、あまり聞いたことがないわよね。しかも、外は見えないし、好みの飲み物は出てくるし。でも、信用して。あなたを悪いようにはしないわ」

「悪いようにする場合でも、普通そう言うわよね。〝これからあなたを麻薬漬けにしてイースト・リヴァーに捨てる予定よ〟なんて、わざわざ言わないでしょう？　たとえそうするつもりだったとしても」

　彼女のほほえみは、あまり心が休まる類いのものではなかった。「あなたをイースト・リヴァーに投げ込むのが目的だったら、こんな手順は踏まないわ。高級チョコレートが無駄になるもの」その言い方は、必ずしも仮定の話をしているわけではないように聞こえた。

　いずれにせよ、彼女が言うことには一理ある。それに、いまさらあとには引けない。意を決し、モカをひと口飲む――ホイップクリームのひげができていないことを祈りながら。とても美味しい。

　車の走行はなめらかで、停止と発進とターン以外何もわからない。外の音もほとんど聞こえない。はじめは車の動きからどこへ向かっているのか推測しようとしたが、すぐにとても無理だとわかって諦めた。

「何か訊きたいことはある？」

「行き先とこの秘密主義の理由以外に？　そうね、じゃあまず、どんな仕事をすることになるのか訊きたいわ。免疫を使う仕事とは言っていたけど、具体的にどう使うの？」

「あなたはいずれ、前途有望な幹部のひとりの副官のような役割を担うことになるわ。要するに、パーソナルアシスタントね。といっても、管理業務はほとんどないわ。書類のタイプや電話応対といった仕事ではなく、彼の目となり耳となって、魔法が不正に使用されていないかを確認するの。リサーチや企画立案も手伝うことになると思う」

これが邪悪な秘密結社でなければ、まさにわたし好みの仕事だ。ただし、ひとつ引っかかることがある。「いずれ、と言ったわね」

「わたしたちは新人をいきなり深みに放り込んで、泳げるか溺れるかを見るようなことはしないの。何人かの候補者といっしょにもう少し難度の低い仕事をやってもらって、最終的にだれが適任かを決めることになるわ」

「つまり、そのポストにつけるかどうか保証はないわけね？」

「そうね。競争を勝ち抜いて、自分こそが適任だということを証明してもらう必要があるわ」

このところ、マフィアのおとり捜査に関するものをたくさん読んでいる。いったい何をさせられるのだろう。

彼女は笑った。「心配しないで。だれかを殺せなんてことは言われないから」

そんなに顔に出ているのだろうか。まさか心を読めるとか？　彼らに読心力があったら、かなりやっかいなことになる。もっとも、もしそうだったらわざわざこんなプロセスを踏むことはないだろう。わたしが信用できないことはとっくにばれているだろうから。心のなかで〝わたしはあなたの組織に潜入してMSIのためにスパイをするつもりよ〟と言ってみる。

特に反応はない。察知できなかったか、わたしを罠の奥深くに引き込むために察知しなかったふりをしているかのどちらかだ。「たとえ選ばれなくても、そこで終わりというわけじゃないわ」彼女は続ける。「能力と忠誠心があることを証明できれば、次に右腕が必要になった幹部の補佐に抜擢《ばってき》される可能性がある。その場合、同じ審査のプロセスをすべて繰り返す必要はないわ」

「ずいぶん慎重なのね」

「うちは終身雇用が基本なの。これは仕事のための仕事ではなく、真のキャリアよ。だから会社にとっても社員にとっても、適材適所が重要なの。各自の性格と能力に最もふさわしい場所に配置する。そうすることで、お互いが幸せになる。昇進も内部昇格が基本よ」

実に共感できるポリシーだ。意地悪な見方をすれば、棺桶に入らないかぎり辞める方法はないという言い方もできるけれど。「わたしのような社員にはどういう昇進の可能性があるの？」

あえて普通の面接でするような質問をしてみる。

「魔力をもたない人の場合どうしても限界があるということは、理解してもらわないとならないわ。残念ながら、あなた自身が幹部になることはないと考えて。ただ、あなたが補佐する相手次第では、彼、もしくは彼女とともに昇進することは可能よ。特に貢献度が高いと認められれば、より上級の幹部から指名を受けるかもしれない」

なんだか『サバイバー』（サバイバル生活をしながら賞金や賞品を巡って争い、最後まで勝ち残った人が〝最強のサバイバー〟の称号を得るテレビ番組）の職場バージョンみたいだ。仕事を勝ち取るためにライバルたちと競い合うだけでなく、自分の下には常に昇進をねらう人たちが控えている。彼らがキムを欲しがらなかった理由がわかる気がした。グレゴールが彼女の人物像についてなんらかの報告をしているなら、上級幹部のアシスタントは皆、おちおち仕事をしていられなくなると思うはずだ。もしこれが本物の面接だったら、帰らせてくれと頼んでいたかもしれない。でも、わたしはにっこりして言った。「じゃあ、モチベーションを高くもって働けるわね。それと、緊張感も」

「そのとおり」ヘッドハンターはほほえんだ。

バーで会ったときには彼女の外見にあまり注意を払わなかったが、いまは真向かいに座っていて、しかも、窓から外を見ることはできないので、彼女に目を向ける以外選択肢がない。彼女はスリムで背が高く、あらためて見るととても美しかった。明るい金髪は根もとに一ミリも黒い部分がないので、地毛か、頻繁《ひんぱん》に染め直すお金があるかのいずれかだ。仕立てのよさそうなシンプルな黒いスーツは、おそらく最高級の生地を使ったテーラーメイドだろう。あるいは、魔法で出したのかもしれない。脚を組んだときに見えた真っ赤な底で、靴のブランドはすぐにわかった。わたしに支払われる給料もこういうレベルの生活ができるくらいの額なのだろうか。それとも、彼女は幹部のひとり？

マンハッタンをひと巡りするように走り、おそらく一度か二度、横断か縦断もしたあと、車はやがて坂をくだって止まった。ヘッドハンターは座ったまま動かない。まだ目的地ではなく、何かの理由で停車しただけなのだろうか。そう思ったとたん、ドアが開いて、制服を着た運転手の姿が見えた。「お先にどうぞ」ヘッドハンターは言った。

わたしは座ったままシートの上を横に動いて、転ばないよう気をつけながら車を降りる。しっかり立ったことを確認してからまわりを見ると、そこは屋内駐車場のなかだった。看板や標識はなく、ここがなんという建物かを示すようなものは見当たらない。

自動ドアが開いて、ロビーに入ると、警備員がエレベーターホールの方を指さした。ロビーにも表示やサインはいっさいなかった。建物やテナントの名前を示すものがまったくないオフィスビルなどはじめてだ。

エレベーターはしばらく上昇して止まった。階を示すボタンもライトもないが、あがったのはせいぜい三、四階分だと思う。「さあ、着いたわ！」ヘッドハンターは言った。ドアが開くと、高級雑誌の広告で見る高級スパの受付のようなロビーが現れた。

鉢植えの植物があちこちにあり、座り心地のよさそうな椅子が置いてある。窓は見当たらないが、部屋は自然光のような光で満たされ、静かな音楽が流れている。いまにもフラシ天のローブを渡されて、更衣室に案内されそうな雰囲気だ。「ここからは評価担当のマルタが引き継ぐわ」ヘッドハンターはそう言うと、片手を差し出す。「うまくいくといいわね。あなたはきっと適任よ」

「ありがとう」わたしはしっかり握るよう意識して彼女と握手をした。

マルタはすらりとしたブルネットで、スラブ系の顔立ちをしていた。「こんにちは、ケイティ。わたしについてきて」マルタは日光の当たる窓のない廊下を歩き、小さな部屋の前まで来ると、入るよう手で合図した。ロビーを見て高級スパのようだと思ったけれど、この部屋はマッサージ台がないだけでまさに施術室そのものだ。「ここで着がえて。ガウンは各サイズがあの入れ物に入ってるわ。コートと服はそこのクローゼットに入れて。鍵は自分でもっていってね」

「あの、ちょっと待って」慌てて言う。「わたしは仕事の面接で来たの。スパを受けにきたわけじゃないわ」今日はいちばん上等な面接用のスーツを着てきた。これから雇用主に会うのに、わざわざスパ用のガウンになど着がえたくない。

マルタの感じのいい笑顔がやや曇った。「わたしたちはセキュリティーをとても重視しているの。保安区域には衣類を含めて私物はもち込めないわ。あなたのもち物はこちらでしっかり預かっておくから心配しないで」

「隠しマイクをもち込まれないように？」

マルタはうなずく。「あるいはチャームとか、そのてのものをね。では、少ししたら戻るわ。何か飲み物はいかが？」

「いいえ、結構です。ありがとう」マルタが出ていき、ドアが閉まる。このまま進んでいいのだろうか。でも、ここまできたら選択肢はない。幸い、わたしには隠すものは何にもない。コートを脱いでクローゼットのなかにかける。ガウンは病院で出されるそれよりずっといいものだった。趣味のいいシンプルなラップドレスといった感じで、スーツを脱ぐことが少しだけ惜しくなくなった。私物をすべてクローゼットに入れて鍵をかけたとき、ちょうどマルタが戻ってきた。

「準備はいいようね」そう言って、わたしの全身を確認するように眺めると、ペリエのボトルを差し出した。「あとで欲しくなると思うわ。じゃあ、ついてきて」

次に連れていかれたのは高級な取調室という感じの部屋だった。絨毯《じゅうたん》が敷いてあり、家具も壁紙も品よくまとめてあるが、テーブルをはさんで一脚ずつ置かれた椅子は、向かい合って座ることを意味する。壁の鏡はおそらくマジックミラーだろう。のどもとに込みあげてきた不安をごくりとのみ込む。

「どうぞ、座って」マルタは言った。

わたしはその場に立ったまま、腕組みをする。「どういうことか説明してくれるまでは座らないわ。こんな妙な面接、はじめてよ」

「心配しないで。ここではあなたの魔法に対する免疫と免疫を使って魔法による不正を見抜く能力をテストするわ。MSIで働いていたあなただから何も問題はないと思うけど、次の段階に進むためには必要なプロセスなの」

しぶしぶ席に着くと、一連のテストが始まった。MSIに就職したときに受けたテストと同じようなもので、めくらまし《イリュージョン》で隠された言葉を見つけたり、わたしに魔術を放って反応を見たりといったことだ。ひとつのテストが終わるたびに、マルタは鏡の方をちらりと見る。向こう側にはだれがいるのだろう。

「はい、お疲れ様」テストが終了したらしく、マルタは言った。「予想どおり、みごと合格ね。あなたが一度、免疫を失って魔力を得たことがあるという噂を聞いたものだから、完全にもとに戻ったかどうかを確認する必要があった。

「ええ、いまは百パーセントマジックフリーよ。それに、正直、こっちの方が好き。魔法を使うのは性に合わないってことがよくわかったわ。で、次は何？」

「アシスタントを必要としている幹部との個人面接よ」

わたしは会社から支給されたガウンを見おろす。病院のガウンほど安っぽくはないし、スパのローブほどカジュアルでもないが、やはり仕事の面接にふさわしい服装とは思えない。なにか、カルト集団の洗脳儀式にでも行くような格好だ。

わたしの心のうちに気づいたのか、マルタは言った。「大丈夫よ。ほかの候補者たちも皆、同じ服装だから。わたしたちにとっては見慣れた姿だわ」

「着てきた服を脱がせるくらいこっちを信用していないのに、こっちはあなたたちを信用しなければならないの？」

「こちらの方が失うものが大きいということよ。かつて痛い目にあったことがある、とだけ言っておくわ」

「信用できるという判断はどうやってするの？」

「わたしたちなりの方法があるの。さあ、行きましょう」

ふたたび廊下に出る。次の部屋は、観客とカメラがないことを除けば、トーク番組のスタジオのような場所だった。いや、カメラについては、どこかに隠してあるに違いない。

回転式の大きなひじかけ椅子が二脚、斜めに向かい合うように配置され、間には小さなテーブルが置いてある。「座って」マルタは言った。「いま面接官が来るわ」

どちらに座れとも言われなかったので、近い方の椅子に座る。座ってから前を見ると、正面の、トーク番組なら観客がいる側の壁に、大きなスクリーンがかかっていた。一見、テレビのようだが、おそらくこれも部屋のなかを見るためのものだろう。少なくとも鏡ではないので、面接を受けている自分の姿が終始視界に入るという状況は避けられそうだ。

一分ほどたったとき、ドアが開き、女性がひとり入ってきた。ここへ来てから会ったすべての人と同じように黒いシックなスーツを着ているが、彼女はマルタやヘッドハンターより少しだけ俗世のにおいがする。女性は手にもったクリップボードをチェックすると、にっこり笑って片手を差し出した。「こんにちは、ケイティ」

わたしは立ちあがって握手をする。「こんにちは」

「どうぞ、座って」女性はもうひとつの椅子に浅く腰かけ、クリップボードをひざに置いた。「うちの面接は少し変わっていると思っているでしょうね」

「ええ、とても」

「いまのところ素晴らしい成績よ。わたしの名前はフランシーン。これからいくつか基本的な質問をします」フランシーンは合図を待つかのようにスクリーンをちらりと見あげる。「まずは、実務経験について教えてくれますか？」

わたしは現在の——もとい、前の、つまりＭＳＩで辞める寸前までしていた仕事と、それ以前の部署での仕事、そして、魔法界を知る前のニューヨークと故郷での職務経験について説明した。

フランシーンはうなずく。「扱いにくい相手に対処するのは得意な方？」

わたしは思わず笑った。「子どものころから家業の店を手伝ってきたので、扱いにくい人は大勢相手にしてきました。家族経営の店ですから、仕事が終わっても彼らから逃れることはできません。それに、魔法界の会社はそのてのいわゆるユニークな人たちにはこと欠かない場所だと思います」

その後、質問ごとにそんなやりとりが続いた。質問は通常の面接で訊かれるようなことがほとんどだった――ときおり〝魔法〟という言葉が出ることを除いて。ただし、面接はＭＳＩで受けたものよりはるかに綿密で入念だった。あのときは、適性をチェックすることより、魔法が実在し、ヘッドハントがいたずらではないことをわたしに納得させることの方が、重要だったに違いない。唯一確かめる必要があったのは、魔法に対する免疫の有無だけだ。ここでも免疫のテストはされたが、それだけでなく、彼らはわたしが何を知っていて、どんな反応をするかを確認したがっているように見える。一連の質問は、情報を得るのが目的というより、質問の集中砲火を浴びるわたしがどう振る舞うかを観察するためのような気がする。

質問攻めがようやく終わったときには、へとへとになっていた。フランシーンがクリップボードに何か書くことは一度もなかったので、やはり部屋のどこかにカメラが隠してあるのだろう。フランシーンはクリップボードに視線を落とすと、立ちあがりかけて、また座った。「もうひとつ質問があったわ。あなたにとって忠誠心とは？」

これは返答の内容そのものが評価される本物のテストのような気がする。「これまで働いた職場は三つだけです。学生時代に校内でしたアルバイトを別にすれば。わたしにとって会社を辞めるというのはとても大きな決断で、よほどのことがないかぎり自ら辞表を出すことはありません。家業の店を辞めたのはニューヨークに来るためでした。そのあとの二社は、わたしの会社に対する忠誠心があまりに一方的で、報われないと感じたからです」

「個人的な忠誠心についてはどうかしら」

「現在、幼なじみの親友とアパートをシェアしています。ほかのふたりのルームメイトも大学時代からの親友です。だれかや何かを好きになったら、ずっと愛情をもち続けるタイプだと思います」

「ほかの人たちについてはどう？　MSIでも友達はできたでしょう？　そこで出会った人と婚約しているわね？」

薬指の婚約指輪があった場所を撫でる。「婚約し、て、い、た、ということになります。残念ながら、うまくいきませんでした。魔法使いと免疫者《イミューン》の組み合わせはやはり難しいのかもしれません。あるいは、単純に、わたしたちは歩む道が違っていただけかもしれません」そう言って肩をすくめる。「とにかく、彼にもMSIの友人たちにも、裏切られたという気持ちです。わたしは会社のために、彼らのために、文字どおり体を張りました。危険を顧みずに戦って、たくさんの危機を回避するのに貢献したという自負があります。でも、問題が解決すると、わたしにはもう用がないという感じなんです。正直、とても傷つきました。会社を辞めることになっても、皆、気にもとめていないようでしたし」

「うちでは考えられないことね」フランシーンはふたたび立ちあがった。今度は途中で座り直すことはなかった。「では、いっしょに来てください」

また移動しなければならないことに思わず文句を言いそうになって、急いで唇を嚙む。今度の部屋はとても小さなリビングルームという感じだった。ローテーブルのまわりに椅子が数脚置いてあり、壁には窓も鏡もない。もしカメラがあるのだとしたら、うまく隠してある。「アシスタントを必要としている幹部がまもなくここに来ます」フランシーンはそう言うと、部屋を出ていった。

椅子のひとつに腰をおろし、ガウンの裾を整える。ここまで来たということは、少なくとも最終グループには残ったと考えたい。いまのところ、大したことはわかっていないけれど――この組織が異常なまでに警戒心が強いということ以外。

ドアが開き、ビジネススーツを着た男性が入ってきた。若くて――おそらくわたしと同じか、せいぜい三十くらいだろう――実にアメリカ的な美男子だ。すっきりと整えた金髪、青い目、きれいな肌、真っ白な歯――このままラルフ・ローレンのカタログでモデルができそうだ。少なくとも、わたしが想像していた魔法界のマフィアの若き実力者のイメージとは違う。どちらかというと、お金持ちの息子たちが行く寄宿学校のテニス部員という感じだ。

彼はその美しい白い歯を見せてにっこり笑った。「やあ、ケイティ。ロジャーです」そう言って握手をすると、座るよう手で促した。「いま、軽くつまめるものがくるから、食べながら話そう。きみはどうか知らないけど、空腹で死にそうなんだ」

「あ、ありがとうございます」急に緊張してきた。かっこいい男子の前に来ると突然挙動がおかしくなる十代のころの自分に戻ってしまったかのようだ。いったいどうしたというのだ。彼は好みのタイプではない。わたしにとってはオーウェンの方がはるかにハンサムだ。一連の奇妙な流れに加えて、彼のような人が現れるとはまったく予想していなかったせいで、すっかり調子が狂ってしまった。

落ち着け、ケイティ。ここで十二歳の女の子に戻ってどうする。そう自分を諭したが、ふと、それも悪くないかもしれないと思った。表向き、わたしは婚約を解消したばかりだ。そしていま、目の前には富と品行方正の権化みたいな男性がいる。多少冷静さを失う方がかえって自然に見えるかもしれない。

ドアが開き、ウエイターが小さなカートを押して入ってきた。そして、コーヒーポットとカップ、皿、デニッシュとフルーツが載ったトレイをテーブルに移すと、またすぐに部屋を出ていった。ロジャーはカップにコーヒーを注ぎ、わたしにデニッシュを勧めた。かなりおなかが空いていたので、ひとつ取る。

ロジャーはコーヒーをひと口飲んでから話しはじめた。「ここまで見させてもらったけど、正直、感心したよ。きみのことはスカウトする前にかなり調べたので、もちろん期待はしていたけど、ここまでの実務経験をもつ候補者はそういない」

「面接をごらんになっていたんですか？」

「ああ。第三者が面接をする方が正直な反応を得やすいので、われわれ幹部は別の場所でその様子を見させてもらい、直接面接する候補者を選ぶんだ」

「つまり、候補者は、あなたがこちらに興味をもつまであなたの顔を見られないということですね」

「それだよ。それこそがわれわれが必要としている洞察力だ」ロジャーはふたたび真っ白な歯を見せる。どうしたらそんなに白くなるのだろう。漂白剤でうがいでもしているのだろうか。

「ああ、たしかにそのとおりだね。すでに何度も言われていると思うけど、われわれはセキュリティーを非常に重視している。部外者に知られることは少なければ少ないほどいい。でも、おめでとう。きみはすべての段階を突破したよ。実は、きみを巡っては取り合いがあったんだ」

「わたしは採用されたということですか？」

「双方が合意すれば、そういうことになる。きみはぼくに会ってはじめて、これが本当に自分のしたい仕事か否かを判断することができる。ぼくもきみに直接会ってはじめて、きみが適任かどうかを最終的に判断することができる。で、ぼくについて何か知りたいことはあるかい？」

「あなたのお仕事はなんでしょうか」妙な質問だがしかたない。普通は、会社が何をつくっているか、あるいはしているかを知ったうえで面接に来るものだ。

「仕事については、すでに説明があったと思うけれど」

「ええ、わたしの仕事についてはありました。でも、わたしの仕事はあなたの仕事をサポートすることなので、あなたがしていることを知っておく必要があります」

「まあ、言ってみれば、資金を動かすことかな」

「金融ということですか？」

「そうだね」

「では、会社は？　ここは何をする会社ですか？　何かをつくっているのか、買うのか、それとも、売るのか……。わたしは自分が勤めることになる会社の名称すらまだ教えてもらえていません」

「われわれは基本的に、金融関連の取引を行う連合事業体《コンソーシアム》で、一般的に知られるような名称はないんだ。たとえ名前を言っても、ぴんとこないと思う。仕事を適切にやれば、だれもわれわれの存在に気づかない。そういう仕事だよ」

「とりあえず、それだけわかれば仕事を始められそうです」わたしはにっこりして言った。「仕事を覚えるのは早い方なので、きっとお役に立てると思います。セキュリティーが重要なのはわかりますけど、そのくらいは教えないと仕事を引き受けようとする人はなかなかいないと思いますよ」

「ああ、たしかにそうかもしれない。でも、こういうことを訊いた人ははじめてだ」

「本当ですか？　きっと面接のやり方に驚きすぎて、そこまで気が回らないのかもしれませんね」

「われわれがスカウトする人たちのほとんどは自分が免疫者《イミューン》であることに気づいていないので、テストはかなり違う様相を呈することになる。魔法が存在するという事実を受け入れるのに精いっぱいで、会社が何をしているかということにまでは考えが及ばないんだろう」

「MSIに入社したときのわたしがまさにそうでした。おかげで、いまは何を質問すべきかがわかります」

「ひとつ約束しよう。ぼくはきみを決して彼らのようには扱わない。きみの能力を最大限に評価し、活用する」ロジャーはわたしの目をまっすぐ見つめて言った。誠実を絵に描いたような表情で。オーウェンという存在がなかったら、彼に望みのない恋心を抱いていた可能性は否定できない。実際、まったくときめきを感じていないといえば嘘になる。

「だからここへ来たんです」わたしはほほえんだ。彼のまなざしと同じくらい誠実な笑みに見えていることを祈りながら。

「となれば、さっそく詳細について話をしよう」ロジャーはフォルダーから紙を一枚出して、わたしに差し出した。「これがこちらのオファーだ」

〝給与〟という項目の下に書かれた数字を見て、面接に来た人たちがなぜあまり質問をしないのかわかった気がした。わたしは偽の理由でここに来ているし、真の忠誠心を汚したくないので、このお金に手をつけたくはないけれど、それだけの収入がある人らしく見せるために少しは使う必要があるだろう。

ほかにも手当として、通勤には運転手つきの車が提供される。おそらく職場がどこにあるのか知られないようにするためだろう。そして、奇妙なことに、服も支給されるらしい。もしかすると、あの高級そうなスーツは、ニューヨーカーお得意の黒いビジネススーツというわけではないのかもしれない。おそらく一般の社員も、面接に来た人たちと同じように、私物を職場にもち込むことができないのだ――着ている服を含めて。ノーブランドのガウンが、テーラーメイドのスーツに変わるだけで、彼らも会社に来ると着がえなくてはならないに違いない。そのほか、勤務中の食事も提供されるようだ。ランチを食べに外に出れば、必然的に会社の所在地が知れるし、私物のもち込みができないなら、ランチも持参できないことになる。

さらに、試用期間を終えた社員には会社所有の住宅が提供されるとも書いてある。入居が義務という記述はないが、オプションとして提示されているわけでもない。ニューヨークの不動産事情を考えれば、これだけでもここで働き続ける動機になる。婚約破棄を演出しなければならなかったのが残念だ。これなら、わが家でオーウェンとふたりきりで過ごすという贅沢が可能になったのに。

「素晴らしい待遇ですね」

「きみが言うように、従業員に忠誠心を求めるなら、こちらも相応の姿勢を見せる必要があるからね。社員を幸せにすれば、彼らも忠実でいてくれる。どうだろう。引き受けてくれるかな」

7

わたしは躊躇《ちゅうちょ》した。食いつきがよすぎるように見えるのを避けたいからだけではない。これは想像していた展開とだいぶ違う。

もっとも、どんな展開になるかはっきりとしたイメージがあったわけではない。ただなんとなく、うまく採用を勝ち取り、秘密の本部の場所と何人かのメンバーの身もとを突き止め、書類の一部をもち出したり、口紅の形をした極小のカメラで写真を撮ったり、可能ならどこかに隠しカメラやマイクを設置したりして、彼らを潰すか自分たちを守るのに十分な情報を得られた時点でここを去る――というようなシナリオを思い描いていた。

いまわたしが取りかかろうとしているのは、それよりはるかに困難なミッションのようだ。何かをこっそりもち込んだりもち出したりするのはほぼ不可能だし、組織の所在地もわからない。機密情報に近づけるようになるまでには相当時間がかかるだろう。いまのアパートを出ることになれば、ＭＳＩに情報を提供するのもずっと難しくなる。それでもやる価値はあるだろうか。

でも一方で、これほどガードが堅いなら、それこそこれが本当に組織内に入り込む唯一のチャンスかもしれない。罠でないことを祈りながら、わたしはひとつ大きく息を吐いて言った。

「はい、お受けします」

　ロジャーは目がくらみそうなほどまばゆい笑顔を見せた。「よかった。じゃあ、さっそくマルタといっしょに手続きの方を進めてもらおう。きみと仕事ができるのを楽しみにしているよ」

　ロジャーが部屋を出ていくと、まもなくマルタが入ってきた。わたしがコーヒーカップをテーブルに置いて立ちあがると、彼女は座るよう手で指示した。「どうぞ座って。もう移動はないから。ここでいくつか事務手続きをしてもらうだけ」

　自らの血か何かで署名し、組織への忠誠を誓わされるのかと思ったら、さっきロジャーが見せてくれた契約書のコピーにサインをし、税金関連の書類に――魔法界のマフィアはアル・カポネの二の舞を演じる気はないらしい――必要事項を記入するだけだった。本格的な儀式《イニシエーション》は出勤初日にとってあるのかもしれない。

　事務手続きが済むと、マルタが言った。「仕事用の服をつくるのにサイズを測る必要があるの。腕を横に広げて」言うとおりにし、メジャーを出すのを待っていると、彼女は何やらつぶやきながら片手をさっとひるがえした。「はい、オーケー」満足げにうなずく。「明日には新しい服をお渡しできるわ。スラックスとスカート、どちらがいい？」

「仕事用ならスカートかしら。天気の心配はしなくていいのよね？」

「ええ。通勤はどんな服装でもかまわないわ。なかにはパジャマで来る人もいるくらい。更衣室にはシャワーもついているの。ただし、使うならそれに応じて迎えの時間を調整する必要があるわ」

「それは新しい家に引っ越すまで待った方がよさそうね。突然パジャマで出勤しはじめたら、ルームメイトたちが不審に思うもの」

「了解。では、更衣室に戻りましょう。着がえたら、今日の予定はすべて終了よ。朝は八時十五分に迎えにいくことにしてあるわ」

更衣室に戻る途中、何か秘密保持を求めるさりげない圧力があるかと思ったら、それらしき言葉は何もなかった。まあ、いまのところ、だれかに報告できるようなことは大してないのだけれど。家と運転手を提供してくれる会社に運よく入社できた、ただし、仕事を始める前に服を含めてすべての私物をロッカーに置いていかなければならない、ということ以外。

服を着がえ、髪を軽く整えてから、更衣室を出る。マルタに連れられて受付エリアに戻ると、ブロンドのヘッドハンターが待っていた。「おめでとう。そして、ようこそ!」彼女は言った。「帰る準備はいい?」

「ええ。ちょっと頭がくらくらしてるけど」

「すぐに慣れるわ」エレベーターで地下のロビーまで行き、待っていたリムジンに乗る。「このままアパートへ帰る? それとも、どこかで落としてほしい?」

「家までお願いします」

帰りも同じように大きく回り道をしているようだった。やがて車が止まると、ヘッドハンターはまっすぐわたしを見つめて言った。「わかっていると思うけど、この仕事については決して口外しないように」

「転職したことは話さないわけにいかないわ」

「でも、詳細を話す必要はないわ。つき合う人たちについても十分注意してね。会社は社員たちのことを常に見ているのでそのつもりで」

「もう一年以上魔法関連の仕事をしていることを考えれば、友人たちに隠しごとをするのはうまいといえるんじゃないかしら」

彼女の目もとが少し和らぐ。「ええ、そうね。あなたは魔法について触れることなく職場の話をすることができる。これからもそうしてちょうだい」

ヘッドハンターはドアを開けた。わたしは車を降り、歩道に立ってリムジンを見送る。急に背筋がぞくぞくしてきた。


ＭＳＩにはどうやって報告しよう。つき合う人たちについてあんなふうに警告されては、会社へ行って直接マーリンに話すというわけにはいかない。婚約を解消したことになっているので、オーウェンの家に行くこともできない。こうなると、マルシアからロッドに伝えてもらうしかなさそうだ。そのためには、マルシアにも事情を話すことになる。

先に帰ってきたのはジェンマだった。すでにふだんわたしが帰宅している時間だったので、特に何かを不審がる様子もなく、数分後にはヨガマットとジム用のバッグをもってまた出ていった。よかった、マルシアとふたりきりで話ができるのは都合がいい。

マルシアはいつもかなり遅くまで仕事をしているが、今日はめずらしくわたしがスパゲッテイソースをつくっている最中に帰ってきた。「ん～、いいにおい」そう言って、リビングルームからキッチンに入ってくる。「ふたり分あるといいんだけど」

「あるわよ。いっしょに食べましょ」

「オーウェンとディナーじゃなかったの？　結婚式の打ち合わせをするって言ってなかった？」

「いま仕事が忙しいらしくて」

「いつも忙しいじゃない」マルシアは伸びをする。「着がえてくるからグラスに赤ワイン注いでおいて。食べながら話しましょ」

テーブルの準備が整うと、スウェットに着がえ、化粧を落としてさっぱりした顔のマルシアが戻ってきた。「実は相談したいことがあるの」スパゲッティを皿に盛りつけながら、わたしは言った。マルシアが何度かスパゲッティを口に運び、ワインを少し飲むのを待って、話を始める。「いまちょっと潜入調査的な任務についているの。まあ、ちょっとではなく、かなり深くね」このところの経緯をざっと説明する。

「つまりなに？　魔法界のマフィアに加わったってこと？」マルシアは言った。

「それが全然そんな感じじゃないの。トミーガンも賭博もなし。ただ、ものすごく秘密主義なだけ」

「じゃあ、マフィアっていうより、イルミナティって感じかしら」

「まあ、そうね。だからこそ、この任務を成功させる必要があるの。彼らが何をしているのかを突き止めるために。フィリップをカエルにして彼の家業を乗っ取ったわけだから、無害な組織じゃないことはたしかよ」

「でも、潜入するのはあなたじゃなきゃならないの？」

「最初はほかの人を送り込もうとしたんだけど、向こうがわたしに接触してきたの」

「罠じゃないという確証はあるわけ？」

「ないわ。でも、MSIについてわたしが知っていることなど彼らはもうとっくに知っているって言われた。だから、情報を奪うためにわたしをスカウトしたわけじゃないと思う。こちらから近づいたのなら、不審人物と見て罠にかけようとするのもわかる。でも、そうじゃないもの」ひと口たっぷりワインをすすってから、いよいよ本題に入る。

「それで、実は、あなたの協力が必要になるの。さっき彼らは秘密主義だって言ったけど、ちょっと次元が違うのよ」職場への送迎や、仕事前の着がえ、いずれ会社が提供する住宅に住まなければならないことなどを説明する。「一瞬、ものすごく充実した手当のように思えるけど、実際は、社員が会社のことを知りすぎないようにするための策なのよ。何かをもち込んだり、もち出したりできないようにするためのシステムであり、それまでの生活から隔絶するための口実。そういう状況のなかで、わたしはMSIに報告を入れなくちゃならない。そこであなたの助けが必要になるの。あなたはロッドとつき合っているわけだから、わたしが大学時代からの友人で元ルームメイトのあなたと会って、そのあと、あなたが自分の彼氏と会ったとしても、別に変じゃないでしょう？　あなたが魔法界のことを知っているかどうかはだれにもわからないんだし」

「つまり、わたしは窓口になるわけね。かっこいいじゃない。やるわ」

「ここに住んでいるうちは比較的簡単だけど、向こうもその間は重要な情報にいっさい触れさせないと思う。会社の住居に移ったら、おそらく親友とのカジュアルな食事という体裁を装わなくちゃならなくなるわ」

「彼らだって、あなたを完全に孤立させたりはしないでしょう？　自分の家がどこにあるかぐらいはわかるようにするんじゃない？　それとも、住居はオフィスと同じビルのなかにあるとか？」

その可能性を考えると、胃がきゅっと縮まった。「そうじゃないことを祈るわ。いずれにせよ、家には盗聴器と監視カメラがしかけられているとは思うけど」

「じゃあ、当分、オーウェンといちゃつくことはできないわね。観客がいてもいいなら別だけど」

思わず顔をゆがめる。「それなんだけど、ＭＳＩと完全に縁が切れたように見せるために、彼とは別れたことになってるの」マルシアがぎょっとしたので、急いで続ける。「もちろん、彼も承知のうえよ。何かしら方法を考えて、たまには会えるようにしたいと思ってる」

「いつまでそこにいる予定なの？」

「わからない。とりあえず、彼らがＭＳＩに対して何をしようとしているのかがわかるまでかな」

問題は、それにはどのくらい時間がかかるのか見当もつかないことだ。

翌朝は、新しい職場にはじめて出勤するときに着るような服は着なかったが、パジャマもやめておいた。数分早く下におりたが、ほんの三十秒ほどで黒っぽい車が路肩に止まった。車がたまたま予定より早く到着したのか、それとも、彼らがわたしの行動を見張っているのかはわからない。

今朝の車はリムジンではなく、普通のセダンだった。もっとも、普通というのは、あくまで車体の長さがということだ。車内はおよそ普通とは言いがたかった。昨日のリムジンと同じように、窓ガラスはすべて外が見えないようになっている。運転席との間には仕切りがあり、開けられるような窓は見当たらない。運転手と話す必要があるときはどうすればいいのだろう。

普通のセダンと違い、後部座席は車幅いっぱいのベンチ形ではなかった。シートはひとり用で、横にコンソールボックスのようなものがある。〝レギュラー〟、〝デカフェ〟、〝モカ〟と書かれたボタンがあるから、コーヒーマシンのようだ。〝モカ〟を押してみる。カップが出てきて、茶色い液体が注がれる。車内がにわかにコーヒーとチョコレートのにおいで満たされた。続いてホイップクリームが吹き出し、さらにココアパウダーがふりかけられて、ランプが消えた。これで完了ということだろう。

カップを取り出す。彼らは悪の集団かもしれないが、このサービスは悪くない。

ドアのひじかけについたボタンはエンターテインメントシステムを操作するためのものらしい。地元のラジオ局が数局あるほか、飛行機の機内サービスのようにさまざまなジャンルの音楽チャンネルを選べるようになっている。〝最新のポップヒット〟というボタンを押し、シートに身を預けてモカを飲む。

会社に到着すると、運転手が後部座席のドアを開けた。おそらくなかから自分で開けることはできないのだろう。そう思うと、少し不安になった。おなじみの――どうやらこれがコレジウムの制服なのだろう――シックな黒いスーツを着た女性がロビーで待っていた。「ケイティね？　来て、案内するわ」

彼女は昨日とは違うエレベーターへ行き、スロットにカードを差し込んだ。「オリエンテーションで自分用のカードを渡されるわ。これがあなたが使うことになるエレベーターよ」何階まであがったのかわからないが――そもそも乗り込んだのが何階だったのかもわからない――途中で耳がキーンとなった。

エレベーターをおりると、シンプルなドアが並ぶホールに出た。ドアには小さなプレートがついている。女性はドアのひとつに向かっていく。近づくと、プレートにはわたしの名前が刻まれていた。「掌紋《しょうもん》で開くようになってるわ」彼女は言った。昨日、掌紋を提供した覚えはないが、きっといろんなものから採ることができるのだろう。こっそりそんなことをせずに、面と向かって採らせてくれと言えばいいのに。真鍮《しんちゅう》のプレートに手のひらを当てると、カチッという音がしてドアが開いた。

そこは小さな更衣室だった。部屋の一方の側にクローゼット、もう一方の側に鏡のついたドアがあり、真ん中にはひじかけ椅子と小さなテーブルが置いてある。女性はクローゼットの扉を開けた。「仕事着はここに入ってるわ。必要なものはすべてそろっているはずよ」

続いて鏡張りのドアを開ける。「ここがシャワーつきのバスルーム。洗面道具も置いてあるわ」そう言うと、ドアを閉める。「朝はまずここへ来て必要な準備をしてください。社員の多くはベッドを出たらそのまま車に乗り込んで、ここで支度をするわ。そうする場合は、迎えの時間を調整してね。着てきた服は下着も含めてすべてここで脱いで、会社から提供されたものに着がえるように。準備ができたら、このドアから出て」入口の反対側にあるドアを指さす。「帰りは同じプロセスを逆にたどってください。ここですべて脱いで、あのスロットから落とせば、クリーニングに回されるわ。帰る前にシャワーを使いたければご自由に。出勤時と違う服を着て帰りたいときのために、ここに私服を置いておいても結構よ。帰る準備ができたら、ドアの横のこのボタンを押して運転手に合図して。車が来たらランプがつくわ。自宅以外の場所に送ってもらうことも可能よ。ただし、出勤時の迎えは自宅のみにしてね。どうしても自宅以外から出勤しなければならないときは事前の申告が必要になるわ。何か質問はある？」

「いまのところ特に思いつくことはないわ」

「では、着がえてください。わたしは外で待ってるわ」

彼女が出ていくと、わたしはクローゼットを開けた。引き出しには、下着とストッキングがきれいにたたまれて入っていた。必要なものを取り出して着がえ、脱いだ服をハンガーにかけて、下着を空いていた引き出しに入れると、最後にスーツのジャケットを着た。クローゼットの床にヒールの高さの違う靴が数足並んでいる。中ヒールの一足を選んで履き、鏡張りのドアの前でターンしてみる。

ふだんよりずっと大人っぽく洗練されて見える。仕立てのいい上質な服というのはこうも違うものなのだろうか。髪を軽く整えながら、ふと、ヘアピンやヘアゴムはどういう扱いになるのだろうと思った。

口紅をつけ直し、ハンドバッグをクローゼットの引き出しにしまって、出口のドアを開ける。部屋を出る瞬間、びりっという軽い刺激を感じたが、魔法なのか緊張のせいなのかはわからない。突然、ベルの音がけたたましく鳴って、どうやら魔法だったらしいことがわかった。「なんなの？」

部屋の外で待っていた案内係の女性が、眉をひそめてわたしを見る。「何か外部のものをもち込んだわね。私物はすべて置いてきた？」

もう一度自分をチェックする。腕時計をしたままだった。腕をあげて時計を見せる。「ごめんなさい、これを忘れてた」

「腕時計も用意されているわ」

更衣室に戻り、自分の腕時計を外してハンドバッグに入れ、支給されたものをつける。外からものをもち込ませないことについて、本当に徹底しているようだ。なかのものをもち出すことについてもおそらく同じだろう。今度は部屋を出るとき警報は鳴らなかった。

あらためて周囲を見る。大きなホテルのアトリウムのような空間だ。天井はあまりにも高くて、本当に天井なのか、空なのか、わからないほどだ。吹き抜けを囲んで廊下が幾重にも続いている。手すりに近づくと、下にもたくさんの階があることがわかった。アトリウムのこちら側にあるドアはすべて更衣室のようだ。ほか三辺の廊下に並ぶドアには窓がついていて、オフィスのように見える。

「こちらへ」案内係の女性は角を曲がり、そのまま廊下をなかほどまで行くと、ドアを開け、受付のような場所に入った。「ここでいくつか書類を書いてもらうわ」

彼女はわたしを小さな会議室へ連れていき、座るよう指示していなくなった。部屋には丸テーブルがひとつと椅子が六脚ある。数分後、別の女性が入ってきた。若く見える四十五歳、もしくは貫禄のある三十五歳という感じだ。例の黒いスーツを着ていて、栗色の髪をフレンチツイストに結っている。「こんにちは、ケイティ」彼女はわたしの向かい側に座り、テーブルにフォルダーを置いた。「わたしはエヴリン。この部署のオフィスマネジャーよ。もう少しだけ書類を書いてもらうわね」そう言って、フォルダーを開き、ページをめくる。「ええと、そうね。あとは従業員規則と秘密保持契約に目を通してサインしてもらうだけだわ」

エヴリンは書類とペンをわたしの方に押し出す。魔法界の秘密結社にしては拍子抜けするほど普通だ。少なくとも厳粛な雰囲気のなか宣誓の儀式くらいはするかと思っていた。それでも、秘密保持契約書を読むときは、自分がそれを破ることがわかっているので、心臓がどきどきした。より大きな善のためでも、嘘は罪になるだろうか。わたしには魔法が効かないので、契約書にサインしたからといって魔法で遵守を強いられることはないだろう。テーブルの下でひそかに左手の指を交差させ、書類にサインをしてエヴリンの方へ押し戻す。

「ありがとう。では、オフィスへ案内するわ」

連れていかれたのは日当たりのよい小さな部屋だった。一瞬、所在地の見当がつくかもしれないと思ったが、窓から見えたのは山並みだった。窓は偽もので、これが内壁なのか外壁なのかもよくわからない。「違う景色がよければ遠慮なく言ってね」エヴリンが言った。「コンピュータはそこよ。パスワードとカードキーはオリエンテーションで渡されるわ。何か召しあがる? コーヒーでも、ドーナツでも」

「いいえ、結構です。ありがとう」

「では、わたしはいったん引きあげるわね。オリエンテーションは一時間後よ」

それまで何をしていよう。私物はいっさいもち込めないので、オフィスに何か飾ることもできない。観葉植物も、飼い猫の写真も。まあ、猫は飼っていないけれど。唯一、自分好みにアレンジできるのは窓の景色だけだ。もっとも、窓からの眺めといえばビルとビルの間の通気口や屋上の空調設備が定番のニューヨークでは、山が見えるなんてかなり贅沢かもしれない。

依然として自分が何をするのかよくわからない。いまのところ、オフィスに入るまでにしなければならないことしか教えられていない。オリエンテーションは大学の小さな講堂のような部屋で行われた。インストラクターが会社の規則をあらためて説明していくのを、黒いスーツを着た二十数名の人たちが目を丸くして見つめている。やはり私物のジュエリーはもち込めないようだ。更衣室の金庫に入れるよう指示があった。たしかに、ジュエリーに見せかけて録音装置をもち込まれるリスクがある。ヘアアクセサリーはオーダーできるらしい。セキュリティーとプライバシーに関する長い講義のあと、わたしたちは一列に並んでコンピュータのログイン情報と会社支給の携帯電話を受け取った。これが唯一、会社からもち出したりもち込んだりできるアイテムだ。小さな折りたたみ式の電話で、ポケットに入れて社内を歩き回ることができる。デスクに固定電話がないので、社内の連絡にもこの携帯電話を使うことになる。社外の人に電話番号を教えることは禁止だ——仕事で必要だと会社が認めた場合を除いて。おそらくGPSつきだろう。ひょっとすると、監視機能も備えているかもしれない。家にいるときは、必ずハンドバッグに入れて口を閉じておくようにしなければ——。

オリエンテーションが終わり、オフィスに戻ったものの、相変わらず何をしていればいいのかわからない。コンピュータにログインし、社内メールをチェックしたが、歓迎のメッセージを一件受信しただけだった。インターネットへのアクセスは仕事に必要な場合のみ許可されるとオリエンテーションで言われている。

突然、ポケットに入れておいた電話が鳴り、わたしは椅子から跳びあがった。慌てて取り出し、フリップを開く。「はい、ケイティです」精いっぱい平静を装って言った。

「やあ、ケイティ。ロジャーだ」低い声が耳に届く。「ようこそ。さっそくぼくのオフィスに来てくれるかな」

「はい。ただ、場所を教えていただかないと。まだ社屋の構造がよくわからなくて」

「もちろんだよ。地図を送りたいところだけど、この建物は地図にするのが難しくてね。でも、きみはぼくのすぐ近くにいるよ」勘違いでなければ、彼の口調にはどこか甘い、誘惑するような響きがあった。魔法界のマフィアの上司の口説きを拒否すると、どういうことになるだろう。

「まずオフィスを出て」

言うとおりにする。「はい、出ました」

「右に曲がって、廊下を進んで」

つい、〝ロジャー〟（了解の意）と返したくなったが、かわりに「右に曲がる、ですね」と言った。

「そのまま歩いて」言われたとおりに歩く。ひたすら歩き続ける。この廊下はどれだけ長いのだ。突然、「ストップ!」という声が耳もとどこか別の近い場所から同時に聞こえた。立ち止まり、重役室とおぼしきオフィスの入口からなかをのぞく。窓の外にはロンドンの夜景が見えた。これも偽の景色だろうか。それとも、この建物には別の場所へ移動するポータルがあるとか？　デスクの向こうでロジャーが満面に笑みを浮かべている。

電話を切ってフリップを閉じ、なかに入る。「座って」ロジャーはデスクの前にある革張りのひじかけ椅子を指さした。腰をおろすと、椅子に全身をのみ込まれたような気分になった。部屋は静謐《せいひつ》な空気に満ちている。デスクの後ろにある壁一面を覆うほどの巨大なテラリウムの効果かもしれない。草木の緑に気持ちが安らぐ。ロジャーは笑みをたたえたまま言った。「初日はどんな感じだい？」

「まだ仕事を始めるまでの手順を覚えている段階で、大したことはできていません」

「徐々にペースをあげていけばいいよ。今日はまず、軽く話をしよう。あることについてきみの意見を聞きたいんだ」

「はい、どれだけお役に立てるかわかりませんが。このあとちゃんと自分のオフィスに戻れるよう、来るときにパン屑を落としてくればよかったと思っているくらいですから」

「聞きたいのはきみがよく知っていることについてだから大丈夫だよ。ＭＳＩのロッド・グワルトニーについてどう思う？」

8

うろたえないよう、かといって、落ち着きすぎても見えないよう気をつけつつ、少し顔をしかめて訊く。「どう思うというのは、ロッドの何についてですか？　ひょっとして、ヘッドハントを考えていらっしゃるんですか？」

ロジャーは椅子の背にゆったりと身を預ける。「ある意味、そういえるかな。彼は会社の人事を担う重要なポストにいる。ＭＳＩはうちの事業にとってきわめて重要な存在だ。われわれは魔法界の二大組織で、互いに同じような人材プールからスタッフを確保している。そう考えると、彼と話をするのは有意義なことだと思える。それで、きみが彼をどう見ているか聞きたいんだ。彼とは親しいんだよね？」

これは忠誠心を見るテストに違いない。友人を裏切ることなく、コレジウムの中枢に近づくことは可能だろうか。なんとか平静を装いつつ、わたしは言った。「はい、彼は友人です。わたしをＭＳＩにスカウトしたのが彼で、会社で最初に親しくなった人のひとりです。わたしのルームメイトと交際してもいますし。彼についてどんなことをお知りになりたいんですか？」

「彼は、いわゆる企業間協力のようなことに興味をもつだろうか。彼の前任者とはそのような形で仕事をすることがあったんだけど、また以前のような連携体制をつくれないかと思ってるんだ」

「可能性はあるかと思います」ロッドを仲間に引き入れて、ＭＳＩにコレジウムのスパイを採用させようとしているのだろうか。ロッドの評価を貶《おとし》めるようなことはしたくないけれど、彼が加わってくれたら、任務はかなり遂行しやすくなる。彼と話す口実もつくりやすくなるだろう。オフィスから連絡することだって可能になるかもしれない。「彼にそれとなく打診してみましょうか」そう言うと、下唇を嚙んでためらうそぶりを見せる。「ただ、わたしは彼の親友と婚約を破棄したばかりで、いまちょっと気まずいんです。会社を辞めてからまだ一度も話していませんし」

「協力を打診する場合、彼にとって何がいちばん動機になるかな。お金？　地位？」

「少なくも、お金には不自由していないと思います。女性に関してもそうですね。彼が欲しいのはおそらく評価なんじゃないかしら。自分がしていることの価値を認めてもらうこと」

一瞬、ロジャーのにこやかな顔がぞっとするほど恐ろしく見えた。何が変わったのかはよくわからない。目が捕食者のそれのようにきらりと光ったからかもしれないし、唇の端がかすかに曲がったせいかもしれない。なんにせよ、自分がとても危険なゲームをしようとしていることにあらためて気づく。

「それなら対応できそうだな」ロジャーは言った。「ありがとう、ケイティ。きみはすでに会社にとってとても有用な人材であることを証明してくれたよ」

「わたしから彼に話しますか？」

「いや、結構。むしろ、きみは関わらないでいた方がいい」もちろん、話すつもりだ。できるだけ早く警告しなくては。ロジャーより先に彼と話したいが、会社にいる間は外部の人と接触できないのがつらい。わたしはにっこりして言った。「わかりました。もし口添えが必要なようでしたら言ってください」

「ああ、そうするよ」ロジャーはデスクの上のフォルダーを開く。「では、これから少し、きみの免疫者(イミューン)の目を貸してくれるかな」

その後は残りの時間のほとんどをあまり面白いとはいえない検証作業をして過ごすことになった。書類に埋め込まれた魔術や隠された条項をチェックしていく。ただし、MSIでの検証作業と違って、他者が書類のなかに隠したものを探すのではなく、然るべきものがちゃんと隠されているかを確認するのだ。組織内にスパイが紛れ込めばすべてが台無しになりかねないというのがわかる気がする。契約書に書かれた氏名や会社名をできるだけ覚えていようとしたが、書類は大量にあり、ロジャーといっしょにどんどん読み進めていくので、なかなか記憶に刻み込むことができない。仕事の内容そのものはMSIで働きはじめた当初のそれと同じくらい退屈だった。ただし、職場環境は各段にいい。

若き実力者と見なされる人が自らこんな仕事をするというのは少し意外だ。免疫者(イミューン)と読み合わせをするだけなら秘書にさせてもよさそうなのに。おそらくこれは、わたしの仕事ぶりを見るためのものなのだろう。実際、二、三、間違いを見つけたが、それがたまたまなのか、わたしを試すために意図的に入れられたものなのかはわからない。わたしが誤りを指摘したとき、わた

134

彼はむしろうれしそうだった。

さらに驚いたのは、五時十分前に今日の仕事の終了を宣言したことだ。「今日はこの辺にしておこう」ロジャーは両手の指を組み、腕を前に伸ばしてストレッチする。「続きはまた明日だ。さて、パン屑がなくてもオフィスに戻れるかな？」

「廊下に出て、見覚えのある部屋が現れるまで歩き続ける、という感じでしょうか」

「そうだね。万一迷ったら発煙筒でもあげてくれ」ロジャーは茶目っ気のある笑顔で言った。

オフィスには何も置いていないので別に戻る必要はないのだが、とりあえずいったん戻って、Eメールのチェックをした。全社宛のメールの件名にざっと目を通していたとき、ドアをノックする音がした。顔をあげると、エヴリンがいた。

「初日はどうだった？」

「まあ、なんとか」

「一日じゃまだよくわからないわね。何か質問はある？」

「いいえ、特に」

「コーヒーやランチの場所は教えてもらった？」

「まだです」

「書類にサインをしてもらった部屋の裏手に休憩室があるわ。それから、明日の昼休み、特に予定がないようなら、わたしがあなたやほかの新人たちをカフェテリアに案内するわ」

「ありがとうございます」

「あなたはきっと、ほかの人たちほど手助けは必要ないでしょうけどね。前の会社も魔法関連だったから。ほかの新人たちはこの会社について学ぶのと同時に魔法そのものに慣れる必要があるから大変よ」

「魔法のことを知ったばかりなら、どんな会社に行っても大変だと思います。この会社の方針は独特だけど、MSIもかなり変わっていました。ここでは魔法の存在を意識することはほとんどありませんが、MSIでは皆、何かにつけて最大限に魔法的《マジカル》であろうとするんです」そういえば、いまのところ魔法の痕跡をまったく見ていない。偽の景色が見える窓を除いて。

エヴリンはほほえんだ。その瞬間、なんとなくだれかに似ているような気がしたが、思い出せない。そういう類いの顔はときどきあるものだ。彼女もそのタイプなのかもしれない。「彼らにとってあなたは頼もしい存在だわ。それもあって、明日みんなでランチを取りたいの」

「わたしでよければ、喜んで魔法入門講座をお手伝いします」そうは言ったけれど、果たしてそれは賢明な行為だろうか。わたしたちは皆、ひとつのポストを競い合っているライバル同士だ。もし選ばれなかったら、わたしの任務は行き詰まることになる。もっとも、たとえ彼らを手助けしなくても、わたしが勝ち残るという保証はない。それに、友達になっておけば、万一負けた場合でも、アシスタントの座についた人から情報を得ることができるかもしれない。

コンピュータを消し、オフィスを出て、更衣室に向かう黒いスーツの群れに加わる。わたしの名前がついたドアは手のひらを当てると開いた。せっかくだからシャワーを浴びていこう。水圧のしっかりある熱いシャワーをあとに控えるルームメイトを気にすることなく浴びるというのは、実に贅沢なひとときだ。シャワーのあと、自分の服に着がえて車を呼ぶボタンを押し、椅子に座って到着の合図を待つ。社員はわたしが見ただけでもかなりの人数だ。いったいどうやってこれだけの人を送迎しているのだろう。それとも、全員が同じ扱いを受けるわけではないのだろうか。これは完全に信頼を得るまでの暫定的な措置？　平社員は皆、外が見えないバスで通勤するとか？　悪人専用のスクールバスみたいに？

ランプがついたのを見て、エレベーターに向かう。マルシアが先に帰ってくるといいのだけれど。ロッドの件について一刻も早く話がしたい。午後はずっとロジャーといっしょだったが、だれかに指示を出すようなところは見なかったから、彼が接触する前にロッドに警告できるかもしれない。事前に警告がなければ、ロッドは彼の話を断るだろう。まあ、それはそれでよけいな疑念を抱かれなくていいかもしれないけれど。彼らは一度断られたくらいでは諦めないだろうから。

結局、マルシアの帰りを待つのはやめた。帰宅すると、すぐに会社の携帯電話をハンドバッグに入れて、ハンドバッグごとベッドに突っ込み、寝室を出てドアをしっかりと閉め、リビングルームにある固定電話からマルシアの携帯に電話した。「ロッドに話さなきゃならないことがあるの。今夜、彼を誘ってうちでいっしょに夕食を取れない？」

「いいわ」マルシアは言った。「それ、昨日言ってた例の件？」

「そう」

「任せて。何かテイクアウトをして帰るわ。ジェンマとフィリップは？」

「ジェンマは今夜、遅くなるみたい。メモが置いてある」

幸い、わたしたちの部屋は建物の奥に位置しており、表通りに面した窓がない。もしあったら、始終窓辺に立って外をチェックすることになっていただろう。コレジウムはきっとわたしの行動やアパートに出入りする人たちを監視しているに違いない。それとも、わたしは自分を過大評価しているだろうか。彼らはそこまでわたしの動向を気にしていない？　あるいは、自分たちのセキュリティーシステムで造反行為は十分防げると考えている？　いずれにせよ、リスクは小さければ小さいほどいい。会社の携帯電話がアパート内の会話を拾う可能性をできるだけ低くするため、テレビをつけた。そして、マルシアたちを待つ間、今日検証した書類に書かれていた氏名や事項のうち覚えているものを書き出していく。

帰宅したマルシアとロッドを、わたしは飛びかからんばかりの勢いで出迎えた。「今日、だれかから怪しげなオファーはなかった？」ロッドが完全に部屋に入りきらないうちに訊く。

「ああ、元気でやってるよ、ケイティ。訊いてくれてありがとう」ロッドはにやにやしながら言った。「きみの方は？　新しい職場はどう？」

「そういう態度が取れるということは、まだアプローチはないってことね」

ロッドは真面目な顔になって言った。「なんの話？」

「あ、だめ！」マルシアがテレビのリモコンを手に取ったのを見て、わたしは叫んだ。そして、声を落として続ける。「つけたままにしておいて。会社に携帯電話をもたされたの。盗聴機能がついているかもしれないから、いまベッドのなかに入れてあるんだけど、念には念を入れた方がいいと思って」それから、ロッドに向かって言う。「今日、上司にあなたがスカウトに興味を示すと思うか訊かれたの。思ったとおり、あなたの前任者はコレジウムの人間かコレジウムに雇われた人だったわ。彼らはコレジウムの息がかかった人材をさらに送り込みたいみたい。きっと近いうちに接触してくると思うわ」

「なんだか深刻な話になってきたわね」マルシアがテーブルにつきながら言った。ロッドはテイクアウトの箱を開ける。

「最初から深刻よ」わたしは言った。

「で、ぼくは断るべき？　それとも、乗るべき？」

「最初は断った方がいいと思う。少し手こずらせた方がリアリティがあるわ。でも、多少は脈があることをにおわせて」

「彼らとつながれば、きっと社内のだれがコレジウムかがはっきりするな。信用させるために何人かは採用する必要があるだろうけど、少なくともだれがコレジウムかわからない状態は解消できる」

「それに、わたしとあなたが連絡を取り合ってもさほど警戒されない」

ロッドは皿とライスの入った箱を差し出す。「さすがはケイティだな。潜入一日目から早くも成果をあげてる」

「厳密には二日目よ。面接に行くことも立派な情報収拾だもの」ライスを皿に盛りつけながら言う。

ロッドは真面目な口調になって言った。「じゃあ、この任務はやる価値がありそうってこと?」

「明日、彼らを倒すってわけにはいかないでしょうけど、いろいろ知ることはできてるわ」

食べながら、今日会社でしたことをざっと説明する。「彼らはかなり幅広く事業を行っているみたい。魔法界、非魔法界を問わず。非魔法界の人たちにとっては、はなから勝ち目のない勝負ね。彼らには免疫者《イミューン》に契約書をチェックさせるなんて発想はないもの。コレジウムは手当たり次第に会社を乗っ取ることができる。もちろん、彼らがそういうことをしているという証拠はまだないけど。でも、契約書にはそういうことに利用できそうな項目があって、魔法で隠されていたわ」さっき書いたリストをロッドに渡す。「覚えているものを書き出してみたの。これが精いっぱい。職場には何ももち込めないし、もち出すこともできないから、記憶が鮮明なうちに書きとめることができなくて」

「うちの検証人たちに気を引き締めて仕事に取り組むようあらためて指示しておくよ」ロッドはリストをたたんでポケットにしまう。「でも、このリストにある人たち全員に用心するよう警告すると、コレジウムはきみに疑いの目を向けるだろうな。これもテストだという可能性がある」

わたしは息をのんだ。「そこまで考えなかったわ。でも、たしかにそうね。わたしが目を通した書類に名前のあった人たちが、どういうわけかそろってガードを堅くしたら、わたしが原因だと思うわよね。でも、だれかがだまされるのを黙って見ているのは悔しいわ」

「そういう契約書の不正って、どのくらいの頻度で起こってるのかしら」マルシアが言う。「ちゃんと契約書を読んだとしても、この項目は最初はなかったとあくまで主張できるくらいすべてを記憶できるわけじゃないでしょう?」

「そういうことをするのはコレジウムだけじゃない」ロッドが言った。「だからこそ検証人たちがいる」

「でも、彼らのはスケールが違うわ」わたしは言った。「自分たちの支配下に巨大な複合企業《コングロマリット》をつくりあげようとしているみたい」

「いかにもマフィアのやり方って感じね」マルシアが言った。「違いは魔法を使うってこと」

「それに、ずっと企業然としているわ。社交クラブの怪しげな裏部屋という雰囲気ではまったくないの。社屋の所在地さえ教えないとか、妙なセキュリティーシステムを別にすれば、どこにでもある大きな国際企業って感じよ。社員も皆、親切だし」

「頼むから染まらないでくれよ」ロッドが笑いながら言った。「洗脳を解かなきゃならなくなったら大変だ」

「その心配はないわ。彼らがよからぬことを企んでいるのは明らかだから。何をしようとしているのかを突き止めるためにもう少し奥に入り込む必要があるだけ。組織がどのように機能しているかがわかれば、手の打ちようがあるわ」

「少しでも違和感を覚えたり、恐怖を感じたりするようなことがあったら、すぐに中止するんだよ」

もうひとつロッドに訊きたいことがあるのだが、どんなふうに尋ねればいいのかわからない。食事が終わり、マルシアが残りものを冷蔵庫にしまいはじめたとき、わたしは小さな声で訊いた。「オーウェンはどうしてる?」

「特に何も言わないけど、きみも知ってのとおり、そもそもあまりものを言わないやつだから。まあ、心配しなくていいよ。あいつも大人だ」

「わたしが言ったことはすべて任務のためだってこと、理解しているわよね」

ロッドは腕を伸ばして兄貴風にわたしを引き寄せる。「それについてはまったく心配いらないよ。オーウェンはちゃんとわかってる」

翌日は、外の世界のものをいっさい身につけていないことをしっかり確認してから更衣室を出た。警報は鳴らず、オフィスへも一度曲がる場所を間違えただけで無事たどりつくことができた。デスクにはフォルダーの束が置いてあり、いちばん上にロジャーからのメモがあった。書類を原本と照合するよう書いてある。どうやらひとりでやれということらしい。おそらく今日は、まだ見ぬライバルのひとりが彼と一対一で仕事をすることになっているのだろう。

ひとりで仕事をすることになんら問題はない。書類に書かれた氏名や情報を覚えるのに好都合だ。集中していたせいか、あっという間に時間が過ぎた。軽いノックの音が聞こえて顔をあげると、入口にエヴリンが立っていた。「ランチに行けるかしら」

わたしはフォルダーを閉じる。「ええ、もちろん!」

「では、ついてきて。ほかの人たちを紹介するわ」

まずは隣のオフィスへ行った。三十代半ばくらいのアフリカ系アメリカ人の女性がわたしのデスクにあったのと同じような書類をチェックしていた。わたしたちがオフィスに入っていくと、顔をあげてこめかみをもむ。「ランチ？」中断されてうれしそうだ。

「ええ、きりがよければ」エヴリンは言った。「トリッシュ、こちらはケイティ。彼女も新人のひとりよ。ケイティ、こちらはトリッシュ」

「ハーイ」わたしは片手を小さくあげる。

「あなたもこういうことやってるの？」トリッシュはデスクの上の書類を指さす。

「ええ」

「ロースクールに行かなかったのにはそれなりの理由があったんだけど、まさかこんな展開になるとは想像もしなかったわ」トリッシュは椅子を後ろに下げて立ちあがり、体をひねってストレッチする。「よかった。これ以上続けてたら、頭が変になるところだった」

「ちょくちょく休憩しながらやった方がいいわ」わたしは言った。次に立ち寄ったオフィスでは、大学を卒業してまだ間もないように見えるほっそりしたブロンドの女性がデスクの前に座って宙を見つめていた。「こちらはレベッカ」エヴリンが言った。

「ベックスよ」女性は訂正する。「もうお昼？」

「ええ、あなたがよければ」

ベックスは勢いよく立ちあがった。「もうおなかぺこぺこ。で、そちらのふたりは同じポストを目指している人たちね？」

トリッシュとわたしはそれぞれ自己紹介をする。それが済むと、エヴリンを先頭に、皆でカフェテリアに向かった。「社員のほとんどは魔力をもっているから、カフェテリアは必要ないといえばないんだけど、うちはできるだけ魔法を使わないことをポリシーにしているの。そうすることで目立たずにいられるし、その分、パワーをほかのことに生かせるわ」

カフェテリアはごく一般的な社員食堂という感じだった。メニューのレベルが高くて、レジはなく、人々が皆、仕立てのいい同じようなスーツを着ていることを別にすれば。全員がそれぞれの昼食とともに席に着いたところで、エヴリンが言った。「これまでのところ、ロジャーのことはどう思う？」

「まだよくわからないわ」トリッシュがフォークをレタスに突き刺して肩をすくめる。

「イケメンね」ベックスがにっこりして言った。

「カントリークラブが似合うタイプのイケメンね」わたしがそう言うと、トリッシュがにやりとした。「まだ一度も怒鳴ったり、こちらの存在を忘れたりしていないし、オフィスに来るよう指示があったときも、そばに立たせたまま別件が済むまで待たせるようなことはしていないわ。それだけでも、これまでの上司たちよりいいわね」

「同感」トリッシュがうなずく。

「どうしてあなたが彼のアシスタントをしないんですか？」ベックスがエヴリンに訊いた。

「あなたはオフィスマネジャーでしょ？　あなたがいちばん適任だと思うけど」

「わたしは免疫者《イミューン》じゃないわ」エヴリンは言った。「その時点ですでに競争圏外よ。わたしは会社の運営に携わるファミリーのうち非中核家系のメンバーなの。組織の一員にはなれるけど、幹部への道は最初から存在しないわ、残念ながら」

それについては訊きたいことが山のようにある。でも、いまはまだそのときではない。今後のためにこの情報は記憶にしっかりとどめておこう。いまのところ、わたしは魔法界の企業のひとつに就職したと思っているだけで、この組織がコレジウムであることは知らないことになっている。

トリッシュとベックスはひとつのポストを巡って競い合うライバルであり、ここがマフィアみたいな組織であることを考えると、わたしたちは互いに足をすくわれないよう牽制《けんせい》し合うべきなのかもしれないけれど、そんな空気はまったくなかった。むしろ、この奇妙きわまりない環境に放り込まれた者同士として、仲間意識のようなものが生まれていた。

「少し前まで魔法が存在するなんて夢にも思わなかったのに、いまや魔法界のシティバンクみたいなところで働いてるんだから、人生、何が起こるかわからないわ」トリッシュが言った。

「ほんと！」ベックスが続く。「それに、魔法っていっても想像してたのと全然違う。動く階段もしゃべる肖像画もないじゃない」

「MSIは……ああ、ここに来る前に勤めていた会社だけど、もう少しそんな感じだったわ」わたしは言った。

「わたしたちは常に時代の流れに沿うよう心がけているの」エヴリンが言った。「魔力をもっているからといって、中世のような生き方をする必要はないわ。MSIみたいな組織はもう時代遅れよ」

「CEOが千歳を超えているんじゃしょうがないわ」わたしは眉を片方あげてみせる。マーリンを悪く言うことに後ろめたさを感じながら。

「そこもこんなふうにセキュリティーが厳しかったの？」トリッシュが訊く。「こんな素敵なワードローブをもらえるのは悪くないけど、はっきり言って、職場に入るのに全身着がえなきゃならない会社なんて聞いたことないわ。手術室に入るとか、コンピュータチップをつくるとかいうなら別だけど」

「ううん、まったく。でも、あそこなら月と星がちりばめられた魔法使いのローブを着るよう言われても、きっと驚かなかったわね」

「社員は組み分けされるの？」ベックスがくすくす笑いながら訊く。

「意外にも、されなかったわ」

「うちではある意味、そういうことをやっているといえるわね」エヴリンが言った。「面接のときに適性を見て、いちばん合うと思われる部署に振り分けるの。その部署を率いる幹部との相性に基づいて」

トリッシュとベックスとわたしは互いに顔を見合わせる。トリッシュが眉を片方あげて言った。「つまり、わたしたちはどう見られたってことかしら」

「とりあえず、彼は趣味がいいってことじゃない？」わたしは言った。

午後、書類の照合作業が終わると、添えてあったメモの指示に従い、それをエヴリンのところへもっていった。彼女は礼を言い、訊いた。「ここまでのところ、どんな感じ?」

「特に問題はありません。この先、仕事の量は変化していくんでしょうけど」

「もちろんよ。でも、あなたがいましていることは会社にとってとても重要なことなの。テストのためにしてもらっているだけじゃないわ」

オフィスに戻る途中、廊下でばったりロジャーに会った。ロジャーは例によって歯磨きのコマーシャルに出られそうな笑顔を見せた。錯覚でなければ、真っ白い歯がきらりと光ったようにさえ見えた。「書類のチェック、もう終わったのかい?」

「いまエヴリンに渡してきたところです」

「素晴らしい! じゃあ、今日はあがっていいよ」

一時間も早く仕事が終わって帰れるなんて、はじめての経験かもしれない。家に着くとすぐに、今日見た書類の内容を覚えているかぎり書き出した。今日はひとりでじっくり読むことができたので覚えていることもずっと多かった。それでもまだ、リストは不完全で不正確だという気がする。入社二日目の新人に重要な書類を見せるとは思わないけれど、少しでも何かの役に立つことを願う。

ジェンマがジムに出かけた直後、マルシアがロッドといっしょに帰ってきた。さっそくリストを渡そうとして、ロッドの深刻な表情に思わず手を止めた。「どうやらぼくもやつらの一味になったみたいだ」ロッドはそう言うと、ソファーにぐったりと腰をおろした。

9

「彼ら、接触してきたの？」わたしは訊いた。「どうやって？」

「きみのときと同じような感じだよ。ランチを食べていたら近づいてきて名刺をくれた。ただし、ヘッドハントの話ではなかった。来たのは男性だったけど、人材派遣会社の人のような話しぶりで、何人かの求職者について採用を検討してほしいと言われたよ。履歴書を送ってくれたら検討するけど約束はできないと答えたら、これはぼくにとって非常にいい話だと言っていた。ボスに報告したら、彼もきみと同じ意見だった。やるべきだってさ。でも、正直、やりたくないよ」ロッドは身震いすると、拳《こぶし》で自分の脚をたたいた。「特定のグループに属している人を優遇するというのは主義に反する」

「出身大学やどの友愛会に属していたかで選ぶのと同じじゃない？　アイヴィーリーグの秘密結社なんかはまさにそれだわ」マルシアが言う。

「でも、彼らは通常、リベートを払ったり、脅したりということはしない。それに、ぼくは人を採用するときそういう偏見を極力もたないようにしているんだ。だからこそ、うちにはいまの強さがある。同じようなところから人を雇わないようにすることで、新鮮な視点を取り入れたり新しい顧客ベースを確保したりすることができるんだ。彼らの言うとおりにするのは、中世の暗黒時代に逆戻りするようなものだよ」

「皮肉ね。彼らは時代に沿っていると自負しているわ」わたしはそう言ながら、リストを差し出す。「はい、今日の分。昨日渡したリストには何か役に立ちそうなものはあった?」

「ああ、あったよ。何人かはうちの顧客で、最近、魔術の開発の依頼をキャンセルしている。そのうちふたりの人物の家族が、これも最近、それぞれ行方不明になっている。そのほかの人たちについては特にうちとの関連はなかったな」

「正確に覚えていなかった可能性もあるわ」わたしは言った。「今日のリストの方がちゃんとしてるはずよ。しっかり記憶しながら作業することができたから。それで、どうするつもりなの?」

「いまのところ様子見という感じだな」

「待ちすぎない方がいいわ。一連の動きはすべて何か大きな計画の一部だという気がする。手遅れにならないうちに止めないと」

「でも、その計画がなんなのかはわからないんだろう?」

「まだ二日目だもの。そうだ、会社の携帯電話に魔法がかけられていないか見てくれる? 電話の近くで話をしても安全かどうか知っておきたいの」

「そのてのことはオーウェンほど得意じゃないけど、まあ、やってみるよ」

ハンドバッグから携帯電話を取り出し、コーヒーテーブルの上に置く。ロッドは半分目を閉じて手を電話の上にかざすと、やがて首を横に振った。「特に何も感じない。きみがいつだれと話したかはチェックできたとしても、電話を使っていないときまできみのことを監視するような魔術はかけられていないと思う」

「よかった。少し気が楽になったわ。彼らは相当偏執的だけど、二十四時間監視するつもりはないようね」

逆に、ロジャーのオフィスを盗聴できたらいいのに。もっとも、あそこで実際に何かが行われているような気はしない。人と会っているところは見たことがないし、だれかがオフィスから出てきたり、入っていったりするところに遭遇したこともない。外部の人が廊下を歩いているのを目にしたこともない。あの一角は、大きな組織の一部というより、世界から孤立した小さな村という感じだ。

一週間後、休憩室でいっしょにコーヒーを飲んでいるとき、トリッシュが同じような印象を口にした。「ミーティングをやらない職場って経験したことある?」

「夢のなかだけでね。これからもこんな感じだとしたら、わたしたちはラッキーだわ。あるいは、試用期間のうちはミーティングに参加させるほど信用されていないということかも」

「でも、ロジャーがミーティングに行くところだって見たことないわ」

「まあ、そうだけど、彼のオフィスは別のタイムゾーンにあるから」案外、文字どおりそうだったりして。この建物には何か妙なところがある。

「たしかに」トリッシュはうなずく。「魔法の世界に慣れるにはしばらく時間がかかりそうだわ」

オフィスに戻った直後、三十分後に会議室でミーティングを行うというメールが届き、背筋が寒くなった。すぐにトリッシュがやってきた——つけられていないことを確かめるように後ろを振り返りながら。「わたしたち、見られてたの?」ささやき声で言う。「ミーティングやらないわねって話してたら、直後にミーティングやりますっていう連絡がくるなんて、ちょっと恐くない?」

「ただの偶然じゃない?」

トリッシュは人差し指を突き出して振る。「だめだめ、あなたも同じくらい気味悪がってることは、その顔を見ればわかるわ。いったいなんのミーティングだろう。ひとり目の脱落者の発表?」

「会議でそんなことしないでしょう?」

「じゃなかったら、わたしたちにチェックさせてるあの怪しげな契約書でいくつ会社を乗っ取ったかを発表するとか」

「ご褒美にケーキが出るかもしれないわね」

ケーキはあった。ただし、違う理由で。〝ミーティング〟は社員のために開かれたバレンタインデーのサプライズパーティーだった。今日がバレンタインデーだということをすっかり忘れていた。あるいは、あえて忘れようとしていたのかもしれない——オーウェンに会えないことがわかっているから。バレンタインデーを彼といっしょに過ごしたことはまだない。去年はわたしが実家に帰っていた。ここは普通の会社と違い、セキュリティーの関係上、花束や歌う電報が次々と届くということがないので、今日がなんの日かを忘れているのはそう難しいことではなかった。

ロジャーは社員ひとりひとりにピンクのバラを一本ずつ手渡すと、皆に楽しむように言って早々にいなくなった。パーティーを続けていたい人たちは仕事に戻るよう催促されることはなく、ケーキをもって仕事に戻る人たちもつき合いがよくないと嫌みを言われることはなかった。この会社なら社員の扱いについてセミナーができそうだ。脅しより甘い蜜の方が忠誠心を得やすいということだろうか。

でも、わたしは最高に心地のよい労働環境を体験しにここに来たわけではない。悪徳秘密結社を倒しにきたのだ。たとえそれが素晴らしい福利厚生とケーキを提供してくれる会社だったとしても。ただ、いまのところ、検証した書類にあった氏名を報告すること以外、何をすればいいのかわからない。

サプライズパーティーのあと少ししてから、ロジャーにオフィスに来るよう言われた。廊下に出ると、同じく彼のオフィスに向かうトリッシュとベックスに会った。ロジャーはこれまでわたしたち三人をいっしょにオフィスに呼んだことはない。直接競わせるのではなく、個別に評価しようとしているように見えた。オフィスの手前まで来たとき、ちょうどロジャーが出てきた。「会議だ。いっしょに来てくれ」いつもの朗らかな笑顔がない。険しいというほどではないけれど、ふだんより真剣で鋭い表情をしている。早足で先を行く彼に、わたしたちは小走りでついていかなければならなかった。

社屋の構造を把握するのはとうに諦めたけれど、今回の移動はいつにも増して方向感覚を狂わせるものだった。廊下を歩いていると、突然、高層ビルの最上階から高速エレベーターでいっきに地上階まで降下したような感覚があった。トリッシュを見ると、壁に手をついて体を支えている。

その直後、同じ方向に歩く大勢の人が目に入った。彼らはさまざまな方向からわたしたちのいる廊下に合流してくる。何についてのものか知らないが、大きな会議であることはたしかだ。

会議室に到着すると、〝大きな〟という形容詞ではとても足りないことがわかった。部屋は会議室というより、アリーナという感じだ。フロアに円形のテーブルがあり、まわりには椅子が五脚ある。そのうちの一脚はほかよりも豪華で大きく、扇形《おうぎ》の階段席の方を向いている。階段席の下から四段は、弧を描くテーブルに沿って重役スタイルの椅子が並び、各椅子の後ろに小さめの椅子が数脚置いてある。各段の重役席はそれぞれ二十ほどだろうか。上の段にいくほど椅子が若干小ぶりになっているように見える。その後ろは劇場の観客席のようになっていて、数百人は座れそうだ。

意外なことに、ロジャーは階段席の四段目へ行き、席に着くと、後ろにある椅子に座るようわたしたちに指示した。おそらく下の段へ行くほど上位なのだろう。彼はもっと上のランクかと思っていた。でも、たしかに面接のとき、彼は前途有望な幹部だと説明された。きっと、〝手に入れたいものがあるなら、すでにもっているかのように振る舞え〟という格言を実践しているのだろう。

会議室は次第に埋まっていった。上の方から順に。上位の人たちは皆がそろってから現れるのだろう。この点でも、ロジャーが早々に席に着いたのは意外だ。少なくとも自分のテーブルでは最後になろうとしそうなものだが、彼はいちばん乗りだった。

でも、すぐにその理由がわかった。「周囲をよく見ていてくれ」ロジャーは言った。「何か少しでも怪しいと思ったらすぐに知らせるように。魔法かどうかにかかわりなく」彼は入ってくる人々に鋭い視線を向ける。ひとりひとりについて頭のなかでメモを取っているかのように。特に何かを懸念しているような感じではない。ただ、とても注意深くまわりを観察している。

幹部用の階段席がすべて埋まり、フロアのテーブルの五席のうち二席に人が座ったとき、場内の多くの人たちが立ちあがった。法廷に裁判長が登場したときのように。トリッシュとベックスの反応をうかがう。目が合うと、ふたりとも肩をすくめた。ロジャーが立ちあがろうとしたので、わたしは身を乗り出し、彼の耳もとで言った。「だれか偉い人が入ってきたと思っているのでしたら、だれも現れていませんよ」

ロジャーはうなずき、安心したように座り直した。人々がかつがれたことに気づきはじめたらしく、場内にぎこちないざわめきが広がる。ひとつ下の段のいちばん端に座っている男性が忍び笑いをするのが見えた。ロジャーが彼のことを頭にメモしているのがわかる。このいたずらは彼にとってかなり高くつくような気がする。

大きな椅子の両側の椅子が埋まると、場内がしんと静まり返った。それからゆうに二分ほどたってから、玉座の後ろのドアが開き、ひとりの人物が現れた。場内の何人かが立ちあがる。

ほかの人たちは不安げに目配せし合っている。わたしはロジャーにささやいた。「今回は本当に人が入ってきました」ロジャーが立ちあがったので、わたしたち三人もそうするべきだと思い、腰をあげる。人々は皆、入ってきた人物が席に着くまで座らなかった。玉座の主はゆっくりと時間をかけて着席した。

この場所からは彼の顔がよく見えない。当たっている照明は、彼を照らし出すのではなく、むしろぼんやりと霞ませている。彼の姿を大きく映し出すプロジェクタスクリーンのようなものはない。ここから見るかぎり、中肉中背の白髪の老人という感じだ。これが魔法界のマフィアのゴッドファーザーだとしたら、少々期待外れだと言わざるを得ない。でも、魔力の強さは体の大きさや存在感とはほとんど関係がない。

ゴッドファーザーが話しはじめると、その声は場内に響き渡った。でも、マイクはどこにも見当たらない。しゃがれた声で、イギリス英語のアクセントのほか、どこのものかわからない訛りがかすかに聞き取れる。話題はもっぱら、前年度の決算など会社の年次総会で通常話されることばかりだ。長い歴史をもつ魔法界の秘密結社であることを感じさせるようなところはまったくない。

でもそれは、彼が前年度の〝主要イニシアチブ〟について話しはじめるまでのことだった。マーリンを呼び戻して完全に倒すという大計画を指すものとしては、少々変わった言葉の選択だ。そういえば、このゴッドファーザーはまるでビジネス書で英語を学んだかのような話し方をする。現代社会に適応しようとしていたＭＳＩに来た当初のマーリンよりひどい。彼もまた現代によみがえった古代の魔法使いなのだろうか。あとで彼について描写できるようしっかり覚えておこうとするのだが、こうも特徴らしい特徴がないとそれもなかなか難しい。

作戦の失敗への言及が終わると、わたしは思わず身を乗り出した。彼は次の計画について話すだろうか。

やはり、そう簡単にはいかなかった。次の戦略について話すかわりに、ゴッドファーザーは自分の右側に座る男性の方を向いた。「計画が失敗した原因について説明してもらえますか」

彼がごくりと唾をのむ音がここまで聞こえた。「想定外の制御不能な要因がありました」彼は言った。

たとえば、わたし、とか？　ここにいる人たちのなかに、わたしがだれで、どんな役割を果たしたか知っている人はいるだろうか。もしいるとしたら、わたしがいまここにいることは、ロジャーの勝利と見なされるだろうか。それとも過ちと見なされるだろうか。それはこれからどうなるかによって決まるのだろう。なんとかこの組織を潰して、過ちだったと思わせたい。彼らがマーリンやオーウェンに言及するときの言葉を聞いていると、はらわたが煮えくり返ってくる。

右側の男性が詳しい説明に入ることはなかった。その前に、煙とともに閃光《せんこう》が走り、彼は消えた。「わたしが欲しいのは結果です。結果をもたらした者が彼の席に座ります」ゴッドファーザーはそう言うと、玉座から立ちあがり、部屋を出ていった。

人々が慌てて立ちあがろうとしたときには、すでに彼の姿はなかった。皆の関心は、次にその席に着くのはだれかということに移ったようだ。幹部席の四段目にいる人たちは、ひとつ下の段の人たちを見ている。おそらく、最下段のだれかがその椅子に移動したとき、だれが一段昇進するのか考えているのだろう。ロジャーだけは、空になった椅子をまっすぐ見つめていた。彼は途中のステップなど頭にないようだ。いっきにあの席を手に入れにかかるか、でなければ、前の各段にいる最大の敵を排除するかだろう。

場内の魔力が高まり、首の後ろの産毛が逆立った。トリッシュが心地悪そうに体をよじる。わたしは彼女の耳もとでささやいた。「魔力よ」

「本当？　ずっとこういうのを感じながら生きてきたわ。だれかに悪い噂でもされてるんだろうと思ってた」

「そうね、近くで強い魔力が使われたとき、まさにそういう感じがするの」何が起こっているのだろう。さっきのようないたずらが行われている様子はないし、参加者の間で魔法の決闘が勃発したわけでもない。皆がただ互いを試し合っているような感じだ。

驚いたことに、ロジャーはそんな陣取り合戦の場にぐずぐずととどまってはいなかった。ふいに席を立つと、同じ段の人たちを押しのけるようにして出口へ向かう。わたしたちも慌てて彼のあとを追った。はぐれたら自分のオフィスに帰り着ける自信はない。

途中、例の高速エレベーターに乗ったような感覚を経て、廊下という名の迷路を進んでいくと、やがて見慣れたエリアに戻った。ロジャーの指示でわたしたち三人もいっしょに彼のオフィスに入る。「ケイティ、きみは彼らの計画が失敗したとき現場にいたんだよね」皆が腰をおろすと、ロジャーは言った。「なぜ失敗したと思う？」

　恐れていた忠誠心のテストがついにきた。ＭＳＩの秘密は教えたくない。彼らに利用されそうな情報はできればいっさい提供したくない。でも、だれかがあの席に座るなら、ロジャーに座ってもらうのがいちばんいい。彼といっしょにわたしも組織の中枢に近づくことができる。ここは多少の犠牲を払っても、いっきに昇進してもらうべきかもしれない。何年もかけて彼の出世を待つより得策だろう。

「いちばんの要因は、人選を誤ったことだと思います。計画のうちどの部分が会社の考えでどの部分がアイヴァー・ラムジーのアイデアなのか知りませんが、フェラン・イドリスは少々愚かすぎましたし、ラムジーは自分を過大評価していました。彼はマーリンのことを完全に見くびっていたと思います」

　ロジャーは指先をこすり合わせながらうっすら笑みを浮かべた。「なるほど、人選ミスか。ほかには」

「そうですね。もしかすると計画は少し複雑すぎたかもしれません。ラムジーは自分が動き出す前に、イドリスを使って手の込んだお膳立てをしました。それが結局、目的達成の障害になった部分もあるのではないかと思います」

「きみならどうやってＭＳＩを乗っ取る？」

「それがわかっていたら、ここには来ていません。いまごろ社長になっていますよ」皮肉のつもりだったが、ロジャーは納得したようにうなずいた。実際、彼はそういうふうにものごとを見ているのだろう。

　ロジャーは続いて、わたしたち三人に会議の印象を尋ねた。ベックスはあまり言うことがないようだった。ただただすべてに啞然としている様子だ。トリッシュは冷ややかな口調で言った。「油断も隙もないという感じですね。足をすくわれないよう常に身構えてなきゃならないというか。あのいたずらもそういうことでしょう?」

「優位に立つためにはどんなチャンスでも利用しようということだろう」ロジャーは肩をすくめる。

「ああいう低レベルなことをするのは逆効果だと思いますけど」

「ああ、そうだね」ロジャーはうなずく。

　わたしの番だが、正直、何を言えばいいのかわからない。「あなたのボスは、自分が部屋に入ったときだれが立ったとか立たなかったとかなんて気にもとめていないと思います。わたしがあなたの立場なら、他人と競うことより、自分が達成したいことに集中します。あの部屋にいた偉い人たちのうちだれが真の切れ者かということは、わたしにはわかりません。でも、わたしなら、大きな獲物をねらいながらも、日々の仕事はしっかりこなします。たとえ今回大きな獲物を手にできなかったとしても、徐々にそこへ近づいていくことは可能ですから」

　ロジャーはにっこりした。何か思いついたような表情だ。彼の次の動きをしっかり見ていなければ——。

今日の帰路はいつもより長く感じた。気のせいなのか、道路が混んでいたのか、あるいは運転手が追跡者をまくために経路を変えたのか、理由はわからない。アパートの玄関ホールで郵便受けから郵便物を取り出す。わたし宛のピンクの封筒があった。差出人の記載はなく、宛名はラベルに印刷されている。それだけならジャンクメールとして捨てていたところだが、料金別納の印影ではなく、〝Love〟シリーズの切手が張られていたので、階段をのぼりながら封を切ってみる。

なかには表紙に犬の漫画が描かれたバレンタインデーのカードが入っていた。カードを開き、階段の途中で思わず立ち止まる。見慣れた几帳面《きちょうめん》な手書きの文字が現れたからだ。こんな状況にもかかわらず、オーウェンはバレンタインデーを覚えていてくれた。こちらは何もしていなくて後ろめたくなったが、オーウェンならきっとわかってくれるだろう。

ただし、書かれていたメッセージは特にロマンチックなものではなかった。何やらあるベーカリーを訪ねよという謎めいた指示だ。どういうことなのかよくわからないが、期待に胸が高鳴った。階段を駆けあがり、ほかの郵便物をテーブルに置いて自分の部屋に駆け込み、念のため、少しいい服に着がえる。ロマンチックな状況になっても場違いな感じにならない程度に可愛く、でも、いかにもデートに行くような感じには見えない服装に。髪とメイクを軽く直すと、アパートを出て、カードに書かれた住所に向かった。

歩きながら、期待しすぎないよう自分に言い聞かせる。何かプレゼントが用意されているだけかもしれない。店に行ったらわたしの名前のついたカップケーキがあるのかも。もちろん、それだけでも十分素敵だ。今朝はこんなことが待っているとは想像すらしていなかった。ロマンチックな妄想を膨らませるかわりに、尾行されていないか周囲に注意を向けた方がいい。ベーカリーに到着した。残念ながら、だれもわたしを待ってはいなかった。そのままカウンターへ行く。「あの、ここへ来るよう言われたんですが」妙な言い方だということに言ってから気づく。

でも、カウンターにいた店員は特に妙だとは思わなかったようだ。「ケイティだね？　ちょっと待って。渡すものがあるから」そう言うと、カウンターの奥の棚へ行き、白い箱をもって戻ってきた。「カードがついてるよ。よいバレンタインデーを」

箱を開ける前からチョコレートのにおいがした。これだけだったとしても、残念賞としては悪くない。箱にかけてあるリボンの下から封筒を引き抜き、小さなカードを取り出す。カードにはロマンチックなメッセージのかわりに、また別の住所が書いてあった。ここから数ブロック先だ。

住所は花屋のもので、赤いバラの花束がわたしを待っていた。花束に添えられたカードにはさらに別の住所が書いてあった。今度は店ではなくアパートの部屋の番号のようだ。アパートは比較的新しい建物で、ドアマンがいた。ドアマンのところへ行き、ベーカリーの箱とバラの花束をもたつきながら左手にもちかえると、花束についていたカードを見せる。「ここへ来るよう言われたんですが」

ドアマンは鍵を差し出して言った。「上へどうぞ」わたしが来るのを知っていたということだろう。来た人皆にこんなふうに鍵を渡すはずはない。

エレベーターに乗り、指定の部屋へ行く。なかに入ると、ダイニングテーブルの上に食器がセットされ、ここにもバラが飾ってあった。ステレオからクラシック音楽が流れている。わたしはベーカリーの箱と花束を置き、コートを脱いだ――ばかみたいににやにやしながら。テーブルに用意された席はふたつ。これはデートに違いない。

でも、彼はどこ？　わたしを驚かそうとどこかに潜んだまま、来たことに気づいていないといけないので、咳払いをしてみる。ふと見ると、シャンパンのボトルが入ったアイスバケットに封筒が立てかけてある。開けると、メモが入っていた。〝待っている間、飲んでいて〟と書いてある。わたしは栓を抜いてグラスにシャンパンを注ぎ、椅子に座った。

何かあったのかといよいよ心配になってきたとき、ついにドアの開く音が聞こえた。ほんの一瞬、オーウェンではなかったらという恐怖に駆られたが、すぐにテイクアウトの袋を抱えた本人が現れた。わたしは勢いよく立ちあがり、オーウェンのもとへ走る。顔を見て、どれほど彼に会いたかったかあらためてわかった。「すごいわ」オーウェンに抱きついて言う。「こんなことしてくれるなんて思ってなかった」

「二回続けてバレンタインデーをやり損なうわけにはいかないからね」オーウェンはにっこり笑って言った。「きみがスパイ中だというのは言いわけにならないよ」

「今回はしかたないと思ってたわ」

オーウェンはため息をつく。「でも、残念ながら予定を変更せざるを得なくなった。だれかに見張られているようなんだ。きみに関連してのことなのか、ぼく自身の立場のせいかはわからない。とりあえずなんとかまいたけど、きみの任務をリスクにさらすようなことになるのはよくない」

気持ちがいっきに沈む。「ターゲットはあなただと思うわ。彼らの計画を潰したとき、あなたは大きな役割を果たしたもの」

「いずれにしても、いまきみがぼくと接触しているのを見られるのはまずい。ロマンチックなディナーは次の機会に取っておいて、今日は中止にしよう」オーウェンはテイクアウトの袋をテーブルに置いた。わたしはコートを着る。花束はしぶしぶ置いていくことにした。すばやく行動しなければならない状況になったとき、動きの妨げになる。でも、ベーカリーの箱はしっかりもった。デートはお預けになったけれど、なんぴとたりともわたしからチョコレートケーキを取りあげることはできないのだ。

最後にオーウェンにキスをする。「ありがとう。いろいろ考えてくれて。十分特別な日になったわ」

「すべてが無事終わったら、ちゃんとやり直そう。さあ、行って」

エレベーターが来るのに数分かかった。こういうとき、階段しかないうちのアパートも悪くないと思える。ロビーでエレベーターをおりると、黒っぽいスーツを着た男がふたり、ドアマンと話しているのが見えた。ドアマンはエレベーターのある方角を指さす。わたしは急いでドアの閉まりかけたエレベーターに飛び込み、もう一度オーウェンのいるフロアのボタンを押した。ドアマンがわたし、もしくはオーウェンのことを話したかどうかはわからないが、彼らに姿を見られるのは避けた方がいい。

ドアをたたこうとしたら、一瞬早くオーウェンが開けた。「彼らあがってくるわ。ドアマンから何か聞き出したみたい」

オーウェンはわたしの腕をつかむ。「こっちへ」エレベーターのそばまで来ると、オーウェンは片手をさっと振った。その瞬間、魔力の高まりを感じた。エレベーターを呼んだのかと思ったら、そのまま通り過ぎ、廊下の先の階段に向かって走っていく。〝屋上〟という表示がある。オーウェンは階段をのぼりはじめた。

「お願い、ヘリコプターを用意していると言って」オーウェンのあとについて階段をのぼりながら言う。彼は電話でだれかと話しているが、自分の心臓の音で声はよく聞こえない。

このアパートはニューヨークの標準からすればあまり高くない。十五階建てくらいで、わたしたちは十一階にいた。階段をのぼるのは慣れているけれど、これはふだん一度にのぼる階数より多い。しかも駆けあがっている。屋上に飛び出すと、身を刺すような風に迎えられた。コートの襟をかき寄せる。「で、このあとは?」

「もうすぐ来るはずだ」

だれが来るのか訊きたいような、訊きたくないような――。魔法の絨毯《じゅうたん》に乗るには理想的な気候とは言いがたい。とりあえず、待っている間に、オーウェンに今日の会議のことを報告する。「あなたが見張られているのはそのためかもしれない。MSIを潰せば、即、昇進につながる。あなたはそのカギとなる人物だわ」

「つまり、彼らがMSIを標的にしているというシルヴィアの話は正しかったってことだな」

「ほらね、それがはっきりしただけでもわたしの任務には意義があったでしょ？」

オーウェンが返事をする前にサムが屋上に舞い降りた。「まもなく到着する」サムは言った。「地上を調べておくか？」

「彼らはすでに建物のなかにいる」オーウェンが言った。そして、わたしの方を向く。「ぼくは部屋に戻った方がよさそうだな。さっきの魔術で多少はエレベーターを遅らせることができたと思うけど、さすがにそろそろあがってくるだろう。あれはぼくの部署のスタッフの部屋で、今夜使わせてもらったんだ。連中には彼女へのサプライズだと思ってもらう。もしこの先、ぼくが会社のだれかとつき合っているという噂を耳にしたら、そういうことだから」

「そのスタッフの人にお礼を言っておいて。ディナーとバラは彼女に譲るわ。でも、ケーキはもらっていくわよ」

オーウェンはにっこりする。「そうだと思った」そして、わたしにキスをし、「ハッピー・バレンタインデー」と言うと、建物のなかへ戻っていった。

オーウェンの後ろ姿を見送り、サムの方に向き直ったとき、思わずそのまま方向転換してオーウェンのあとを追いかけたくなった。サムのすぐ後ろに、これまで見たなかで最も大きなガーゴイルが舞い降りたのだ。「ケイティ、フレッドだ」サムが言った。「フレッド、こちらはケイティ。お嬢、安心しな。フレッドがおまえさんをここから連れ出す」

わたしはポニーほどもある石の獣を見つめてごくりと唾をのむ。「どうやって?」

「背中に乗ってくれ」フレッドは言った。その声はものすごい重低音で、足の下で屋上が振動するのを感じた。

ケーキの箱を左脇に抱え、フレッドの羽の先をつかんで背中によじのぼる。のぼりきると、意外にも座り心地はよかった。でも、この心地よさは飛びあがるまでのような気がする。実際、そのとおりだった。冷たい風が顔に吹きつけ、まもなく手の指にもつま先にも感覚がなくなった。幸い、わたしのアパートまではそう遠くなかった。フレッドは屋上に舞い降りると、羽をさっと振って階段に続くドアの鍵を開けた。「ほらよ!」低い声がおなかに響く。

「送ってくれてありがとう」わたしは言った。というか、言おうとした。歯がガチガチ鳴って、うまく言葉にならない。フレッドの背中から滑りおり、危うく転びそうになりながら着地すると、よろよろとドアまで行って暖かい屋内に入った。階段に暖房はないが、吹きつける風がないだけでも、屋上と比べれば南国のように感じる。自分のフロアに到着するころにはだいぶ体も温まっていたが、バッグから鍵を取り出す気力はなく、ドアをたたいた。

マルシアがドアを開けた。「どこに行ってたの? ていうか、どうしたの?」

「オーウェンがバレンタインデーのサプライズを用意してくれたんだけど、中止せざるを得なくなって……。ホットココアをお願い。飲みながら説明するわ」

マルシアはそれ以上追及せず、やかんを火にかけた。わたしはダイニングチェアのひとつにぐったりと腰をおろす。ベーカリーの箱を開けると、ケーキは少し崩れていた。それでもチョコレートの味に変わりはない。箱の縁についたアイシングを指ですくってなめると、話す力が少しわいた。「素敵な心遣いだったんだけど、今後はもっと慎重にやらないとならないわ。彼、見張られていたらしいの。あるいは、わたしが見張られてたのかもしれないけど。とにかく、命がけの逃走劇をやるはめになったわ。というわけで、いまのわたしにはチョコレートが必要」

マルシアはわたしの前にマグカップを置く。「でも、カードとキャンディだけよりずっと刺激的なバレンタインデーだったのはたしかね」

「カードとキャンディだけのバレンタインデーも悪くないわ」

二週間ほどたったある日、出社するとすぐにロジャーに呼ばれ、彼のオフィスへ行った。

「ぼくといっしょに来てくれるかな」

「はい、どこへですか?」

ロジャーはにっこりして言う。「きみはただぼくについてくればいいよ。向こうに着いたら、ぼくの目となり耳となって、すべてを注意深く観察してほしい」

エレベーターに乗り、地下のロビーへ行くと、リムジンが待っていた。車に乗り込んでからふと気づいて言った。「コートを更衣室に置いたまま来てしまいましたが、大丈夫でしょうか」

「準備してあるから心配はいらないよ」ロジャーはそう言って、わたしの横を指さす。座席の上にきれいにたたんで置かれている黒っぽいものはコートだった。

外の見えないリムジンはしばらく走り続けた。自分がどこにいるのかわからないまま移動する感覚にはだいぶ慣れてきたが、ロジャーといっしょに社外のミーティングへ行くというのははじめてなので、不安がまた頭をもたげてくる。こういうことは今後どのくらいの頻度であるのだろう。日中の外出にも、出退社時と同じセキュリティーチェックが施されるのだろうか。だれかに何かを渡したりもち帰ったりすることは可能だろうか。

でも、まずは、これがどういうミーティングなのかを見る必要がある。車が止まり、ロジャーとわたしはコートを着て車を降りた。そこはロウアーマンハッタンだった。MSIからそう遠くない場所だ。わたしたちが訪ねようとしている会社の社名を見て、思わず自分の足につまずきそうになった。それはわたしがリストに書き、その後、MSIがなんとかコレジウムから遠ざけた会社だった。コレジウムは彼らの方針転換を甘んじて受け入れるつもりはないようだ。

10

「きみは指示どおりに行動してくれ」ロビーに入りながら、ロジャーは言った。にこやかな表情は変わらないが、まなざしは冷たく、口調にはどこか有無を言わせぬ響きがある。ロジャーは受付デスクに行くと、「ミスター・バートルズにただちにお会いしたい」と言った。

「お名前をいただけますか?」受付係は電話の受話器をもちあげながら言った。

「言わなくても彼はわかります」ロジャーはそう言うと、電話でメッセージを伝える受付係を見おろす。

「ただいま参ります」受付係は電話を切ると、そう言った。

　その言葉が終わらないうちに、ミスター・バートルズとおぼしき人がロビーに駆け込んできた。青白い顔に玉の汗を光らせ、気の毒なほど怯えているように見える。たしかにロジャーはときおり鋭いまなざしを見せることがあるけれど、わたしにとっておそらく過去最高の上司である人が、一方で相手にこんな反応をさせるというのは、ちょっと驚きだ。ロジャーはいつもとても感じがいい。極悪非道の殺し屋みたいなイメージはまったくない。

「ロジャー、電話しようと思っていたんですよ」バートルズは両手をもみ合わせながら言った。男性としては異常に声が高いか、緊張のあまり声が一オクターブ高くなっているかのいずれかだろう。バートルズは咳払いをすると、もう少し見た目に合う口調で続けた。「さあ、どうぞ。わたしのオフィスで話しましょう」

ロジャーは何も言わず彼についていく。わたしも黙ってふたりのあとに続く。オフィスに入ると、ロジャーは立ったまま、わたしにゲスト用の椅子に座るよう身振りで指示した。バートルズはデスクの内側に回ると、一瞬座ろうとしたものの、ロジャーを見て立ったまま言った。

「電話しようと思っていたんですよ」また声が高くなっている。

「MSIと話したようですね」ロジャーは冷ややかに言った。

「ええ、先方から連絡があって。うちは上客なので、彼らとしても簡単に手放したくはないんでしょう」

「気は変わらないと言えばすむことでは？」

バートルズは拳《こぶし》を握り、助けを探すかのように周囲をちらちら見る。「まあ、彼らには義理もあるし、それに、そちらが提示した契約書の、その、不正をいくつか指摘してくれましたしね」

ロジャーは眉を片方くいとあげる。「不正？」

「ええ、彼らの検証人が隠されている条項がいくつかあるのを見つけたんですよ」

「うちとの契約書を彼らの検証人に見せたのですか？　そして、彼らが言うことを信じたと？」

「ええ、まあ、それは……」

ひょっとして、ロジャーはわたしに契約書を見せて、公明正大だと言わせるつもりだろうか。

そんなことはとてもできない。たとえ任務を続けるためだとしても。万一まずい事態になっても、ここからなら走ってＭＳＩへ逃げることができる。ハンドバッグやアパートの鍵やそのほか更衣室に置いてあるものをすべて失うことになったとしても、身の安全だけは確保できる。

さりげなく部屋の出口を確認していると、意外にもバートルズが秘めた芯の強さを見せた。彼は口ごもるのをやめ、背筋を伸ばして言った。「ええ、信じましたよ。彼らが嘘をついたことはこれまで一度もありませんから。あなたは契約書のなかにやがてうちを乗っ取ることを可能にする文言を隠した。さらに、うちに対してのみ拘束力をもつよう書類に魔法をかけた。一方で、あなたの方はいつでも契約を破棄できるようになっている。こういうことをする相手とはビジネスをしたくありませんね」

ロジャーの笑みは心からのものに見えた。一瞬、考えを変えて分別のある対応をするのかと思ったら、彼はふいに片手を振った。すると、バートルズが消え、彼のいた場所にカエルが一匹座っていた。

わたしはなんとか悲鳴をのみ込む。だれかがカエルから人間に戻るところは見たことがあるが、その逆ははじめてだ。ロジャーはそっとカエルをすくいあげると、ポケットに入れ、デスクの上にある書類をすばやく調べはじめた。やがて、コレジウムとの契約書と思われるものを見つけると、片手をひるがえす。すると、最後の部分に署名が現れた。

「さて、これでよし」ロジャーは満足げにうなずく。「では、会社に戻ろうか」

逃げ出すならいまだと思いつつ、ロジャーのあとをついていく。こんなことに関わるなんてできない。ロジャーはなぜわたしを連れてきたのだろう。バートルズが強気に転じなければ嘘の検証をさせるつもりだったのだろうか。それとも、自分のしていることを目の当たりにさせて反応を見ようとしたのか。きっと、その両方だろう。

建物から車まで歩く間、一瞬、逃げる衝動に駆られたが、そもそもこういうことがこの先二度と行われないようにするのが今回の任務の目的だと考え、思いとどまった。一度、不正行為に関与させられたくらいで投げ出すのは、だれのためにもならない。それに、本当にやめたいなら、明日の朝出社しなければいいだけだ。ドラマチックではないけれど、その方がずっと簡単だし、私物を会社に置きっぱなしにする必要もない。わたしはロジャーとカエルとともに、ふたたびリムジンに乗った。

どこを見ていればいいのだろう。ロジャーと目を合わせるべきか、それとも宙を見つめているべきか。残念ながら、窓の外を見るという選択肢はない。「さっきは少し驚いただろうね」

居心地の悪い静寂が数分続いたあと、ロジャーが優しい口調で言った。

「ええ」〝そりゃあ、もう〟と続けたいのをなんとか堪《こら》える。

「あれは必要なことだったし、彼はちゃんと人間的な扱いを受けることになる。あとで見せるよ」

「こんなことをされるなんて、彼はいったい何をしたんです？」

「約束を破った。これは契約に交わされたとおりの措置だ。彼もいずれ納得するはずだよ」

言葉が見つからない。ロジャーはフレンドリーで感じがよく、上司としては最高だが、実は社会病質者《ソシオパス》なのではないかという気がしてきた。会社に着くまでの時間はひどく心地の悪いものとなった。ロジャーのポケットから聞こえるゲロゲロッという鳴き声も心地悪さに拍車をかけた。

会社に到着すると、ロジャーはオフィスには戻らず、玄関ロビーからいつもオフィスの前の廊下から見おろしているアトリウムへ行った。吹き抜けの底は庭になっていて、さまざまな草木が繁り、小川が池に注いでいる。カエルの理想郷といった風情だが、実際、睡蓮《すいれん》の葉のほとんどにカエルがいた。ロジャーはポケットからカエルを出すと、そっと睡蓮の葉の上に置いた。

「この季節に自然に放すのは酷だからね」ロジャーは言った。人間をカエルにすること自体十分残酷だと言いたかったが、ぐっと堪える。「いまからきちんと冬眠するのは難しいし、カエルの本能が目覚めるまでには少し時間がかかる。ここにいるカエルたちの一部は夏になったら外に放す予定だ」

わたしはアトリウムガーデンのカエルたちに目をやる。皆、初氷のあと——かどうかわからないが、とにかく、カエルが通常冬眠に入るタイミング以降にカエルにされた人間たちなのだろうか。少なくとも二十匹はいる。どうやら行方不明になっている人たちはここに来ていたということらしい。このなかにシルヴィアもいるのだろうか。

やはりこの任務にはやる意味があった。この人たちを助け出し、今後、同じ目に遭う人を出さないためにも、コレジウムを倒さなければならない。ただ、いまのところあまりうまくはいっていない。それどころか、このうちのひとりはわたしが助けようとしたためにここに来るはめになった。わたしがあのリストを渡さなければ、MSIが介入することはなかっただろう。ミスター・バートルズはカエルになるという屈辱を味わうことなく、ただ会社を失うだけですんだはずだ。

いや、そんなふうに考えてはいけない。リストを見せなくてもMSIはもう一度彼と話をしていたかもしれないし、わたしはこれでコレジウムの犯罪行為の証拠をつかむことができた。この先、任務を続けるにあたって、ときどきそう自分に言い聞かせる必要がありそうだ。

わたしがカエルの件を目撃したことと関連があるのかどうかわからないが、午後、エヴリンからメールがきた。メールには内見可能な会社のアパートの一覧表のリンクが貼られていた。悲鳴をあげて逃げ出さなかったことで会社の一員として認められたということなのか、それとも、秘密を知ったいま、わたしはより厳重な監視下に置かれるということなのか。

幸い、社宅は社屋のなかのどこかではなく、住所のあるちゃんとしたアパートだった。世の中から完全に隔離されるわけではないらしい。アパートはどれもわたしが本来住めるような代物ではなかった。テレビドラマで若い独身貴族たちが住んでいるような物件ばかりだ。ミッドタウンの高層マンションや、ソーホーのロフト、ウエストヴィレッジのしゃれたワンルームタイプのアパートや、アッパーウエストサイドのブラウンストーンの地階アパート。いずれもいま住んでいるところから遠いので、友人たちとは会いにくくなる。おそらくそれが目的なのだろうけれど。

ウエストヴィレッジのアパートはいちばん小さいが、わたしがふだんよく行くエリアに近く、街の雰囲気は以前から気に入っている。曲がりくねった細い道やより人間的なサイズの建物が多く、田舎町的な空気がある。それに、大きすぎない方が孤独感も少ないかもしれない。このアパートを内見したい旨、エヴリンに返事をすると、すぐに見にいくことになった。

アパートを見たあと直帰するので、今回は会社を出る前に退社時の着がえのルーティンを経ることになった。アパートまではふだん帰宅するときと同じくらいの時間がかかったように思えたが、実際の距離とは関係ないだろう。案外、社屋はいま住んでいるアパートから数ブロックのユニオンスクエア辺りにあって、車は周囲を何周もしてから会社に着いているだけかもしれない。

コレジウムの黒いスーツを着た女性がアパートの前でわたしを出迎えた。運転手にここからはひとりで自宅に帰れるので待たなくていいと告げると、特に反論することなく走り去った。思わず安堵のため息が漏れる。少なくとも、会社は生活のあらゆる側面をコントロールしようとするわけではなさそうだ。アパートは写真で見たとおりの可愛らしさで、備えつけの家具はすべてわたしの好みだった。わたしについて得た情報をもとに特別に用意したのだろうか。それとも、アパートに合うものを備えたら、それがたまたまわたしの好みだったということだろうか。

一部屋がリビングルームとベッドルームとダイニングルームを兼ねるこぢんまりしたアパートだ。ソファーは広げるとベッドになり、コーヒーテーブルは低めのダイニングテーブルとしても機能する高さがあって、オットマンを椅子として使うことができる。バスルームはリフォームしたばかりのようで設備は最新のものだった。キッチンはいまのアパートのものとほぼ同じ大きさだ。フレンチドアの窓を開けると、石畳の細い並木道を見おろす小さなバルコニーがあった。

「ここにします」わたしは躊躇《ちゅうちょ》なく言った。むしろ、任務が終了したとき、いまのアパートに戻るのがいやになるんじゃないかと心配なくらいだ。ああ、でも、もうすぐオーウェンと結婚するのだから心配は無用か。彼の家はここよりずっと広くて素敵だ。どうしてすぐそのことを忘れてしまうのだろう。たぶん、会えないのに考えてもつらいだけだと無意識に思っているのかもしれない。

女性は鍵を差し出す。「では、これを」

わたしは瞬《まばた》きをした。「え、いまもらえるんですか？」

「引っ越しはいつでも結構です。ただ、来週には完全にこちらに移って、ここから通勤してください」

彼女が出ていくのを待って、ソファーに腰をおろす。部屋の雰囲気を味わおうとしたが、すぐに落ち着かなくなって立ちあがった。テレビドラマでいつも盗聴器がしかけられるような場所――ランプ、額縁、花瓶など――をチェックし、続いて、隠しカメラを探す。ふと、もしなんらかの監視装置が設置してあったら、こういう行動自体、怪しく見えることに気がついた。でも、あれだけセキュリティーに神経質な会社が用意した部屋だ。だれだって、ひととおりチェックはするだろう。潜入調査中のスパイであろうとなかろうと。

自宅に帰るため、地下鉄L線の駅まで数ブロック歩く。駅構内に入るとき、すぐ横を歩く男性がいた。改札でいったん離れたが、ふたたびわたしの横を歩き出し、階段もほぼ同じ歩調でおりていく。男性の方をちらりと見て、思わず足を踏み外しそうになった。オーウェンだ。オーウェンは腕をつかんでわたしを支えると、小声で言った。「知らない人のふりをして」

おそらく彼はいま、魔法でなんらかの変装をしているのだろう。たとえ変装していなくても、コートの襟を立て、帽子を目深にかぶっているので、ほとんど顔は見えない。「ありがとうございます」手を貸してくれた見知らぬ人に言うように言う。

「どういたしまして。大丈夫ですか？」オーウェンはまだ腕を放さない。階段をおりきったとき、ようやく放して少しだけ離れたが、電車が到着すると同じ車両に乗った。夕方のラッシュで車内は混み合っており、わたしたちは肩がつくぐらい近くに立つことになった。

さりげなく体を傾け、オーウェンの耳もとでささやく。「ミスター・バートルズが捕まったわ。連中、契約を取りやめようとした彼をカエルに変えて、魔法でサインを捏造したの。会社にはカエルだらけのアトリウムがあるわ」

オーウェンは驚きと懸念の入り交じった目でわたしを見た。「すぐに任務を中止すべきだ」小声で言う。

「だめよ。ようやく実態が見えはじめたの。今日、会社のアパートをもらえたわ。きっとある程度信頼されたということだと思う。これからもっと情報を得られるようになるはずよ」

「それでヴィレッジにいたのか。サムが教えてくれたんだ」

「あら、じゃあ、わたし、見張ってもらえてるの？」

「できるかぎり追うようにしている。職場に向かう車も毎朝追跡しているんだけど、毎回見失ってしまうらしい」

「ガーゴイルでも追いつけない？」

オーウェンはかすかに頭を振る。「いや、なんらかの魔法で車を見えにくくしているようだ」

「免疫者《イミューン》のガーゴイルがいればいいのに。ああ、でもそれってそもそもあり得ないことよね」

ユニオンスクエア駅に近づいて、電車が速度を落とす。「ぼくはここで降りるよ。この駅なら人混みに紛れ込める」オーウェンは言った。「じゃあ、気をつけて」

「あなたも」ささやき返したときには、オーウェンはすでに電車を降りる人たちの群れにのみ込まれていた。去り際にそっと背中に触れた彼の手の感触を記憶に刻み込む。この先の日々を乗り切るために。


会社のアパートは家具だけでなく、上質なリネン類や調理器具もついているので、運ぶものといえば、本と服と身のまわりの品くらいしかなかった。翌朝は、服やその他の必需品をぎっしり詰めたスーツケースと愛用の枕をもって出勤した。地下鉄やタクシーを使うより、送迎の車で運ぶ方が簡単だと思ったからだ。荷物は更衣室に置いておき、帰りに荷物ごと新しいアパートへ送ってもらえばいい。

社宅の提供はやはり、次のステップへ進んだことを意味すると考えてよさそうだ。ミーティングに呼ばれてロジャーのオフィスへ行くと、トリッシュはいたが、ベックスの姿はなかった。ロジャーはいつもどおりにこやかに言った。「おめでとう。きみたちふたりはぼくが求める能力と意欲を示してくれた。よって、引き続きぼくのパーソナルアシスタントの座を目指してもらう。今後、仕事の要求度はあがるけれど、その分、きみたちの裁量に任せる部分も特典も増えるよ」

トリッシュの反応を見たかったが我慢した。彼女はいまこの組織についてどのくらい知っているのだろう。だれかがカエルにされるところは目撃しただろうか。知ったうえでなお、このポストを手に入れようとしているのだろうか。彼女とはさほど親しくないけれど、職場の友達ではある。この先、熾烈な競争を強いられることにならなければよいのだけれど。

ベックスのことも心配だ。免疫者《イミューン》なので、アトリウムのカエルの池にいることはないと思うが、どうなったのだろう。人がカエルにされるところを目撃して、辞めることにしたのだろうか。それとも、ロジャーの求める基準を満たせず落とされた？　いずれにせよ、辞めることは可能なのだろうか。ここではファーストネームしか教わらないので、だれかに頼んで彼女の安否を確認してもらうのは不可能ではないにしても、かなり難しい。

ミーティングが終わってロジャーのオフィスを出たとき、トリッシュの方をちらりと見ると、彼女も同じようにわたしを見ていた。わたしたちは同時に視線を前に戻す。こういうときはどんなことを言えばよいのだろう。「まあ、お互い頑張りましょう」自分のオフィスの前まで来ると、わたしはちょっと明るすぎたかもしれない口調で言った。

「そうね」トリッシュはそう言ったが、あまり熱意は感じられなかった。眉間にかすかにしわが寄り、肩に力が入っているように見える。わたしに健闘を祈るのがいやなのか、それとも、この会社で昇進することを素直に喜べない心境になっているのかはわからない。わたしがデスクに着こうとしたとき、トリッシュがオフィスに入ってきた。「この会社、やっぱりかなり変だわ。お互い、職場の外のことも最低限知ってた方がいいと思うの。もしわたしが行方不明になったら捜してくれる？　あなたが行方不明になったら、わたしもそうする。わたしの名字はダグラス。家は十一丁目ストリートよ。電話帳に載ってるわ」

彼女を信用しても大丈夫だろうか。直感が大丈夫だと言っている。「わたしの名字はチャンドラー。でも、家の電話番号は……ああ、前の家ってことになるけど、ジェンマ・スチュワートの名前で登録されてるわ」

トリッシュは眉を片方あげる。「ひょっとして会社から住むところを提供されたの？　じゃあ、あなたで決まりじゃない」

「ルームメイトがMSIとつながりがあるの。会社はわたしがそういう状態にあるのをよしとしなかったんだと思う」

「ふうん、なるほどね」トリッシュはそう言ったが、あまり納得しているようではなかった。

まもなく、ひとつステップアップすると仕事も大きく変わることが明らかになった。ある日、ロジャーに残業を命じられ、皆が帰ったあと記録保管庫へ行って紛失したある台帳を捜すよう指示された。「魔法で隠されている可能性がある」ロジャーは言った。「もしそうなら、きみには見える」この時間に作業をさせるのは、わたしが捜すものをほかの人に見られたくないということだろう。

ロジャーは行き方を説明し、アクセスカードを手渡すと、保管庫へはわたしをひとりで行かせた。更衣室とオフィス、オフィスとカフェテリアの間以外をつき添いなしで移動するのはこれがはじめてだ。最近なんとなく、この社屋は一カ所に存在するのではなく、遠く離れたさまざまな場所にある複数の建物がポータルでつながっているのではないかという気がしはじめている。マンハッタンには高層ビルがたくさんあるが、これほど高層で巨大なビルをひとつの会社が占めているところはない。もしあれば人々は気づくはずだ。いるべき場所にいたりいなかったりするガーゴイルや妖精の羽をつけた人に気づかなくても、巨大なビルを見逃すことはない。

記録保管庫へ一歩足を踏み入れた瞬間、映画『美女と野獣』で野獣がベルに巨大な図書室を贈るシーンが頭に浮かんだ。ここもこの街のどのビルにも収まるとは思えない規模だ。あまたの書棚が頭上はるか彼方まで続き、弧を描くスロープが各階を結んでいる。

残念ながら、これらは読書を楽しむための本ではない。すべて記録文書だ。おそらくコレジウムがやってきたすべての悪事の証拠をここで見つけることができるだろう。でも、わたしはいま彼らを裁判所に引っ張り出すための証拠を探そうとしているのではない。彼らが次にすることを突き止めようとしているのだ。それにはロジャーが何を捜しているのかを知る必要がある。そして、その情報を使って何をするつもりなのかを。

ロジャーは事前に、捜している台帳がありそうな場所を教えてくれた。そうでなければ、一生保管庫から出ることはできなかっただろう。ルーン文字の彫られた格子状の棚の前を通り過ぎると、いちばん下の階からスロープをのぼっていく。巻物の詰まった格子状の棚の前を通り過ぎると、巨大な革装の本の棚が現れた。めまいを起こさないようときどき立ち止まりながら、さらにのぼっていく。上の階へ行くほど、本は新しくなっていくように見えた。

目指す場所は世紀末前後、つまり、十九世紀から二十世紀に変わる辺りだ。この時代の棚は、大量生産された台帳やごく一般的なクロス装丁の本で埋め尽くされている。ロジャーは見るべき場所をひとつの階に絞ってはくれたが、それでも本の数は相当だ。

ロジャーがくれたメモを見る。台帳には文字と数字からなる整理番号がついているらしい。書棚に並んだ本の背をざっと見ると、本は番号順に並んでいた。魔法で隠されているだけなら、本来の位置にある可能性もあると思い、まずはメモに書かれた番号の場所を見てみたが、あては外れた。

両手を腰に当て、棚を見回す。だれがなぜ隠したのかがわかれば、多少は捜しやすくなるのに。誤って別の場所に置かれただけなのか、それとも、意図的に魔法で隠されたのか。もし後者だとすれば、組織のほとんどの人たちから隠したかったということだ。でも、あえて保管庫に置いてあるということは、いずれだれかに見つけてほしかったのだろう。でなければ、破棄しているはず。

182

わたしならどのように隠すだろう。整理番号を逆に読み、その場所を見てみたが、そこにも目的の台帳はなかった。番号を見つめているうち、ふと思いついた。各文字を数字に、各数字を文字に置きかえ、文字の部分と数字の部分を入れかえて、別の整理番号をつくったら――。鉛筆をもってくればよかったと思いながら、頭のなかで解読作業をしつつ、導き出した番号の場所へ向かう。あった！

拳を突きあげ、ひとりガッツポーズをする。解いてみると、暗号は実に単純だった。でも、これにさらに魔法の覆い《ヴェール》を加えれば、普通の魔法使いたちから隠すには十分かもしれない。

台帳に手を伸ばすと、突然火花が散り、わたしは小さく悲鳴をあげて後ろに飛びのいた。痛くはないし、怪我もしなかったが、魔術がかけられているようだ。おそらく、魔法にかかる人はだれも触《さわ》れないようにしてあるのだろう。もう一度、火花を無視して手を伸ばす。「あなたの何がそんなに秘密なの？」怯えて興奮した動物をなだめるように言いながら、台帳をそっと撫でる。

書棚から取り出したことで魔法が消えたのか、それとも、なだめたことが効いたのか、火花は止まった。このまますぐにロジャーのところへもっていくべきなのかもしれないが、彼は見てはいけないとは言わなかった。表紙を開いてみる。台帳は最後にもう一度火花を散らすと、ため息にも似た音を立てて静まった。

名前と数字が列記されたごく普通の会計台帳に見える。なぜここまでして隠そうとしたのだろう。これはだれかの裏帳簿なのだろうか。あるいは、コレジウムがリベートを得ている人たちのリスト？　いや、得ていた、と言うべきだろう。これは約百年前の台帳なのだから。ページをめくると、今度は名前と数字だけではなかった。ページいっぱいに何か書かれている。手書きの文字は読みにくいが、どうやら何かの出来事のリストで、それぞれに説明がついているようだ。将来の活動計画なのか過去の活動の記録なのかは判然としない。

足音が聞こえた。こちらに近づいてくる。わたしは急いで台帳を閉じ、いかにも満足そうにうなずいた。「うん、捜していたものに間違いないわ」そう言って歩き出し、近づいてきた女性と笑顔ですれ違う。振り返ってどこへ行くのか確かめたいのをなんとか我慢した。こんな時間に彼女はここで何をしているのだろう。

もう少し目を通したかったが、廊下を歩きながらそうするわけにはいかないし、ロジャーに届ける前に自分のオフィスにもっていけば間違いなく問題になるだろう。依然として、ロジャーがなぜ百年も前の記録を必要としているのかも、なぜそれを見つけることが秘密の任務なのかも、なぜ台帳が魔法で隠されていたのかも、わからないままだ。

しかたなく、台帳をもってロジャーのオフィスへ行く。「ありました。たぶんこれがお捜しのものだと思います」

ロジャーはわたしを見て、眉をあげた。「もう見つかったのかい？」

「けっこう理にかなった場所にありました」

ロジャーは飢えた獣のような目をしてほほえんだ。漫画なら口からよだれを垂らしていただろう。「ああ、どんなにこれを見つけたかったか……」台帳を見つめながらかすれた声で言う。

もし彼がわたしに向かってこの口調で何か言ったら、口説いているのかと思ったかもしれない。台帳とふたりきりにしてあげた方がいいだろうか。ロジャーは我に返ったようにわたしを見た。「驚いたな。さすがだよ。もっと早く行ってもらうべきだった。これがぼくにとってどれほど重要なものか、きみには想像もつかないと思う」

「それはよかった。はい、どうぞ」台帳を差し出す。

ロジャーの指が台帳に触れた瞬間、閃光《せんこう》が走り、彼は椅子ごと吹き飛ばされた。目の前で爆発が起きたにもかかわらず、わたしは痛くもかゆくもなかった。

台帳をデスクに置き、急いでロジャーに駆け寄る。彼は床に横たわったまま動かない。額にひと筋血が流れている。デスクの後ろにあるファイルキャビネットの角に頭をぶつけたようだ。

この時間に医療スタッフがいるかどうかわからないし、そもそもだれにも知られないよう皆が帰ったあとにこの台帳を捜させたわけだから、彼としても助けを呼んでほしくはないだろう。でも、深刻な怪我だったらどうしよう。

ロジャーの横にひざをつき、そっと肩を揺すってみる。「ロジャー、ロジャー」

まぶたがひくひく動き、ロジャーはまもなくうめき声を漏らして目を開けた。「何が起こったんだ」

「この台帳、人を近づけないための魔法がかけられているみたいです。あなたが触った瞬間、爆発が起きて、あなたは吹き飛ばされたんです。そのとき頭を打ったみたい。だれか呼びましょうか」

ロジャーは体を起こすと、目をぎゅっとつむった。「いや、大丈夫だ。だれも呼ばなくていい」そう言うと、弱々しく笑ってみせる。「どうやらこの台帳はきみに扱ってもらう必要がありそうだな」

「これほど厳重に守られているなら、よほど大事なものなんですね。でも、そのせいで触れることすらできないのでは、意味がない気もしますけど」

「有能な免疫者《イミユーン》が助っ人にいれば別だよ。これは、かつて尋常じゃないはやさでのしあがった人物がもっていたものなんだ。あれほどの大金をどうやって会社にもたらしたのかだれも知らない。これを見ればその秘密がわかるんじゃないかと思ってね。でも、取りかかるのは明日の朝にした方がよさそうだな」

翌朝、オフィスに入るや否や、ロジャーから呼び出しがかかった。彼のオフィスへ行くと、クリスマスの朝、両親が起きるのを待っていた子どものような顔をしたロジャーがいた。膨らむ期待でとてもじっとしていられないという様子だ。「さあ、ここに座って」デスクの自分の椅子を指し示す。

わたしは席に着き、台帳を自分の方に引き寄せた。「どこを読めばいいでしょう。全部ですか？」

「とりあえず頭から見ていこう」

ロジャーはページをめくるわたしの肩越しに台帳をのぞき込む。彼が黙読する間、わたしはざっとページに目を通す。メレディスという名前が目にとまった。シルヴィアの名字だ。彼女の曾祖父がこの台帳の所有者に命じられてフィリップ・ヴァンダミアに何をしたかが具体的に書かれている。目的は別の事業にあてる資金を調達するためとある。

「よし、これは幸先がいいな」ロジャーが言った。「ヴァンダミアは人間に戻った。でも、これで、今度はぼくがあの会社を手に入れることができる」

息をのみそうになるのをなんとか堪えた。フィリップに警告しなければ。でも、どうやって？

11

心臓の鼓動が激しくなる。一刻も早くフィリップに知らせなければ。食あたりを起こしたふりをしようか。それとも、突然ひどい偏頭痛が始まったので、家に帰って横にならせてくれとでも言う？

もっとも、ロジャーがいますぐ行動を起こすとはかぎらない。台帳の残りを読んで、現在の状況に合うよう計画全体を調整する必要がある。あとのことを決めないうちに、いきなり第一歩を踏み出すほど無謀ではないだろう。わたしは台帳の上に身を乗り出す。「次のページに行きますか？」指をページの角に置いて訊く。

ロジャーが同意したのでほっとした。次のページには魔術が書かれていた。ロジャーはそれをわたしの肩越しに読む。ＭＳＩでの経験とオーウェンと過ごした時間のおかげで、魔術のことはそれなりにわかるようになってきたが、ひとつめの魔術についてはどう機能するのかよくわからなかった。何か移動に関するもののようではあるけれど。ふたつめは対象物をビーコンにする魔術のようだ。特別な魔術のようには思えなかったが、読み終わったときロジャーの目は輝いていた。

「ありがとう。いまはここまでにしておこう」ロジャーは言った。「このページを開けたままここに置いておいてくれ」わたしは言われたとおりにし、自分のオフィスへ戻った。いまのうちにフィリップに警告しておきたいが、方法がない。外部への電話は——外部にかけられたとして——すべて傍受されるだろう。Eメールは社内宛にしか使えないから、それも選択肢から外れる。二時間後、やはり突然の偏頭痛しか策はないかと思いはじめたとき、ロジャーがオフィスの入口に現れた。「いっしょに来てくれるかな」瞳が不気味に光っている。

わたしはため息をのみ込んだ。抜け出すチャンスを逸してしまった。もはやフィリップとは関係のない仕事であることを祈るだけだ。

歩き出すロジャーに慌ててついていく。彼はロビーにおりる途中で車を呼び、わたしたちは待っていたリムジンに乗り込んだ。移動中の車内は実に居心地が悪かった。ロジャーはわたしがフィリップと知り合いであることを知っているだろうか。事前に徹底した身辺調査をしているようだから、おそらく知っているだろう。でも、なぜわたしを連れていくのだろう。わたしがいてもいなくても結果にかわりはないだろうに。これも忠誠心をはかるテストなのだろうか。友人が標的になったときわたしがどう反応するかを見るということ？　この外出と台帳で読んだこととは無関係かもしれないと自分に言い聞かせてみるが、心はまったく安まらない。

車が止まったときには、胃がムカムカして吐きそうになっていた。気持ちの悪さがそのまま顔に出ていたら、ロジャーは間違いなく足を危険区域からどけていただろう。もっとも、靴はおそらく会社から支給されたもので、自分のイタリア製の高級ローファーは更衣室に置いてあるだろうから——幹部も同じルールに従うのだとするなら——いま履いている靴がどうなろうと気にしないかもしれない。

車から降りるなり、気持ちがいっきに沈んだ。やはりフィリップの会社だった。ここには以前、フィリップに頼まれて家業の会社がどうなったかを確かめるために来たことがある。もとの所有者に戻ったあとも、あまり変わってはいないようだ。年代物の重厚な家具に羽目板張りの壁、床には分厚い絨毯《じゅうたん》が敷き詰められ、相変わらずいかにも裕福な世襲企業という感じだ。

ロジャーはロビーの受付に向かっていく――隠された意図を知らなければ、わたしでさえ本物だと思うような笑みを浮かべて。「こんにちは、ミスター・ヴァンダミアにお会いしたいのですが」ロジャーは言った。

「お約束はされていますか？」受付係は言った。

まなざしがほんの少し強くなったが、フレンドリーな笑みはそのままだ。「はい」ぴりっという軽い刺激を感じ、魔法が使われたのがわかった。

「残念ながら、それはわたしには効きません」受付係は眉を片方くいとあげて言った。わたしは笑いをかみ殺す。受付に免疫者《イミューン》を雇うとは、フィリップもなかなかやるものだ。

ロジャーはふたたび柔和な表情に戻る。「ああ、それは失礼。一応やってみる価値はあるかと思ったもので。実は、緊急の要件なんです。ここにいるケイティが彼にどうしても会う必要があるんですよ。ケイティは彼の友人なんです。ケイティ、説明して」

なるほど、それでわたしを連れてきたのか。たしかに、わたしの名前を出せば入口を突破できる可能性は高くなる。拒否したいが、真相に迫るには話を合わせるしかないだろう――どんなに不本意でも。「そうなんです。フィリップに友人のキャスリーン・チャンドラーが来たと伝えてください」わたしはめったに正式な名前を使わない。ケイティではなくキャスリーンと名乗ったことで、フィリップが何か感じ取ってくれるといいのだけれど。

受付係はボタンをいくつか押し、ヘッドセットのマイクに向かって言った。「キャスリーン・チャンドラーという方が同伴の方一名とともにいらっしゃっています。ミスター・ヴァンダミアのご友人とのことです」しばらく黙ったあと、受付係はにっこりして言った。「どうぞお入りください。オフィスの場所はおわかりですね？」

「ええ、ありがとうございます」

エレベーターが上昇するにつれて、不安はどんどん大きくなっていく。フィリップはわたしの任務のことを知っている。だから、わたしが平日の昼間に訪ねてきたら、コレジウムが関わっていると思うはず。わたしがふだん仕事中の彼に会いにくることはない。この訪問はどこからどう見ても不自然だ。

エレベーターが止まり、ドアが開いた。思わず身構えたが、目の前に現れたのは下のロビー以上に豪華な重役フロアのロビーで、特に防御策が施されている様子はなかった。そのまま上質な絨毯の上に足を踏み出す。フィリップはわたしの偽装を暴かないようにしているのかもしれない。わたしが来たことを問題と見なすような行動を取れば、何か知っていることがばれてしまう。

受付係が言葉を発する前に、フィリップがオフィスから出てきてわたしたちを出迎えた。まなざしにどこか警戒の色が見えるから、何かあることには気づいているようだ。「ケイティ、よく来てくれましたね。でも、驚きました。どうしたのですか？」

「失礼ながら、なかに入るために彼女の名前を使わせてもらいました」ロジャーは愛想のよい笑みを浮かべ、握手のために片手を差し出す。「ケイティといっしょに仕事をしているロジャーです。ぜひともあなたとお会いしたかった。お話できますか？」

フィリップはわたしをちらりと見たが、どうシグナルを送ればいいかわからない。まさに〝逃げられるうちに逃げて〟的な状況だが、そんなそぶりを少しでも見せれば、自分の正体を明かすことになる。こんなときモールス信号の知識があれば、瞬《まばた》きでメッセージを伝えられるのに――。

もっとも、たとえ知っていても、そんな暇はなかったかもしれない。ロジャーは返事を待たずにさっさとフィリップのオフィスへ入っていくと、巨大なデスクの前にある来客用の椅子のひとつに腰をおろした。フィリップとわたしは向かい合ったままオフィスの前に残された。

「気をつけて」わたしは声を出さずに口だけ動かす。フィリップは小さくうなずき、デスクの方へ歩き出した。わたしは彼のあとについてオフィスに入り、来客用の椅子に浅く腰かける。

「で、どのようなご用件でしょう、ロジャー」席に着くと、フィリップは言った。

あくまで感じのよい笑顔のままロジャーは話しはじめる。この笑みの裏に悪魔のような本性が潜んでいるのを見抜ける人はなかなかいないだろう。「これほど長いブランクがあると、いろいろご苦労があるのではないですか？　新しい時代に慣れるだけでなく、新しいビジネスのやり方にも追いつかなければならない。この一世紀で世界は大きく変わりましたからね」

「ええ、そのとおりです」

「わたしが力になりましょう。あなたの方もわたしに力を貸してくださるという条件がつきますが」

「力になるとは？」

「御社を一時的に率いた人が更迭されたとき、少なからずビジネスを失ったのではありませんか？　メレディス家にはそれなりに人脈がありましたから」

「ええ、しかし、失ったビジネスはもともと会社にとってさほど有益なものではありませんでした。あなたの言う彼らの人脈は資産というより負担だったのが実情です」

ロジャーの感じのよい笑顔がほんの少し曇ったように見えた。「その人脈が利益をもたらしていたことにあなたもお気づきになりますよ。無形の利益というやつです。それがなければ御社は存続していなかったかもしれない。わたしはあなたのやり方に合う形でたくさんのビジネスを提供できる。もちろん、いま申しあげた無形の利益も含めて。信用枠の提供が交換条件です。わたしはいま、ある計画を実行するのに資金を必要としています。その計画はわたしたち双方に非常に大きな利益をもたらすことになりますよ」

「資格要件を満たした顧客に融資をするのはわたしたちの業務のひとつです」フィリップは顔色を変えずに言った。「ただし、通常はうちに口座をもっていただくことが条件になります。口座を開設して申請書にご記入いただければ、融資について検討させていただきます。お仕事の内容はどのようなものですか?」

真顔を維持するのが難しくなってきた。フィリップがこんなにクールに振る舞えるとは知らなかった。でも、もっと驚いたのはロジャーが笑ったことだった。「お遊びはこれくらいにしておきましょう」ロジャーは言った。「わたしの会社がどこかはよくご存じのはずです。わたしに何ができ、必要となれば何をするかも。またあんな目に遭いたいんですか? わたしと手を組むのか組まないのか、どっちです?」

「時の流れは――そのほとんどを睡蓮《すいれん》の葉の上で過ごしましたが――あなたたちの組織に対するわたしの姿勢を変えることはなかった」フィリップは言った。「返事はいまも同じです。あなたたちとはビジネスをしない。資金の提供はいたしません。お引き取りください。よい一日を」

ロジャーは立ちあがり、デスクに手をついて身を乗り出した。ただ、デスクがあまりに巨大なため、ずいぶん離れたところからフィリップを見おろすことになり、おそらく意図したほどの威圧感は出ていないだろう。「あなたは自分の部下たちのことをどれだけ知っていますか。どのみち、あなたの身に何か起こったら、この会社はわたしのものになりますよ」

カエルの魔術が放たれるのを覚悟して思わず身をすくめたが、ロジャーはくるりときびすを返すと、そのまま部屋を出ていった。わたしは急いで立ちあがり、彼のあとを追う。オフィスに戻る車のなかは息が詰まるようだった。彼が人をカエルにするところをすでに見ているので、何もわかっていないふりをすることはできない。でも、普通の人はこれほど怒りをあらわにしている上司にあえて質問はしないだろう。それとも、友人を脅されたら、やはり問いただすだろうか。

それ以前に、普通の人なら人がカエルにされるのを見た時点ですでに逃げ出しているだろう。いや、〝うちはセキュリティーを重視しているので、オフィスに入る前に下着まですべて会社支給のものに着がえてね〟という趣旨のことを言われたときか。最初の面接のときからたくさんの赤旗が強風にはためいていたのだ。普通の人ならもうとっくにいなくなっているはず。いまさらそんな基準で取るべき行動を考えても意味はない。

オフィスに戻ると、さらに二時間ほど、わたしがページをめくりロジャーが肩越しに読むという作業を続けた。台帳に書かれた世界征服のシナリオは特に画期的という印象は受けなかった。資金を準備し、忠実なスタッフを確保して、魔法界の重要な組織にスパイを送り込むというごく真っ当なプランだ。さらにいくつか魔術が書かれていた。計画の骨子は把握できそうだけれど、オーウェンに報告できるくらい魔術の詳細を暗記するのは不可能だ。ロッドはロジャーが雇わせる人たちについて相当気をつける必要がある。あらたに採用することになるのはおそらく、コレジウムが送り込む通常のスパイではなく、個人的にロジャーに忠実な人たちになるだろう。

仕事を終え、オフィスを出たときには、ひどく疲れていた。帰路はいつも以上に長く感じられたが、単に感覚的なものかもしれないし、道路状況によるものかもしれない。まさか、このままどこかに連れ去られるとか？　やがて車が止まり、新しい自宅の前に到着したことがわかってほっとした。

正面玄関の鍵を開けるために荷物をもちかえていると、ドアに小さな紙がはさまっているのが目に入った。それを抜き取り、すべての荷物をかついで階段をあがる。部屋の鍵を開けてなかに入り、ドアを閉めると、ようやくひと息ついた。荷物を床におろして、オーウェンの筆跡で書かれたメモを読む。〝本屋をぶらつきたい気分だな〟

オーウェンが定時に会社を出ることはまずない。まだ時間が早いので、もってきた服や身のまわりの品を片づけて時間を潰す。次第に自分の家らしくなってきた。片づけが済むと、軽く化粧を直し、コートを着て、ザ・ストランドまで歩く。オーウェンの言う本屋がそこであることを祈りながら。本がぎっしり詰まった書棚の列は密会にはもってこいの場所だ。

書店に入ると、本を眺めるふりをしながらひとけのない店の奥へ行き、何かが起こるのを待つ。棚から色鮮やかな庭の写真が載った大きな本を引き出して、ぱらぱらとページをめくりはじめたとき、書棚の向こうから声が聞こえた。「よかった。メモを見たんだね」

本を抜いたあとにできた隙間から向こう側をのぞくと、オーウェンがこちらを見ていた。

「本屋を間違えなくてよかったわ」

「ぼくが行く本屋がほかにある？」

「まあ、そうよね。ところで、今日はすごい展開になったわ」台帳のことからフィリップの会社へ行ったことまですべて報告する。「彼に特別警護をつけた方がいいんじゃないかしら」

「こちらのことがばれないかな」

「ロジャーはフィリップを脅したわ。警護をつけるのはむしろ自然じゃない？」

「たしかに。でも、警護についてはフィリップ自身がすでに検討していると思うよ」

「それから、ロッドに伝えてほしいんだけど、今後、ロジャーが採用するよう言ってくる人物は単にコレジウムのスパイじゃないわ。というか、コレジウムでさえないかもしれない。ロジャー個人に忠実な彼の手下たちと考えるべきね。台頭するチャンスと見れば、彼は何をするかわからないわ」

本と本の隙間からはオーウェンの顔の一部しか見えないが、のぞいている部分は心配そうな表情に見えた。「もうきみは十分仕事をしたよ。そろそろ戻った方がいい」

「いまようやく核心に迫りはじめたところだわ。いろいろ演技して、根回しして、やっと内側に入れたの。いまわたしは彼の計画を直接知ることができる立場にいる。任務の本番はここからよ。いまやめたらすべてが台無しだわ」これはまさに、わたしが言うだろうとオーウェンが予告していた台詞だ。でも、実際、本当のことだ。

長い沈黙。しびれを切らして何か言おうとしたとき、オーウェンが自分のもっていた本を隙間に戻し、別の本を引き抜いた。彼の顔がさらに見えづらくなった。「あ、失礼」オーウェンはそう言うと、書棚に体を寄せてだれかを通らせる。わたしは思わず周囲を見回した。こちらの通路にはだれもいなかったが、手にしていた本を書棚に戻し、いまオーウェンが抜いた本と同じ位置のこちら側の本を引き抜いた。

「こんなふうに会うの、もうやめなくちゃ」冗談を言ってみる。

オーウェンは笑わなかった。「だからそう言ってる」

わたしは声を低め、精いっぱい色っぽい口調で言った。「でも、こういうの、逢い引きっぽくてちょっとロマンチックじゃない?」ひとつ下の段の本の上にある隙間に手を入れる。オーウェンはわたしがしていることに気づくと、同じように片手を入れてわたしの手を取った。ものすごく久しぶりに触れ合ったように感じられる。本の壁越しに懸命に手を取り合うふたり。悲しくてロマンチックなBGMが似合いそうだ。ふと、わたしたちをロマンス映画のなかに放り込んだエルフロードの陰謀を思い出し、頭のなかのイメージを振り払う。あんなことはもうこりごりだ。それにしても、わたしたちがこういう状況になるのはなぜいつも本屋なのだろう。

「きみはちょっとおかしいよ」オーウェンは言ったが、声の感じからほほえんでいるのがわかった。

「それはわたしがあなたに言う台詞だと思ってたわ。とんでもないリスクを冒すのはいつもあなたの方よ。少なくともわたしは自分をエサにしたりしないわ」

「とにかく気をつけて。少しでも危険を感じたり、感づかれたかもしれないと思ったりしたら、すぐに逃げるんだ」

「わかってるわ」オーウェンは関節が鳴るくらいわたしの手を強く握ると、ゆっくりと力を緩めていった。やがて互いの指先だけがかろうじて触れている状態になり、その直後、オーウェンはいなくなった。本がもとの位置に現れ、わたしは書棚のこちら側にひとり残された。ため息をつき、もっていた本を書棚に戻す。カモフラージュのために、ファッションフォトグラフィーの本を一冊買った。結婚式関連の本を買うわけにはいかないので、ここから何かウエディングドレスのアイデアが得られることを期待して。

帰宅すると、新しいアパートはひどくがらんとして見えた。ルームメイトと暮らすことにすっかり慣れていたので、家にひとりでいるのは妙な感じだ。でも、実際どのくらいひとりなのかはわからない。あれだけセキュリティーに神経質な彼らだ。盗聴器やカメラがしかけられていたとしても意外ではない。それとも会社で行っているチェックシステムで十分だと考えているだろうか。

翌朝、会社に到着するとすぐ、ロジャーに呼ばれた。オフィスへ行くと、彼はデスクから少し離れて立っていて、昨日仕事を終えたときの状態のまま置いてある台帳を指さした。「これをもっていって書き写してもらえないかな。このままだとデスクが使えないし、いちいちだれかにページをめくってもらわなくても、好きなときに読めるようにしたいんだ」

「わかりました」そう言って本をもちあげると、二度ほど火花が散り、ロジャーは慌てて飛びのいた。

「かなりのボリュームだからひと晩でやってくれとは言わないよ。きりのいいところまで写したらそのつど渡してくれるとありがたい。ああ、それから、転記は会社のコンピュータを使わず、手書きでやってもらえるかな」

笑顔を維持する。「了解です。字にはあまり自信がありませんけど、できるだけ丁寧に書くようにします」

この本を堂々とコピーできることになったのに、それをいっさい外にもち出せないのが実に歯がゆい。会社のセキュリティーシステムは紙一枚でも感知するだろうか。会社帰りにスーパーで買うものを書いたメモすらもち出せないということ？

でも、いざ読みにくい手書き文字を判読しながら書き写す作業を始めると、この行為自体が記憶力を高めることに気づいた。それでも、魔術については特に注意して正確に暗記する必要がある。ひとつ言葉を間違えただけでも、まったく別のことが起こってしまうから。

記憶しながら書き写すため、転記という単調な仕事でも集中が途切れることはなかった。昨日、ロジャーといっしょに読んだときに思ったとおり、計画自体はあっと驚くようなものではなかった。わざわざ魔法で隠して保護しなければならないような内容ではない。やはり魔術がカギになりそうだ。

まず、ひとつめの魔術をしっかりと読み、クラス全員の前で暗唱しなければならないつもりで頭にたたき込む。シンボルマークのようなものがふたつあったので、それを腕時計のベルトの下に隠れるよう手首の内側に描き移した。前にも指にインクがついたまま会社を出たことがあるので、きっと大丈夫だろう。

夕方までに十ページ転記した。手が痙攣しはじめたので、いったんそれをロジャーのところへもっていく。「今日の分です。差し支えなければ、今日はここまでにしたいんですが。疲れてくると、字も汚くなるので」

ロジャーは転記したものに目を通しながら、顔をあげずに言った。「ああ、いいよ。お疲れ様。ありがとう」

「明日、続きをやります」

「ああ、頼む」

〝明日はグリッターペンで書きますね〟とつけ加えても、たぶん耳に入らなかっただろう。わたしはそっとオフィスを出た。

更衣室で腕時計を会社支給のものから自分のものにつけかえる。そして、警報が鳴り響いて機密情報をもち出そうとしていることが暴露されるかもしれないことを恐れながら、息をのんで部屋を出る。何も起こらなかった。このマークがあまりにかっこよくて、ちょうど入れようと思っていたタトゥーのモチーフにするつもりだったという言いわけも、使わずにすんだ。

帰宅するとすぐに、しかけておいた罠をチェックする。だれも侵入していないようだ。もしくは、侵入者が現状をみごとに維持したかだ。少し安心して腰をおろし、まず暗記した魔術を書き出してから、手首に描いたシンボルマークを描き写す。次はこれをどうやってオーウェンに渡すかだ。わたしはマルシアに電話した。「ハーイ、いっしょにご飯食べない？　みんなに会いたいわ」

「ひとりじゃ寂しくていられないんでしょう。今夜はニタがオフだからインド料理のテイクアウトをしたの。野球チームが来ても大丈夫なくらいあるから、こっちにいらっしゃい」

ニタがいっしょだと会話の内容に気をつけなければならないが、その方がかえって疑われにくいかもしれない。元ルームメイトたちに会いにいっただけという印象がより強くなるだろう。

ドアが開くなり、ニタが抱きついてきた。「わたしを見捨てるなんて信じられない！　で、ひとりぼっちの生活はどう？」

「静かよ。それがいいときもあるし、よくないときもあるわ。でも、まだ引っ越して数日だから」

「今度わたしが夜勤じゃないとき、引っ越しパーティーをやってよ。サモサをつくるわ。ママがようやく口をきいてくれるようになって、レシピを送ってくれたの」

皆でテーブルを囲んで座り、テイクアウトの箱からそれぞれ自分の皿に料理を取る。「フィリップはどうしてる？」わたしはジェンマに訊いた。

眉間にかすかにしわが寄ったところを見ると、いま起こっていることについて少しは知っているようだ。「元気よ。ただ、いろいろストレスがあるみたい」

わたしはうなずく。わたしのせいではないことをわかってくれているといいのだけれど。

微妙な空気に気づく様子もなく、ニタは実に楽しそうに職場の話をしたり、テイクアウトのインド料理と母親のつくる料理とを比較したりしている。やがて皆、ニタの屈託のなさに引き込まれて、以前のようにみんなで食事をしているような気分になっていた。

夕食が済んでジェンマとニタがテーブルのあと片づけをしているとき、マルシアがわたしの横に来てささやいた。「わたしに何か言うか渡すかするものがあるのよね？」

「ええ、これよ」ポケットから魔術とシンボルマークを書き写した紙を出す。「オーウェンに見てもらいたいの。例の本から書き写したものだと言ってくれればわかるわ。たぶん正確に写せてると思う。どういう魔術なのか気になるの。所有者が隠したかったのはたぶん魔術の部分だと思うのよ。ほかに書かれているのは特に革新的とはいえないことばかりだから」

マルシアは紙を自分のポケットに入れる。「このあとロッドのところに行くつもりだから、彼に渡しておくわ」

「ありがとう」

「オーウェンと会えなくて大丈夫？」

「彼が会う方法をいろいろ考えてくれてる」顔が赤くなるのを感じる。「でもやっぱり、毎日会えたときとは違うわ」

「案外、会えない時間が愛をさらに深めるんじゃない？」

「わたしたちの愛はすでにかなり深かったと思うけど」

「まあ、そうだろうけど、でも、前は会社に行けばあたりまえように顔を合わせていたのが、いまは会うこと自体が特別な出来事なわけでしょ？」

翌日は、オーウェンが魔術をどう解釈するかが気になって仕事に集中するのが難しかった。台帳に書かれた次の魔術を暗記し、シンボルマークを手首の内側に描き写す。呪文を小声でささやきながらマークを描くのは、少しでも魔力をもっていたら危険な行為だろう。免疫者《イミューン》であることはこういうとき便利だ。

家に帰ったとき、またひそかにメモが置いていないか探したが、何もなかった。ソファーに座って今日あらたに暗記した魔術を書き出していたとき、ふと顔をあげると、窓越しに怪物《モンスター》と目が合って思わず悲鳴をあげそうになった。すぐにモンスターではないことに気づいた。ガーゴイルが一頭バルコニーの手すりにとまっているのだ。わたしは立ちあがり、フレンチドアを開けて彼をなかに入れた。

「ありがとよ、お嬢」羽についた雪を振り落としながら、サムは言った。「今日はかなり冷えてるぜ。パーマーからメッセージを預かってきた」サムはひとつ咳払いをすると、オーウェンの声でしゃべりはじめる。「よくやったよ、ケイティ！　いま分析しているところだけど、もしこれがぼくの考えているとおりのものだったら、ぼくたちよりも、むしろコレジウムにとって危険な魔術ということになる。彼らが隠した何か重要なものにアクセスするための鍵のようなものみたいだ。これが百年前にその人物が力を得た理由かもしれない。書かれている計画そのものではなくてね」サムはふたたび咳払いをし、自分の声で続ける。「以上」

「ありがとう。彼のことだから、たぶんまだ会社よね」

「あたりきよ」

「ほんの少し待っててくれる？　今日もうひとつ魔術を暗記して、いま書き出しているところなの。あとちょっとで終わるわ」ふと、ここでこういう話をすべきではないことに気がついた。「あ、ここで話をするのはまずいかもしれないわね」

サムは片方の羽を振る。「心配いらねえよ。そのへんはちゃんと手を回してある。こちとらこの仕事は長いんだ。ご近所さんにあいさつするときだって、防御の備えは怠らねえ。もっとも、おれがおまえさんなら、ここの住人とはむやみに話はしねえけどな。いまのところ特に不審な動きはないが、用心するに越したこたあねえ」

魔術を書いた紙を小さく折り、サムに渡す。服を着ていないのでポケットはないが、紙はどこかに消えた。「これからすぐパーマーに届ける。よくやってるぜ、お嬢。戻ったら、必ずおれの部署に来るんだぞ。そのスキルを無駄にするのは罰当たりってもんだ」

「了解よ」

サムが飛び立ち、フレンチドアを閉めるや否や、携帯電話が鳴った。わたし個人の方で、ジェンマからだ。「フィリップに何があったの？　連絡がつかないの」ジェンマは言った。

12

　サムの警告を思い出し、わたしはふだんの口調のまま言った。「あら、彼から連絡がくるはずだったの？」コートを取り、空いている方の腕を袖に通す。電話をもちかえ、もう一方の腕を袖に通しながら、いちばん近くにあった靴に足を入れると、階段を駆けおり、通りに出た。

　電話の向こうで、ジェンマが状況を説明する。今日、会社にいたはずのフィリップが、だれも出ていくところを見ていないのに突然姿を消したという。「いったいどういうこと？　知ってることがあるなら教えて！」

「何も知らないわ！　ロジャーが彼を脅したことは知ってるけど、その後、フィリップの会社に行った様子はなかったし。フィリップはセキュリティーを強化していたはずよ。オーウェンもＭＳＩとしてできることを検討すると言ってたわ」

「セキュリティーは強化していたみたいだけど、オフィスにいたはずが、まるで虚空に消えるようにいなくなったっていうの。ちなみに、オフィスにカエルはいなかったそうよ」

「ロジャーはだれかをカエルにすると、そのカエルを連れて帰るの。会社のアトリウムにカエルの池があって、冬でも凍えずに過ごせるようになってるのよ」安心させるために言ったのだが、意図したような響きにはならなかった。

「助けにいける？」ジェンマの声はパニックで甲高くなっている。

「わからない。社屋のほとんどの場所には勝手にアクセスできなくて、オフィスを出るときは、たいていつき添いがつくの。あの池がだれでも自由に行ける場所だとは思えないわ。それに、たとえなんらかの方法でフィリップを見つけてキスで魔法を解くことができたとしても、建物から彼を連れ出すのはかなり難しいと思う」

電話の向こうでジェンマがゆっくり深呼吸するのがわかる。「たしかに、そうよね」若干落ち着いたようだ。

「いい？　これこそがいまわたしがこの任務に就いている理由なの。被害者は彼だけじゃないわ。この組織を倒せば、行方不明になっている人たちを皆解放できるし、今後同じような被害者を出さなくてすむようになる」

「わかってる。あなたの責任じゃないってことも。あなたのおかげで彼はセキュリティーをあげて備えることができたわけだし」

「わたしにできることはすべてやるつもりよ。でも、これだけ制約が多いと思うように動けなくて、本当にもどかしいわ」

電話を終えると、だれかが監視していて、雪の降る夜に電話をしながらひとり外を歩いていることを不審に思っているとまずいので、目に入った店に入ってクッキーをひと箱買った。それに、こんな日は実際、チョコレートと炭水化物が必要だ。

そのあと家に戻り、少し頭を休めようとベッドに横になっていると、窓の外で何かが光るのが見えた。体を起こしてよく見ると、それは自ら発光する弓矢だった。ベッドからおりてフレンチドアを開け、バルコニーに出る。オーウェンが下の通りに立っていた。

指示を待つ必要はなかった。わたしは急いで部屋のなかに戻り、パジャマの上にコートを着て、靴を履きながら走り出す。

オーウェンまであと少しというところまで行ったとき、彼はふいにひざをついて地面に触れた。魔力の高まりを感じたと思ったら、次の瞬間、世界が静止した。舞っていた雪は宙に浮いたまま止まっている。そのまま近づいていくと、オーウェンは立ちあがり、わたしを抱きしめ、キスをした。どれほど彼の抱擁を恋しく思っていたかにあらためて気づく。彼がここへ来て使うべきではない魔法を使っているのは、わたしといちゃつくためではないことはわかっているけれど、できるだけ長く味わっていたい。

「きみはすごいものを見つけたよ!」ようやく顔を離すと、オーウェンは言った。

「あら、それがこれの理由?」ふざけて意地悪を言ってみる。「てっきりわたしを愛しているからだと思ったわ」

「それもある」オーウェンはにやりとする。「でも、きみは本当にすごいものを見つけた。百年前にこの人物がコレジウムのトップに立ったのは、巧妙な戦略があったからじゃなく、ある興味深い魔術を発見したからなんだ」

オーウェンの肩に頭をつけて身を預けると、彼もわたしの体にしっかりと腕を回した。「興味深いってどんなふうに?」

「さっきサムに伝えてもらったけど、ひとつめの魔術はコレジウム内の魔法によるどんな防御措置でも解除できる、いわば魔法の鍵なんだ。勢力基盤さえ固めることができれば、クーデターを起こすのはたやすいことだっただろう。この魔術を使って直接最上層部のところへ行って、彼らを排除すればいいだけだ」

「ふたつめの魔術はさらに興味深いものだったのね？　直接わたしに言いにきたくらいだから」

　オーウェンはわたしを包む腕に力を入れて、頭のてっぺんにキスをした。「そうなんだ！　どうやら、あらゆる種類のセキュリティーシステムを突破する万能のアクセスコードらしい。それを使えば、魔法除け《ワード》をかけた部屋にも瞬時に移動できる」

「魔法除け《ワード》をかけた部屋にも瞬時に移動できる？」胃がムカムカしてきた。「つまり、魔法除《ワー》け《ド》も何も関係なく、簡単に侵入できちゃうわけ？」

「ああ。ただし、その場所にビーコンを置く必要がある。そのビーコンにロックオンして、瞬間移動するんだ。すでに特別チームをつくって対抗策を考えさせている。こちらの魔法除け《ワード》を強化するためにね。でも、さほど心配する必要はないよ。移動するにはまずビーコンを設置しなくてはならないから」

「それでわかったわ」

「何が？」

「フィリップが消えたの。たぶん彼らの仕業よ」ジェンマから聞いたことをオーウェンに話す。

「わたしがロジャーをフィリップのオフィスに入らせたの。それで彼はビーコンを置くことができたんだわ。あの訪問の目的はそれだったのよ」

「きみのせいじゃないよ。きみはしなければならないことをしているだけだ。それに、彼の意図は知りようがなかった」

「ううん、疑うべきだった。問題のある魔術だということは想像できたんだから。今後は、あなたに調べてもらうまで渡さないようにすべきかもしれない。彼、本に触ることさえできないの。情報を選んで渡したとしても、確かめようがないわ。覆い《ヴエール》がかけられている箇所もあるだろうし」

オーウェンは体を離してわたしの肩に手を置くと、まっすぐ目を見つめた。「いいアイデアだ。彼が直接目を通したのはどのくらい？」

「ほんの最初の部分だけ。それに彼は本に触れない。触ろうとしたら吹き飛ばされたの。彼が開いているページを読めないよう、帰るときはいつも本を閉じているし。免疫者《イミユーン》はほかにもいるけど、彼はこのことをできるだけ人に知られたくないようだから、わたし以外の免疫者《イミユーン》には頼まないような気がする。転記するのに会社のコンピュータを使うことすらだめだと言うくらいだもの」

「わかった。じゃあ、ぼくがチェックするまで魔術は渡さないように。先に知ることができれば、その分優位に立てるかもしれない」オーウェンはわたしを引き寄せてキスをした。「そろそろ行かないと。あまり長いこと世界を止めておくのはよくないからね」最後にもう一度名残惜しそうにキスをすると、オーウェンは体を離した。

か。

「じゃあね。愛してるわ」
「愛してるよ。はやいところ連中を倒して、ぼくたちがもとに戻れるよう頼むよ、スパイ殿」
「かしこまりました」わたしは粋に敬礼してみせると、急いでアパートに戻る。建物のなかに入った直後、街の喧騒がよみがえった。階段をあがって部屋に入り、窓から外を見ると、オーウェンの姿はなく、雪が早くもふたりの足跡を消しはじめていた。そういえば、足跡はアパートに戻るひとり分しかない。オーウェンはさっそく例の瞬間移動の魔術を試しているのだろうか。

翌朝、会社に着いて自分のオフィスへ向かう途中、手すり越しにアトリウムを見おろさずにはいられなかった。カエルの池ははるか下にあって、この高さからではそれが池なのかさえよくわからない。フィリップはあそこにいるのだろうか。二度までもこんな目に遭うなんて、気の毒でならない。オーウェンはああ言ってくれたけれど、やはり自責の念にさいなまれる。ロジャーに魔術を渡すべきではなかった。渡すなら、せめて内容を少しだけ変えるべきだった。

そうだ、その手があった。デスクに着き、台帳を開く。今日取りかかることになっているページには、長くて複雑そうな魔術が書いてあり、ページからは魔力の存在が感じられた。おそらく、覆い《ヴェール》で隠されているか、違う体裁になっているのだろう。つまり、それを解く魔術を知っている者か、魔法に免疫をもつ者以外、読むことはできないということだ。正しいバージョンをしっかり暗記しつつ、一部を変えて転記する。オーウェンのためにたくさんの魔術を検証してきたので、それらしく見えるように変えることはできる。シンボルマークはいつものように手首の内側の腕時計で隠れる部分に描き写した。この魔術は前のふたつよりも覚えるのが難しかったが、書くという作業が助けになった。

今日の分を届けにいったとき、ロジャーはオフィスにいなかった。わたしは急いで自分のオフィスに戻り、彼の次の動きのヒントを探して本の続きを読む。ロジャーはすでにヴァンダミア社を乗っ取っている。どうやら次のステップは、フィリップの会社から得た資金を使って自分に忠実な〝兵士〟を集めることのようだ。魔法界でギャング団を組織するとしたら、どこへ行くだろう。コレジウムのなかで集めるだろうか。それとも、外部から志願者を募る？

これはロッドにするべき質問だ。家に帰り、暗記した魔術を書き出すと、マルシアに電話した。「ジェンマはどんな様子？」

「動揺してる。仕事に没頭することでなんとか気を紛らわしてるわ。あなたは大丈夫？」

「わたし？」いま心配すべき人はわたしではないので少し驚いて聞き返してから、会う必要があるかさりげなく訊いてくれていることに気がついた。「わたしは、まあ、大丈夫。部屋にひとりきりっていうのは正直ちょっと寂しいけど」

「今夜、ロッドと食事をするの。あなたもいらっしゃいよ」マルシアは言った。「ロッドも喜ぶわ。あなたとオーウェンが別れて、ちょっとぎこちないことになってるじゃない？　顔を見たがってるわ」

「ありがとう。じゃあ、そうする」

「オーケー。八時に彼のところでどう?」

前のアパートはほとんど玄関先といえるところに街を横断する地下鉄の駅があり、ほんの数ブロック先には街を縦断する複数の路線が通る大きな駅があったのだが、いまのアパートは周囲の環境はとてもいいものの、移動という点では便利とはいいがたい。ふと、いまはかなりの収入があるうえ、家賃を払う必要がないことを思い出し、交通量の多い通りまで歩いてタクシーを拾った。自分がひどく退廃的な人間になったように感じた。毎日高級セダンで通勤していることを考えれば、おかしな話だけれど。

到着したわたしをロッドは抱擁で迎えた。「よく来てくれたね。マルシアもいまこっちに向かってる。で、話したいことっていうのは?」

わたしは魔術を書いた紙を差し出す。「オーウェンに渡して。今日の分よ。あなたに訊きたかったのは、魔法界でギャング団を組織するとしたら、どういう手順を取るかってこと」

「まさか悪の道に進むことにしたわけじゃないだろうね。ついにきみもコレジウムに感化されたの?」

思わず笑いそうになる。「さあ、どうかしら。とにかく、例の本によると、それがロジャーの世界征服大計画の次のステップなの。フィリップを消して資金を得たわ。次はその資金を使ってコレジウムではなく自分に忠実な兵士を雇うはず。ということは、外部から集めることになる」

「ぼくは人事の仕事でギャングを雇ったことはないけどね。自分たちの頭脳と魔力で戦うのがうちのやり方だから。でも、おそらく彼は魔法生物《クリーチャー》を雇うんじゃないかな」

「イドリスが雇ってたような? あのガイコツみたいな連中とか、ハーピーとか……」

「失業中のやつらはそこそこいるだろうからね。イドリス自身も少なからずつくってるし。まあ、そういうやつらは彼が魔術のサポートをやめた時点で使えなくなってるだろうけど。とにかく、彼の手下だったクリーチャーのほとんどは雇われて働くならず者たちだ。金さえ払えば、相手を問わず忠実な僕《しもべ》になる」

わたしは思わず顔をしかめた。あの連中にはあちこちつきまとわれて、実に気味が悪かった。すぐそこにいるのに、ほかの人には見えなくてわたしにだけ見えるというのが、不気味さを助長した。「ロジャーが今日留守だったのは、おそらく彼らを募集しにいったからだわ」

ロッドは首の後ろをかきながら、顔をゆがめた。「それで今日彼から電話があったのか。彼が雇おうとしているのは悪党だけじゃなさそうだ。頭脳の方も探してる。使えそうな人材はいないか訊かれたよ」

「これは彼の計画により深く入り込むチャンスかもしれないわ」

「ボスはそう言っている。だから状況を知っていて確実に信頼できる数人をロジャーに紹介した。仕事はフルタイムではなく、必要に応じてやるものらしい。きみのようにあの秘密の要塞に通うことになるわけじゃない。コレジウムではなく彼個人が雇うのはほぼ間違いないよ」

マルシアが到着したので、いったん話を中断し、ロッドはテーブルの準備を始めた。彼はなかなかの料理人だった。おそらくプレイボーイ時代、女性たちを魅了するために腕を磨いたのだろう。少しの間、心配ごとを忘れ、友人たちとの時間を楽しむことができたけれど、デザートのころにはふたたび仕事の話に戻っていた。

「ようやく先が見えてきた感じだわ」わたしは言った。「少なくともロジャーが何を企んでいるかがわかったし、それを実現するためのプランも把握できてる。台帳に書かれている魔術は、彼に渡す前にオーウェンがチェックすることにしたし、わたしも一部を変えたりするようにした。あとはなんらかの形で彼を捕らえて陰謀を止めるだけ」

「そしてコレジウムそのものもね」ロッドが言った。「ロジャーを止めても、コレジウムが残っては意味がない。とりあえず、魔法除《ワード》けを改良したから、例の魔術はわれわれには効かない。たとえビーコンをもち込むことができたとしてもね」

「でも、それじゃあ、わたしがMSIに魔術の情報を流していることに気づかれない?」

「魔術は百年前の資料に書かれているものなんだ。当時からセキュリティーシステムがいっこうに進歩してないんじゃ、そっちの方がまずいだろう?」

「たしかに」

「あなたたちの会話、かなり変よ」マルシアが言った。

「魔法の世界へようこそ」ロッドはそう言ってマルシアの頰にキスをする。「ちなみに、自分たちを守るためにマフィアに潜入するというアイデアはどう思う?」

「クレイジーとしかいえないわ。それってFBIの仕事でしょ? 魔法界に警察はいないの?」

「いることはいるけど」ロッドは言った。「ただ、評議会《カウンシル》の警察機関をどれだけ信用できるかはわからない。特に、最近、委員がふたりかわったことを考えるとね。ぼくらの世界では法的権限の境界はかなり流動的なんだ。問題が起これば、たいてい自分たちで対処する」

「まるで西部劇の世界ね」マルシアは頭を振る。「それでプロのスパイはいないの？　どうしてもケイティじゃないとだめなわけ？」

「最初は別の人が行く予定だったんだけど、彼らがわたしをヘッドハントしたのよ。いま考えると、すべてはロジャーの作戦だったのかもしれないわ。わたしからMSIの内部情報を得たり、わたしが魔法界の有力者と知り合いなのを利用して彼らと接触したりするのがねらいだったのよ」

マルシアはワインをひと口飲む。「まあ、ウエストヴィレッジのアパートにただで住めて、毎日車で送迎してくれる仕事なら、そう悪くないわよね。しかも、ワードローブつき」

「そのかわり、仕事中は外の世界から完全に遮断されるわ。デスクに両親の写真を飾ることも、電話中に書きとめた買い物リストをもって帰ることもできないのよ。きわめつけは、自分が勤める会社の所在地がわからない」

「たしかにそれはすごいわ。大学のときにバイトした店は毎日帰り際に鞄のなかを調べたけど、その比じゃないわね。人をだます人間は、他人のこともいっさい信用しないってことかしら」

夕食のあと片づけを終え、帰ろうとしたとき、ロッドが玄関で言った。「言うまでもないけど、十分に気をつけて。彼らに協力して、言われたことをやるんだ。受け入れがたいことでもね。大局を見ることを忘れずに」

「それを思い出すことでなんとか夜眠ってるわ」

　翌朝、ロジャーから電話がかかってきたとき、思わず跳びあがりそうになった。いんちきな魔術を渡したことがばれたのだろうか。声が震えないことを祈りつつ、電話に出る。

「すぐに来てくれるかな」ロジャーはぶっきらぼうに言った。

「はい、いま行きます」心臓がばくばくしはじめる。彼はとんでもないサイコパスだが、ふだんはとても感じがよい。その彼がこれだけそっけないということは、何かあったに違いない。ジェンマに教わったヨガの呼吸法で深呼吸する。ゆっくりと鼻から吸ってゆっくりと鼻から吐いてみるが、パニックは収まらない。大丈夫、もしスパイ行為がばれたのだとしたら、彼は最初からわたしを会社に入れないか、オフィスから引きずり出させるはず。カエルにすることができない相手を彼がどうするのかはわからないが、もし地下牢に閉じ込めるなら、その前にわざわざ自分のオフィスに呼び出したりはしないだろう。

　オフィスに入っていくと、ロジャーが顔をあげてほほえんだので、少しほっとした。デスクの上にコーヒーとペストリーが並んでいるのが目に入り、さらに安堵する。まさか抹殺しようとしている相手にデニッシュを振る舞ったりはしないだろう。もしそうだったら、思っていた以上のサイコだ。

「さあ、どうぞ、つまんで」ロジャーはデスクの上を指し示す。促してもらう必要はなかった。まだ午前中だが、朝食を取る時間がなかったのでかなりおなかが空いていた。車が定刻ぴったりに迎えにくる朝は、あまり余裕がない。そもそもわたしはルームメイトが起きたときに目が覚める習慣がついてしまっている。部屋のなかであれだけさまざまな音や動きがあっては、寝続ける方が難しいのだ。引っ越してから数年ぶりに目覚まし時計を使っているけれど、まだ新しい朝のルーティンにうまく順応できていない。

わたしがデニッシュをひとつ取り、カップにコーヒーを注ぐと、ロジャーは本性をつい忘れそうになるくらいの実に感じのよい笑顔を見せた。「ここでの毎日はどうだい？」

「過去最高の職場環境です」嘘ではない。服を着がえなければならないとか妙な決まりはあるけれど、だれにも怒鳴られないし、毎日九時に来て五時に帰れるし、意味なく会議ばかりやらないし、上司であるロジャーは、わたしに頼んだ仕事について、やり終えたあとに変更を思いついたあげく、そもそもわたしがちゃんと指示を聞いていなかったからだと責めたりしない。世界征服をもくろむサイコパスのマフィアの一員が過去最高の上司だなんて、わたしはこれまでどれほどひどいマネジメントに仕えてきたのだろう。

「よかった」笑みを浮かべたままロジャーは言った。「仕事は楽しいかい？」わたしが答える前に、笑って続ける。「いまのはばかげた質問だったな。ぼくがいまきみに頼んでいる仕事はとんでもなくつまらないものだ。資料を手書きで書き写すなんて、きみのスキルレベルを大きく下回る仕事だよ。本に触れることができるのがきみだけで、おそらく正確に読めるのもきみだけだという点を別にすればね。でも、約束する。この先もっとずっと面白い仕事が待っているよ」ロジャーはさらに大きな笑みを見せると、なかなかうまいハンフリー・ボガートの声色で言った。「おれについてこい。きみに世界というやつを見せてやるよ」

胸がきゅっと締めつけられた。オーウェンはハンフリー・ボガートの映画に目がない。この冬は任務のために、彼の家の暖炉の前でふたり寄り添いながら古い映画を観ることができていない。わたしはなんとか笑みをつくる。ここは悲しげな顔をするタイミングではない。

ロジャーは真面目な口調になって言った。「きみをぼくの右腕として正式に採用することにした。きみには有益なコネがある。頭がいいし、仕事もはやい。忠実であることも証明した。おめでとう。これからもよろしく」

「あの、ありがとうございます」できるだけうれしそうに言う。これは望んでいたことだ。これでさらに陰謀の核心に迫ることができる。ただ、彼のような人のそばで長時間過ごすのは、とても楽しいことだとはいえない。

「きみにはもっと近くのオフィスに移動してもらう。ここよりだいぶ広くなるよ。ぼくにかわってアポイントを取ったり電話を受けたりする必要があるので、今後は外部との通信も許可される」それは大きな進歩だ。今度はむりやり笑顔をつくる必要はなかった。さすがにＭＳＩの人たちとは話せないにしても、いざというときには友人のだれかに電話して、事前に決めておいた合図で危険を伝えることはできる。

わたしがうなずくと、ロジャーは続けた。「台帳の転記作業から察しはついていると思うけど、ぼくはある大きなプロジェクトに着手しようとしている。成功させるにはきみの協力が必要だ。ただし、リスクもある」ロジャーは片手を振り、オフィスのドアを閉めた。「ぼくがやろうとしていることは正式には会社の認可を受けていない。最終的に目指すところは同じだけれど、ぼくは彼らより先に自分でそれを成し遂げるつもりだ。そうすることでぼくは確実に頂点に近づける。きみはぼくとともにその地位の恩恵を享受することになる。しかし、もし失敗した場合、きみもぼくとともに失脚する。この会社での未来はないと思った方がいい。計画がうまくいかなければ、きみは追放される。あるいはもっとひどいことになるかもしれない。先へ進む前にそのことを伝えておいた方がいいと思ってね」

「もっとひどいことというのは？」普通の人ならだれでも訊くだろうと思い、訊いてみる。

「われわれの目的の障害となる人たちが、魔法界だけでなく非魔法界の人たちも含めて、どうなったかはきみも見ているね。もちろん魔法による制裁はきみには効かない。でも、ほかにも方法はある。きみはこのリスクを受け入れることができるかい？」

わたしはごくりと唾をのむ。「はい、できると思います」

ロジャーはふたたびにっこりした。「よかった。言っておくけど、ぼくは失敗する気などまったくないよ。必要な道具は手に入れた。プランはすでにできている。きみとぼくが組めば、きっとだれにも止めることはできないよ。可能性は無限大だ。この会社を牛耳るだけじゃない。魔法界全体を支配するんだ！」

稲妻《いなずま》が光り、不気味な雷鳴がとどろくのを待ったが――このての意思表明にはたいていつきものだ――残念ながらこれは映画ではないので、何も起こらなかった。ただ、彼の目には狂気を帯びた光が宿り、声には〝ムワッハッハッハ！〟という笑いが続きそうな響きがあった。同時に、彼のまわりで魔力がバチバチッと音を立てたような気もした。

「わくわくしますね」懸命にそれらしい口調をつくろう。

「ああ。きみもMSIの連中を見返すことができるよ。彼らはきみを手放したことを心底後悔するだろう。特に懲らしめたい相手がいたら言ってくれ。元婚約者《フィアンセ》とか」

すでに笑みを浮かべていてよかった。そうでなければ、すばやく感情を隠せたかどうかわからない。「その……必要はありません」胸にスチールバンドを巻かれたような気分だ。「彼なしでもわたしがどれほど成功できるか見せつけたいんです。彼がカエルになって下の池にいては、それはできませんから」

ロジャーは笑った。「なるほど、一理あるね。実は前につき合っていた女性のひとりが下にいるんだ。でもたしかに、ワードローブ担当から決して昇進することのないもうひとりの元カノにこっちの成功を見せる方が、満足度は高いな。でも、もし気が変わったら、言ってくれ。すぐに対処するから。元上司はどうする？」

「どの上司ですか？」カエルにされてもかまわない元上司がひとりいる。忠誠心を示すためにだれかを指名する必要があるなら、ミミを差し出すところだけれど、彼が示唆しているのは彼女でないだろう。

「だれのことかはわかっているだろう？」

「マーリンですか？　彼には気をつけた方がいいですよ。最後に彼に挑んだ人がどうなったかご存じでしょう？」

「計画が完了すれば、彼など敵じゃないよ。きみが思う彼の最大の弱点は何だい？」

「そうですね。やや時勢に乗り遅れているところでしょうか」これはまったくの嘘というわけではない。マーリンは約千年間、魔法による深い眠りのなかにいて、二年ほど前に目覚めたばかりだ。彼が眠っている間、世界はすさまじい変化を遂げた。復活後、彼はみごとな適応力でぐんぐん時代に追いついてきているが、そのことはロジャーに言わないでおく。

「なるほど、そこをつくことはできるな」ロジャーは満足げにうなずく。「でも、まずはやるべきことがほかにある。コーヒーを飲み終えたら――ああ、急がなくていいよ――手伝ってもらいたい」

それが何かは考えたくもないが、とりあえず、オーウェンとマーリンは今日の予定から外れたと考えてよさそうだ。わたしは急いでコーヒーを飲み、デニッシュを口に詰め込んだ。急がなくていいと言われたけれど、急げというオーラをあからさまに出してずっとこっちを見ているので、とてもゆっくり食べてなどいられない。

わたしが食べ終わるや否や、ロジャーは立ちあがって言った。「よし！　じゃあ、行こう」そして、エレベーターに向かって歩きながら車を呼ぶ。

車が走り出し、社屋から十分離れたところで、ロジャーはさっと手を動かし、わたしたちを淡く光る膜で包むと、説明を始めた。「これはぼくひとりではできないことだ。かといって、会社の人間を使うことはできない。ぼく自身が吟味して採用した者でないかぎりね。だからあらたに人を集める必要がある。きみには志願者の評価を手伝ってもらいたい。彼らの仕事についてはきみも知っていると思う」

わたしはうなずいた。これから会うのはおそらくロッドが紹介した人たちだろう。彼らがわたしの任務について説明を受けていて、わたしがロジャーといっしょに現れても裏切り者だと思わないことを願う。

「彼らは必ずしも見た目どおりではない」ロジャーは続ける。「でも、きみには彼らの真の姿が見える」

車が止まり、外に出ると、そこは地下駐車場のような場所だった。あるいは倉庫ビルのなかかもしれない。いずれにせよ、巨大ながらんとした空間だ。はるか高いところに窓があり、わずかに光が入っているが、わたしたちのいるところまではほとんど届かない。

まわりを囲まれているような気がする。暗くて姿は見えないが、さまざまな方向から音が聞こえ、何かが動いているのがわかる。

ロジャーは手のなかに光る玉を出し、頭上に浮かせた。光が照らし出したものを見たとき、わたしは思わずあとずさりした。

わたしたちを取り囲んでいたのは、悪夢から抜け出てきたような生き物《クリーチャー》たちだった。不気味なガイコツのモンスターに、革のような羽をもつ見るもおぞましいハーピーたち。ハーピーの一頭が節くれ立ったかぎ爪をわたしに向けた。「そいつは何しにきた」

13

これらは皆、わたしが魔法界に入って最初に対峙することになった敵、フェラン・イドリスに雇われていた生き物《クリーチャー》たちだ。わたしを魔法で襲うことはできないが、物理的に危害を加えることはできるし、とにかく見た目が恐ろしい。ロジャーの後ろに隠れたかったが、なんとか踏ん張って怪物《モンスター》たちをにらみ返す。

「彼女はいま、ぼくのもとで働いている」ロジャーが言った。

「へえ、そうかい」ハーピーはたったいま子どもをオーブンに放り込んだかのような、ぞっとする笑みを見せた。

「そうだ。ぼくと仕事をしたいなら、彼女には手を出すな」ロジャーはそう言うと、わたしの方を向く。「彼らの真の姿が見えるかい？」

思わず顔をしかめる。「はい、残念ながら」

「何が見えているか教えてくれ」

「ハーピーの集団です。ガイコツについてはなんと呼べばいいのかわかりません。以前、別の雇い主のもとでわたしをストーキングしたやつらです」

ロジャーはクリーチャーたちの方に向き直る。「前の雇い主はだれだ。だれから報酬を受けていた」

どうやら最初に口をきいたハーピーがこの集団のスポークスウーマンらしい。ほかの連中はまわりですごんでいるだけだ。「あのオタク男だよ。名前はなんていったっけ」

「ほかには？　もっと年上の人間はいなかったか？」

「あたしらが会ったのはあいつだけさ」

ロジャーは満足したようにうなずいた。「きみたちを直接雇いたい。支払いはキャッシュで行う。一部を前払いして、残りはこちらの求める仕事ができていることを確認してから払う」

「で、仕事はなんだい？　一応、潜伏して襲うのが専門だけど」

「まだ動かなくていい。指示を出すまで待機していてくれ。然《しか》るべきタイミングで標的と仕事の内容を伝える」

「殺す？　怪我させる？　それとも脅すだけ？」ハーピーはかぎ爪をチェックしながら訊く。

「とりあえず、脅しから始めて、標的の反応を見ながらレベルをあげていく。で、どうする、やる気はあるかい？」

クリーチャーは寄り集まった。醜い悪魔たちの円陣は、あまり見ていたい光景ではない。

「どう思う？　彼らの脅しは有効だったかい？」ロジャーが小声でわたしに訊いた。

「まあ、それなりには」肩をすくめて言う。「結局、慣れましたけど」

「きみは普通じゃないからね。きみを脅すのは簡単じゃない」

「魔法界の人たちなら、脅すのはさらに難しいんじゃないですか？　このての連中のことは見慣れているでしょうから」

「動揺させることで、こちらの保護の申し出に食いつきやすくさせるのが目的だ。脅しだけでこと足りることを願うよ」

そういうこと？　用心棒代を取り立てようとしているわけ？　本当にマフィアそのものだ。思わず頭を振って苦笑いしそうになる。たしかに、非魔法界で有効なら、魔法界でもありなのかもしれない。

話し合いが済んだらしく、クリーチャーたちはロジャーの方を向いた。代表のハーピーが言った。「具体的な指示が出たら、ひとり時給百ドルでやる。それとは別に、グループとしての専属契約料が週五百ドル」

「専属契約料は週二百だ。時給の方で十分稼ぐことになるから心配はいらない」

クリーチャーたちはふたたび寄り集まる。やがてハーピーが言った。「いいよ、それで手を打とう。ただし、最初の週の契約料は前払いだよ」

「いいだろう」ロジャーは言った。「今日じゅうにキャッシュで払おう」

「いまじゃないのかい？」

「そのての現金はもち歩かない。またここで落ち合ってもいいし、別の場所でもいい」

ハーピーの恐ろしい顔が妙な形にゆがむ。おそらく笑顔のつもりなのだろう。「あたしがあんたのオフィスに寄ってもいいよ」

「それはあり得ない。わかっているはずだ」

「ま、こっちがどこかであんたを見つけるよ。あたしらはそれで食ってるんだから」ハーピーの高笑いが巨大な空間に響き、続いてがさがさという音とともにクリーチャーたちの姿が暗闇に消えた。

ロジャーはポケットからハンカチを出し、クリーチャーたちにはいっさい触れていないにもかかわらず、入念に両手をふいた。「まったく気持ちの悪い連中だよ。でも、このての仕事をやらせるならやつらがベストだ」ハンカチをたたみ、ポケットにしまう。「では、行こうか。もう一カ所、寄るところがある」

車に乗り込むと、ロジャーは指を鳴らした。すると、窓ガラスが透明になった。車が倉庫を出ると、車内に光が差し込んで、わたしは思わず安堵のため息をついた。太陽の光があって、自分の居場所がわかるというのは、実にいいものだ。摩天楼の見え方から判断して、ここはブルックリンのどこからしい。車は橋を渡ってマンハッタンに入り、とあるレストランの前に止まった。大物ビジネスマンたちが豪華な昼食を食べながら商談をするような、いかにも高級そうな店だ。

「おなかは空いてる?」ロジャーが訊いた。

「ええ、まあ」あくまで仕事で、わたしに言い寄ろうとしているわけではないことを祈る。それとも、彼にとってこういう店でランチをするのは、わたしたちが街角のデリでサンドイッチを買うような感覚なのだろうか。

ドアマンに手を差し出されて、車を降りる。店に入ると、すぐに案内係がやってきてコートを受け取った。「もうひとり加わる」ロジャーが案内係に言うのが聞こえて、少しほっとする。人が来るならこれは間違いなく仕事だ。

テーブルにつくと、ロジャーはワインリストを断り、自分に炭酸水を、わたしにはアイスティーを注文した。勝手にオーダーされたことに本来ならむっとするところだが、アイスティーはまさにわたしが頼もうとしていたものだった。ウエイターがいなくなると、ロジャーは言った。「これからチームのメンバーとして採用するかもしれない人物が来る。きみの意見が聞きたい。何か少しでも不審な点があったら教えてくれ」

今度こそ、ロッドが送り込もうとしている人だろう。そう思っていたら、驚いたことに、ミネルヴァ・フェルプスが鮮やかなスカーフをたなびかせてわたしたちのテーブルにやってきた。「あなたがロジャーですね。いいえ、わかったのはわたしが予言者だからではなく、このミーティングを設定したのがあなただからよ。こんにちは、ケイティ！　元気にやっているみたいでうれしいわ。MSIでの処遇はまったく許しがたいものだったから」少々演技過剰な気もするが、彼女はだいたいいつもこんな感じだ。

ミネルヴァはウエイターが引いた椅子に腰をおろすと、ギムレットを注文し、ロジャーの方を向いた。「実はちょっと混乱していますの。あなたがオファーしようとしているのはフルタイムの仕事ではないようなので。アルバイト的にフリーランスでやってほしいと考えていますでしょう？　しかも、あなたがやっていることやあなたの会社については、なかなか見えてこなくて」

ロジャーが不意をつかれたような顔をしているので、逆に驚いた。たしかにミネルヴァはかなり個性的だが、予言者を採用しようとしているなら、このくらいのことは想定しているはず。彼女が何もわかっていなかったら、そっちの方が問題だ。

「こちらの防御対策が機能しているようでよかった」ロジャーは言った。ウエイターが飲み物をもってきてメニューを配る間、いったん話をやめる。そして、いなくなるとまた話しはじめた。「それでも、それだけ把握できたというのはさすがです。あなたは本物ですね」

「そうでなければ、いまの立場にはいませんわ。では、ときどき水晶で何か見てほしいということかしら」

「現在、ある長期的な計画を進めているところで、どのような結果が得られるのかある程度予測したいんです」

「それは個人的なこと？　それとも仕事上のこと？」

「両方です」

「わかりました。お引き受けするわ。もちろん、いまこの場ではできません。静かな場所へ行って然るべき準備をしなければなりませんから。それから、正確な読みをするために、その防御システムは解除していただく必要があります」

　にやりとしないよう唇を噛む。ミネルヴァが彼の未来を読めれば、こちらにとって大きな助けになる。そのためにも、彼女がこちら側であることを祈る。スパイが潜り込んでいることをロジャーに告げられたら、一巻の終わりだ。以前調べたMSI内のコレジウム関係者のなかにミネルヴァはいなかった。そもそも、少しでも疑いがあれば、ロッドは彼女をよこしたりしないだろう。

「わかりました。では、あらためてミーティングを設定しましょう。ケイティから連絡させます」

ミネルヴァは首をかしげてロジャーを見つめる。「あなたを巡る状況はいま、とても流動的だわ。仕事には変わりやすい要素がたくさんあって、それがあなたの未来を霞ませています」

「変わるというのはよい方に？　それとも悪い方に？」

「どちらにも行く可能性はあります」

「ぼくがいま何を考えているか言ってくれますか？」

「わたしがどれくらい正確かを試しているのね？　そして、ケイティについても読んでほしいと思っているでしょう？　申しわけないけれど、それはできません。彼女のことは読めないの。それに、わたしは予言者であって、透視能力者ではないわ。あなたの未来や運命を読んだり、行方不明者を見つけたりすることはできるけれど、あなたの心を読むことはできないの」

「いままさに読んだじゃありませんか」

「それは痛々しいくらい顔に出ているからよ。いまのあなたなら、魔力のかけらもないケイティにだって読めるわ」

ウエイターが注文を取りにきて、会話は中断した。食事の間は他愛のないおしゃべりに終始した。ミネルヴァの何気ない問いかけによって、これまでロジャーについて知り得たことの何倍もの情報を得ることができた。たとえば、彼の父親は勤めていた会社で――コレジウムのことだろう――かなり高い地位にいたが、幹部のだれかと衝突したらしい。母親はずっと昔、MSIで働いていたようだ。ロジャー自身はハーヴァード大学をトップの成績で卒業し、MBAを取得している。そして、優れた魔法使いでもある。要するに、彼はお坊ちゃまだ。ゴルフやテニスをやり、マーサズ・ヴィニヤード島（マサチューセッツ州ケープ・コッドの南に位置する島）で夏を過ごす。島ではもちろんヨットを所有している。独身で、いまはだれともつき合っていない。仕事に集中するためと、過去の交際がふたつ続けていい終わり方をしなかったからだそうだ。ちなみに、カエルの件については口にしなかった。

もはや畏怖の念すら覚える。わたしには彼にこんなことを訊く勇気はとてもなかった。ミネルヴァはまるですでに答を知っていて、確認のために訊いているかのように質問していく。ロジャーは自分が巧みに誘導されていることに気づいていないのだろうか。おかげで、彼がなぜこういうことをしようとしているのかがなんとなくわかってきた。彼は父親の敵《かたき》を討つつもりなのだ。同時に、同じ目に遭うのを避けようとしているのだろう。

食事が終わり、連絡することを約束して、ミネルヴァと別れた。車に戻るとすぐに――窓はふたたび外が見えないようになっていた――ロジャーは言った。「彼女は使えると思うかい？」

「わたしの知るかぎり、彼女が間違ったことはありません」

「MSIに対してはどの程度忠誠心をもっているだろう」

「聞いたところによると、彼女は以前、前社長直属の予言者として仕事をしていたそうです。

なので、彼女の忠誠心は現在の社長より前の社長の方にあるかもしれません」前半は事実だ。後半はあくまで個人的印象という形で述べておいた。どう受け取るかは彼の自由だ。

ロジャーは満足そうな笑みを浮かべて、シートの背にもたれた。「彼女にとって利害の対立は特にないだろう。ぼくがMSIと現社長にしようとしていることが見えて、どう行動すべきか決断する必要に迫られないかぎりね。まあ、他言するチャンスを与えるつもりはないけど」

あまりにさらりと言うので、彼が自分の邪魔になる人に何をするかを目の当たりにしていなければ、脅しを口にしていることに気づかなかったかもしれない。まるで会社帰りに牛乳を買う話でもしているような口調だ。わたしは身震いを堪《こら》える。

なんとしてもこの男を止めなければならない。できれば、完全に力を奪うような形で。標的にされるコレジウムの幹部たちが気の毒にさえ思える。ロジャーはきっと、彼らを屋内にあるカエルの池に移したりはしないだろう。きっと容赦なく道路に放ってトラックに轢《ひ》かせるに違いない。

会社に戻ると、ロジャーはわたしを直接新しいオフィスへ連れていった。今後は自分のオフィスへ行くのに、エヴリンのオフィスの前を通ることも、受付エリアを抜けることもなくなる。アトリウムを囲む廊下から直接ロジャーがオフィスを構える一角に行くことができる。今度のオフィスは広いと言っていたけれど、たしかにそのとおりだ。いま住んでいるアパートよりも広い。L字形の大きなデスクとフルサイズのソファーがある。窓の景色は隣のロジャーのオフィスと同じくロンドンの街並みだ。やはりこれは本物？　廊下のどこかにポータルがあって、ロンドンにつながっているのだろうか。

「どうだろう。お気に召したかな」ロジャーは言った。

「素晴らしいです」

「何か飾りたかったらエヴリンに相談するといい。絵や植物を選ばせてくれるから」

「わかりました。とりあえず、前のオフィスに台帳を取りにいってきますね」

ロジャーはにっこりした。「そうだね。それだけはきみ自身に運んでもらわなければならない。では、続きを頼むよ」


その後数日間、オーウェンから連絡はなかった。怪しまれるリスクをできるだけ冒さないという意味では賢明なことではあるけれど、会いたい気持ちが募る。金曜の夜、暗記した魔術を書き出しながら、何かつくるか、それとも友人たちに電話して外に食べにいくか考えていると、正面玄関のブザーが鳴った。「ピザのお届けです」インターフォンから聞こえたのはよく知っている声だった。思わず笑みがこぼれる。

「どうぞ、入って」ドアの解錠ボタンを押すと部屋の玄関へ走っていき、急いでドアを開ける。階段をあがってきたオーウェンは役になりきっていた。近所のピザ屋のロゴが入ったジャケットを着て、同じロゴのついた野球帽をかぶり、手には配達用の保温バッグをもっている。わたしが話し出そうとすると、オーウェンは人差し指を口の前に立てた。わたしはうなずき、後ろに下がって彼を部屋に入れる。「税込みで二十ドル十七セントです」オーウェンは言った。

「オーケー、ちょっと待ってね」

ふたりともそのまましばし黙る。やがてオーウェンが言った。「ありがとうございます。よい夜を」そして、ドアを開け、閉じる。続いて両手をひるがえし、何やら指を複雑に動かす。「この静寂の魔術、いつか役に立つときがくると思ってたよ」

オーウェンがピザをコーヒーテーブルに置くのを待って、わたしは彼の腕のなかに飛び込んだ。「会いたかったわ」そう言いながら、オーウェンをキス攻めにする。

オーウェンは後ろによろめきながら笑った。「本当？　それは気づかなかったな」そう言うと、わたしを抱きしめ、キスに応じる。

しばしそんなたわむれを続けたあと、わたしはオーウェンに抱きついたまま言った。「なんのピザ？」

「カナディアンベーコン＆マッシュルーム」

「冷める前に食べないともったいないわね」

「それに、話をする必要もある。あまり長くいると怪しまれるからね。ピザの配達人が客の家に入ったきり出てこないのもアパートのなかで長い間もの音ひとつしないのも変だ」

「実際のところ、どのくらい監視されてるのかしら」保温バッグを開けながら言う。熱いピザのにおいが部屋に広がり、わたしは大きく息を吸った。バッグからピザの箱を出し、蓋を開けて、ひと切れ手に取る。「ロジャーはわたしを完全に信用しているみたい。少しでも疑わしいことがあれば絶対に気づくという自信があるのかもしれないわ」

オーウェンもひと切れ取り、ふたりでソファーに座った。わたしは保温バッグに入っていた紙ナプキンをオーウェンに渡す。「でも、彼の上司たちはどうだろう」オーウェンは言った。「もしかしたら彼が何かやっていることに気づいて、それを突き止めるためにきみの動きを監視しているかもしれない」

「だとしたら、彼らはきっと、わたしはピザの配達人が夢中になってるお客なんだと思うわね」そう言って、オーウェンのふくらはぎにつま先を滑らせる。

オーウェンは真っ赤になってほほえんだ。「ところで、この前の魔術、ロジャーには渡してないよね」

「彼があのページを見たかどうかわからなかったから、一応少しだけ手を加えて渡したけど……」

「実は、あれはちょっと恐い魔術なんだ」

「人をカエルにすることより？」

「人を肖像画にすると言ったら？　もし社屋の壁に肖像画がかかっているなら、もう一度よく見てごらん。百年前にコレジウムの幹部だった人たちかもしれない。絵じゃなくて本人たちという意味でね」

「もとに戻せるの？」

「戻せるかもしれない。でも、それについては書かれていなかった。戻す方法を見つけるのは、正直、いまぼくのなかでは優先順位が低いよ」

「またあなたに渡す魔術があるの」もっているピザを食べきり、ナプキンで手をふいて、さっきまで書いていた紙をオーウェンに差し出す。「これと――」腰を少しあげ、クッションの下からもう一枚紙を取り出す。「それから、これ。正確に写せてるといいんだけど。このてのものを空で覚えるのは難しくて……」

「きみは素晴らしい仕事をしているよ。これまで渡してくれた魔術はどれもかなり役に立ちそうだ。コレジウムの社屋の場所がわかってなかに入ることができたら、そのひとつを使って、いっきに中枢へ迫ることができる」

「あの社屋、ひとつの建物じゃないような気がするの。もしかすると、わたしいまロンドンで働いているかもしれない。あの建物は別の建物へ行くためのポータルが集まっている場所にすぎないのかも」

オーウェンは眉を片方あげた。「本当? それは興味深いな。そのてのものについては聞いたことがあるけど、実在しているのを見たことはない。本当に可能なら旅行が楽になるな」

「そうね、出口はニューヨーク側にしかないみたいなのが残念なんだけど。それとも、わたしが知らないだけで、いろんな場所に出られるのかしら」

「そうじゃなきゃ、そんなものをつくる意味がないよ。たとえば強制捜査が入ったとき、別の法域に逃げるには理想的な方法だ。おそらく、ひとつめの魔術は通常は通れないそうしたポータルをすべて通過できるようにするものなんだよ。きみに建物内に何かもち込んでもらえたら、それを追跡して構造を把握できるかもしれない」

「あるいは、ビーコンを置いて、直接転送するという手もあるわね。ただ、いずれにしても、わたしの更衣室より先には行けないわ。警報が鳴っちゃうから。更衣室の場所がわかったところで、大した役には立たないでしょう？」

「日中、ロジャーといっしょに出かけるときは？」

「外出先から社屋に戻るときは出退勤時と同じセキュリティープロセスは経ていない感じだけど、これまで何かをもち込もうとしたことはないから、警報が鳴ることもなくて、気づいていないだけかもしれない。でも、外出は常にロジャーといっしょで、一瞬たりとも彼の視界から出ることはないわ。何かをもち帰るのはかなり難しい気がする。送迎の車を見破る方法はまだ見つからない？」

「ミネルヴァとのランチのあとも追おうとしたんだけど、やはりだめだった。ところで、彼女はきみのボスを恐ろしいやつだと言ってたよ」

「ええ、わたしもそんな気がしはじめてる。ミネルヴァは何か見えたのかしら」

「終末《アポカリプス》という言葉が出てきた」

「本当？」

「だからこそ、できるだけきみを危険にさらすリスクは冒したくない」

「まあ、少なくともわたしを肖像画にすることはできないわね」

「魔法に対する免疫を消す方法はある。少しでも異変を感じたら会社へは行かず、すぐに知らせるんだ。きみを安全な場所に隔離する」

「彼はそんなことしないわ。わたしの免疫が必要なんだもの」

「でも、きみに対して少しでも疑いをもつようになったら、何をするかわからない」オーウェンは魔術の書かれた紙を折りたたむと、ジャケットの胸ポケットに入れた。「そろそろ行かないと」

「もう?」

「ここに来ることだけでもリスクがある。これ以上いるのは危険だ」オーウェンはピザの保温バッグをもってドアの方へ向かう。

わたしは急いで彼のあとを追い、最後にもう一度ピザ味のキスをした。「次はどんな方法を思いつくのか楽しみだわ」

「思いつく必要がなくなることを祈るよ」オーウェンは短いキスを返すと、静寂の魔術を解き、いなくなった。

ソファーに戻り、もう一枚ピザを取る。ロジャーの未来についてミネルヴァの口から"終末《アポカリプス》"という言葉が出るなら、この状況に耐える意義は大きい。彼の陰謀を阻止したとき、すべてが報われることになるだろう。でも、いまはやはりつらい。

月曜の朝、セッションを設定するようロジャーに指示され、ミネルヴァに電話した。コレジウムとロジャーのどちらにも怪しまれないよう慎重に言葉を選ぶ。ロジャーの行動は会社に知られてはいけないことになっているし、ロジャーはミネルヴァがMSIに内緒でアルバイトをしているると思っている。コレジウムのオフィスから外部に電話をするのはこれがはじめてだ。電話中何度もカチッという音が聞こえたから、やはり会話は傍受されているようだ。セッションは今夜、プラザホテルで行うことになった。

「残業をお願いしてもいいかな」手配が完了したことを伝えると、ロジャーは言った。「きみにもセッションの場にいてほしいんだ。客観的な意見が聞きたいし、彼女が言うことを記録してもらえるとありがたい」

「今夜は空いていますし、お供します」

「よかった。ここで夕食を済ませていくといい。好きなものを頼んでかまわないよ。下の階にサロンとスパがあるから、約束の時間までマッサージでも受けていたらどうかな」

「わあ、素敵」マッサージについて言ったのではない。カエルの池があるフロアへ行く口実ができたことをひそかに喜んだのだ。

池に行って何をしようとしているのか自分でもわからない。もしフィリップガエルを見つけてキスで魔法を解くことができたとしても、外へ連れ出すのは難しい。でも、わたしの姿を見るだけでも、少しは孤独感が和らぐかもしれない――カエルになってもそういう感覚があるのだとすれば。そういえば、フィリップはカエル時代のことについてあまり話そうとはしなかった。

社内電話帳でスパの番号を調べ、仕事が終わったらすぐにマッサージを受けられるよう予約を取った。今日の分の転記が終わると――コレジウムの運営方法についてのくどくどとした記述だ――さっそく階下に向かった。スパはカエルの池があるアトリウムから入るようになっている。ロジャーがしとめた相手をここに運ぶのを見ていなければ、スパの空間演出の一部だと思っただろう。屋内にもち込まれた小さな自然も、実質的に監獄だということがわかってしまうと、もはや心和む風景とは言いがたい。

池の縁に立ち、水面を眺める。一匹のカエルが、石の上から睡蓮《すいれん》の葉を経て丸太に跳び移った。ただ跳び回っているだけなのか、わたしの方に来ようとしているのかはわからない。「できるだけ早く助けるからね、フィリップ」わたしは小さな声で言った。

「ケイティ?」後ろから声が聞こえて振り返ると、白衣を着た体格のいい女性が立っていた。

「ああ、ごめんさない。ちょっと春の気分を味わってたの」

「ここはまさにそのための場所よ。さあ、なかへどうぞ。更衣室へ案内するわ」

服を脱ぎ、フラシ天のローブに着がえる。腕時計を外さなければならないことに気づいて、一瞬パニックになった。今日暗記した魔術に付随するシンボルマークが手首に描いてある。タトゥーじゃないのは一目瞭然だ。ここでリスクを冒すわけにはいかない。更衣室の洗面台でマークを洗い落とす。あとで描き直せばいい。若干ボールペンの跡が残ったが、とりあえず会社の機密情報をもち出そうとしているようには見えないだろう。

マッサージが終わり――MSIにはこの特典がないのが残念だ――オフィスに戻ると、デスクの上に夕食が用意されていた。食べる前に急いでシンボルマークを描き直す。

ようやく出発の時間になった。さて、服装はどうすべきだろう。会社を出る前に私服に着がえて、ホテルから直帰する？　それとも、このまま出かけて、セッションのあと会社に戻り、着がえてから帰る？　家の鍵は更衣室に置いてあるので、そのまま帰ることはできない。

ロジャーに小さな黒い鞄を渡され、答が判明した。「ここに宿泊に必要なものが入ってる。きみは今夜ホテルに泊まる。セッションを行う部屋はきみの名前で押さえてあるから、不自然に見えないよう泊まる必要がある」

「あなたがいっしょだということをどう説明するんですか？」訊かないわけにはいかなかった。

「きみの評判に傷がつくようなことはないから安心して。ぼくはこっそり忍び込む。ぼくがホテルに行ったことはだれにもわからない。ミネルヴァは友人としてホテルにいるきみを訪ねる」

そういうわけで、プラザホテルへ向かう車にはわたしひとりで乗ることになった。ホテルに到着し、ドアマンに手を貸されてリムジンから降りるとき、財布をもっていないことに気がついた。チップをどうしようと、一瞬、焦ったが、車のなかに用意されていたコートのポケットに丸めた紙幣の束が入っていて、ことなきを得た。ロジャーはサイコかもしれないが、実に用意周到なプランナーでもある。

用意されていたスイートはプリンセスならくつろげそうな部屋だった。豪華な装飾が施された家具に、ふかふかの絨毯《じゅうたん》、リビングルームにはクリスタルのシャンデリアがある。鞄を隣接するベッドルームにもっていき、中身を確認する。洗面用具にヘアブラシ、黒いシルクのパジャマ、替えの下着、黒のスラックス、黒のセーター。服をクローゼットにかけながら、任務が終了したら、まわりの人がサングラスを必要とするくらい鮮やかな色を着ようと思った。

バスルームに洗面用具を並べていると、ノックの音が聞こえた。ドアを開けると、ミネルヴァが立っていた。「悪くないじゃない？」部屋を見回しながら言う。「あなたのボスは悪魔の申し子みたいな人かもしれないけど、あなたのことは大事に扱っているみたいね」

「ここに来る前、会社のスパでマッサージも受けたわ」

「本当？　それはうらやましい社員特典だわ」ミネルヴァはふいに後ろを向き、ドアを開けた。するとノックをしようと片手をあげたロジャーがいた。「いらしたわね。さあ、どうぞ」ミネルヴァは後ろに下がって彼を部屋に入れる。「少し準備をするので、くつろいでいてくださいな」

ミネルヴァは鼻歌を歌いながら、大きなトートバッグからろうそくを数本取り出すと、片手をさっとひるがえして火をつけた。続いて金属製のボウルを出し、わたしに渡す。「これに水を入れてきてくださる？」

水を入れたボウルをミネルヴァのところにもっていくと、彼女はそれを小さな丸テーブルの上に置き、ロジャーにアンティーク調の椅子のひとつに座るよう指示して、自分ももうひとつの椅子に腰をおろした。わたしはセッションの様子を観察するため、ソファーの端に浅く腰かける。

「では、ロジャー、目を閉じて、わたしに心を開いてください」ミネルヴァは言った。

ロジャーが言うとおりにすると、ミネルヴァはひと呼吸置いて、ボウルのなかをのぞき込んだ。と、思ったら、すぐに体を起こし、「あらまあ」と言った。

14

何が見えるのかわたしに知らせたければ、ミネルヴァはきっと口に出して言うだろうから、わたしは黙ったまま彼女を見ていた。「すべてが流動的だわ。とても混沌としている。なかでも最も変わりやすい要素はあなた自身のようね。未来はあなたが行う決断によって大きく変わってくるわ」

ロジャーは目を閉じたまま、いらいらしたように言った。「だからあなたに相談しているんです。ぼくはどういう決断を下すべきなんですか?」

「それを見るにはもう少し深く入る必要があるわ。手を貸して」

ロジャーが片手を差し出すと、ミネルヴァはつけていた大きな花のブローチを外し、針を彼の指に軽く刺した。ロジャーは小さく声をあげ、一瞬目を開ける。「何するんですか」

「ごめんなさい。少しだけ血が必要なんだけど、あなたが構えてしまうと、質が変わってしまうから」ミネルヴァはロジャーの手をつかむと、ボウルの上にもっていき、指をぎゅっと押して血を数滴したたらせた。水のなかに血の渦が広がる。本当に必要なことなのか、彼をからかっているだけなのかはわからない。

ミネルヴァはロジャーの手を放し、あらためてボウルをのぞき込む。「なるほど。あなたが立てた計画は、あなたが成功するための唯一の道ね。これをやらなければ、あなたはどこへも行けない。失敗することがないかわりに、飛躍することもない。でもこれは、失脚への道にもなり得るわ」

「つまり、この計画を実行すると、大成功か大失敗のいずれかが待っている。そして、実行しなければ、行き詰まったままだということですか？」

「まあ、だいたいそんな感じね。この三つの結果にはいま現在、同程度の可能性があるわ。あ、ちょっと待って。現状維持が消えはじめている。あなたはもう決意を固めたわね」

「もうそれが見えるんですか？」

「すでに周囲に波及効果を生み出している。あなたが決断したので、続いて下さなければならなくなるほかの決断についても見えてくるかもしれないわ。ええと、そうね、ああ、あなたにとっての最も大きな脅威は、いまあなたが思っているものではないわ。具体的に何かまではわからないけど、あなたが見当違いの方向を向いているのはたしかね」

おそらくわたしのことを言っているのだろう。ロジャーがそう解釈しないことを祈る。もっとも、彼は傲慢すぎてわたしが脅威になるなど想像だにしないかもしれないけれど。きっと社内にいる別のだれかを疑うだろう。

「敵のひとりは昔から存在する人ね。もうひとりは新しいわ。人間関係全般をもう少し良好なものにした方がいいわね。さまざまな方面に味方をつくるべきだわ。いいえ、味方ではなく、友達ね。友達がいないというのは、あなたにとって大きなハンディとなる。なんらかの目的のために味方になった人は、うまくいかなくなったとき、あなたを助けないわ。でも、友達は違う。次の土曜日の夜は外出しないように。漠然《ばくぜん》としていて申しわけないんだけど、家の外へ出るという決断が大きな惨事につながっているのが見えるわ」

「で、いったいぼくは何をすればいいんですか？　具体的なことを教えてください」ロジャーは不満げに言った。

「望みをすべて叶えるための絶対に失敗しない方法を教えろということ？　そういうことが可能だという人がいるなら、それは真っ赤な嘘よ。深夜のインフォマーシャルでやっている自称霊能者の電話相談を信じたりしたらだめよ。彼らはあなたのクレジットカードの番号が欲しいだけだから。わたしに言えるのは、あなたの運命の木にはたくさんの枝があるということ。あるひとつの決断はあるひとつの結果に、別の決断は別の結果につながるの」

「じゃあ、どの決断を下すべきか教えてください」

「そこまで詳細が見えるわけじゃないわ。ただ、この先数週間、あなたは人生を変えるような決断に何度も迫られることになる。あなたはいま、非常に重大な人生の岐路に立っているわ」

「つまり、行動を起こすべきだと？」

「どういう形にせよ、あなたは行動を起こすわね。この数週間のうちにあなたがする選択は、選択をしないという選択を含めて、今後の人生を大きく変えるでしょう。でも、それが果たして、仕事を辞めて世界一周の船旅に出ることなのか、それとも、寿司を食べるのをやめた結果、食中毒で入院して行動を起こせなくなるのを回避できた、ということなのかはわからない」

「ぼくが成功する姿は見えますか？」

「ひとつの可能性として見えるわ。欲しいものをすべて手に入れる道がたしかに存在する。でもそれはあくまで可能性よ。そこにたどりつくには、すべての選択を間違えずにする必要がある。ひとつの選択は、そのつどあらたな選択肢をいくつも生み出すわ。わたしに見えるのは、大きな木。大枝の先にはたくさんの小枝がある。先へ行くほど不鮮明になるわ」

「では、幹から最初に枝分れするところの選択はなんですか？」

「明日の予定を実行するか、しないか、の選択ね。一方を選ぶと、あなたの計画は失敗への道を進む。もう一方には、成功の可能性がある」

「それで、どっちの選択がどっちの結果につながるんです？」

「残念ながら、わたしに見えるのは起こり得る結果だけ。何をすればそうなるのかはわからないわ」

ロジャーは明日、いったい何をしようとしているのだろう。

「いま見えるのはそれだけですか？」

「ほかに何か知りたいことがあるのかしら」

ロジャーは額にしわを寄せ、しばらく躊躇《ちゅうちょ》していたが、やがて言った。「ぼくの会社の運命は見えますか？」

「手がかりになるものが必要だわ。会社を象徴するようなものを何かおもち？」

ロジャーは目を開け、胸ポケットから会社の名刺を出した。ミネルヴァは名刺を受け取ると、それを顔の前に掲げて数秒目を閉じてから、ボウルの上でゆっくりと振った。水のなかをのぞき込み、顔をしかめると、ふたたび名刺を振る。「ごめんなさい。何も見えないわ。この名刺は本物？　水の状態を見るかぎり、この名刺はあくまで表向きのものにすぎないようなんだけど」

わたしは唇を噛んだ。ロジャーがこちらを見ていないといいのだけれど。ミネルヴァは彼にコレジウムであることを白状させようとしているだけのような気がする。

ロジャーは一瞬ためらったあと、おもむろにネクタイからタイタックを外した。「これならどうでしょう」

「やってみましょう」ミネルバはタイタックをボウルの上で振る。「ん～、あなたの運命と会社の運命は結びついているようね。あなたが成功すれば、会社も繁栄する。あなたが失敗すれば、会社も道連れになるわ」

「ぼくが行動を起こさなければ？」

「行動を起こさなければ、いまの状態が続くわね」

ロジャーの目にうぬぼれの炎が燃えあがるのがわかった。「つまり、すべてはぼく次第ということですね？　やはりこれがぼくの宿命なんだ」

ミネルヴァは横目でこっそりわたしの方を見ると、かすかに笑みを浮かべた。ロジャーは、自分が乗っ取り計画を実行しなければコレジウムはいまのまま安泰だという部分をまるっきり無視している。まあ、こちらとしては彼に失敗してほしいわけだから、あえて指摘するつもりはないけれど。

「ほかに知りたいことは？　株価の動向とか、スポーツの試合のスコアとか？」

「いいえ、結構。とても参考になりました」まぶしいほどの笑顔を見せて、ロジャーは胸ポケットから丸めた紙幣の束を出し、ミネルヴァに渡した。「ありがとう。また連絡します」

「わかりました」ミネルヴァはそう言って、受け取ったお金をたっぷり施された洋服のひだのどこかにはさんだ。

「では、ぼくはこれで帰ります。ケイティ、また明日の朝。ルームサービスで好きなものを頼んでかまわないよ」

ロジャーが部屋を出ていくと、ミネルヴァが言った。「じゃあ、せっかくだから、一杯いただいていこうかしら」

「そうしましょう」ルームサービスのメニューを見つけ、ドリンクとおつまみを注文する。

注文の品が運ばれてくるのを待って、ミネルヴァは静寂の魔術と思われるものをかけた。

「これは本当に使えるわ。彼によくお礼を言っておいて」

「あなたの方がわたしより先に会うと思うわ」つい恨めしそうな声になる。

「わかるわ。彼とあれとじゃ大きな違いよね」ミネルヴァはそう言って、ロジャーが出ていったドアの方に頭を傾ける。

「信じられないかもしれないけど、上司としては決して悪くないの。彼のサイコ的な側面を見たのはほんの数回だけ。ふだんはとてもいい人なのよ。こちらのニーズを推し量ってくれるし、仕事もきちんと評価してくれる。自分の邪魔になる人に対してやることが少々問題なだけで」

「そこよね。とりあえずあなたが見つけた魔術については、すべて対抗策を講じたわ。だから、うちの方も前進はしている。ええと、ほかに何を伝えておくんだったかしら」

「彼が明日しなければならない選択については何か見えた?」

「ごめんなさい、あれ以上のことは本当にわからないの。はっきりしているのは、一方の道を選べば失敗し、もう一方を選べば、依然として成功する可能性があるということだけ」ミネルヴァはグラスを飲み干す。「行動はしばしば想定したこととまったく逆の結果をもたらすわ。だからこそ、このての予言はとても難しいの。ある結果を回避するためにしたことが、まさにその結果を生むというのは、よくあることだわ。だから、わたしたちはできるだけ、何かを見つけたり、傾向を読んだりといったことだけに自分たちの能力を使うようにしている。だれかのために特定の行動の結果を読もうとするのはトラブルのもと。シェイクスピアはそのへんのことをよくわかっていたのね。予言が失脚をもたらすという悲劇がたくさんあるでしょう?」

ミネルヴァが帰ってしまうと、豪華なホテルのスイートにたったひとりでいることが奇妙に感じられた。自分の携帯電話があれば、オーウェンにかけたくなっていただろう。残念ながら、会社の電話しかもっていない。記録が残るだろうから、部屋の電話を使うこともできない。

あらためて部屋を見回す。高級ホテルのスイートにただで泊まれるなんて、これが最初で最後かもしれない。ふと、自分はまもなくとても裕福な人と結婚することを思い出した。自宅を別にすれば、オーウェンはまったく金持ち然としていないので、つい忘れてしまう。彼がこういう場所を好んで使うとは思わないけれど、特別な日にはこのての贅沢もいいのではないだろうか。たとえば結婚式の夜とか。

まあ、それには、普通の生活に戻って結婚式の準備を再開できることが前提になるけれど。でも、ミネルヴァはこの数週間で運命は決まると言っていた。そのスタートとなるのが明日だ。

次の日の朝、ロジャーがすることになる大きな決断が判明することを期待して会社へ行った。オフィスに着いたとき、ロジャーの姿は見えなかったので、とりあえず転記の続きに取りかかる。台帳の内容は、計画の下準備が終わり、実行に移す段階に入った。著者は、最初に書かれていた魔術を使って失脚させたい人たちのオフィスに侵入し、内部からクーデターを起こしたらしい。読みながら思わず身震いした。彼は魔術を開発しながら台帳の前半を書いたが、実際に使用するのはあとになってからだったようだ。ロジャーも台帳をすべて読んでから行動を起こした方がいいように思えるが、彼がそうしたくないならしかたない。特にアドバイスも求められていないし。

お昼に書き写したものをもってオフィスへ行くと、依然として目をぎらぎらさせたロジャーがいた。ロジャーはわたしがもってきた紙をちらりと見ると、たとえ歯磨きのコマーシャルでもやりすぎだと思えるような笑顔を見せた。「これだ！　これだ！　これこそ今日、ぼくがやるべきことだ！」

また例によって、映画なら稲妻《いなずま》が光り雷鳴がとどろく瞬間だ。思わず一歩下がったが、彼は

がいる」

ロジャーは椅子から勢いよく立ちあがる。「行くぞ、ケイティ。訪ねなきゃならない人たちがいる」

訪ねる？　どうやら、いますぐ最上層部のオフィスに侵入して彼らを倒すわけではないらしい。電話を耳に当てながらものすごいはやさで歩くロジャーを、わたしは小走りで追いかける。「きみの古い友人たちのところへ行くよ」エレベーターに乗り込むと、ロジャーは言った。「ひどい仕打ちをした連中を懲らしめるチャンスだ。おおいに楽しんでくれ」

「それは楽しみです」内心は震えあがっていたが、なんとかそれらしい口調をつくろう。一刻も早くMSIに知らせたいけれど、もちろん電話はできない。ミネルヴァが昨日のことをマーリンに報告しているだろうから、運命の分かれ道となるかもしれない今日に備えて何か対策を取っていることを祈るしかない。

ロジャーはこちらの緊張に気づいていないようだ。きっと頭のなかでマーリンにする予定の脅しのスピーチのおさらいでもしているに違いない。わたしが潜入調査をしていることを知っている人はMSIにどれくらいいるだろう。だれかが間違ったタイミングで間違ったことをひとこと言うだけで、すべてが台無しになりかねない。そしてまた、任務のことを知らない人にロジャーといっしょにいるところを見られれば、信頼を回復するのはかなり難しいだろう。それにしても、わたしを連れていく理由がよくわからない。まさか本当に元雇用主にリベンジする機会を提供しようとしているの？　よかれと思って？

車に乗っている時間は短かった。ロジャーは少しでも早く目的地に着きたくて、運転手にわたしの感覚を狂わせるための迂回は必要ないと言ったのだろうか。ほとんど歩ける距離のような気さえするが、マンハッタンでの運転は停止と発進を何度も繰り返すので正確なところはわからない。

車が目的地に止まり、運転手がドアを開けたとき、わたしはまだ心の準備ができていなかった。こんな形で——社員ではなく、敵として——ＭＳＩの社屋に入るのは妙な感じだ。

正面玄関のオーニングの上のいつもの場所にサムがいた。わたしを見ても反応しない。ひょっとして、サムは自分をロジャーには見えないようにしているのだろうか。その問いの答は、次の瞬間はっきりした。サムがさっと舞いあがり、わたしたちの後ろをついてきても、ロジャーは振り向くことすらしなかった。

大聖堂を思わせる巨大なロビーを見て、思わず涙が込みあげる。さっさと任務を終わらせて、早くここに戻ってきたい。やることは決まっている。邪悪な陰謀を阻止して、魔法界のマフィアを倒せばいいだけ。大丈夫。お安いご用だ。

ロビーの警備員は昔気質の執事のような風貌をしているが、とても大きな魔力をもつ魔法使いだ。ロジャーは彼の横を平然と通り過ぎ、正面の階段に向かっていく。「すみません」警備員の呼びかけを無視して歩き続けたが、最初の踊り場で何やら見えない壁にぶつかり、危うく階段を転げ落ちそうになった。わたしにはなんの影響もなかったので、悪態が聞こえて振り返り、はじめてバリアがあるらしいことに気がついた。

「どちら様でしょうか。訪問のお相手とご用件をおっしゃってください」警備員は言った。

「わたしにはたてつかない方が身のためだぞ」ロジャーはすごむように言った。

「訪問のお相手は？」警備員はまったく動じることなく続ける。

「マーリンだ。マーリンに会いにきた」

「少々お待ちください。あなた様がいらっしゃったことを伝えます」警備員はコンソールのボタンをいくつか押す。「たてつかない方が身のためだとおっしゃるお客様が社長との面会を求めていらっしゃいます」しばしの沈黙。「わかりました。あがっていただきます」警備員はロジャーに向かってにっこりほほえんだ。「では、最上階へどうぞ。社長がお待ちです」

警備員のあくまで丁寧な態度はロジャーをさらに憤慨させた。一瞬、彼に何かするかに見えたが――サムも同じことを感じたらしく、警備員のデスクにふわりと舞い降りていつでも反撃できる体勢を取った――幸い、ロジャーは怒りを抑え、くるりときびすを返すと、踊り場に立つわたしの横をかすめるようにして階段をのぼりはじめた。

サムはふたたび舞いあがり、マーリンのオフィスまでずっと後ろをついてきた。トリックスも状況を把握しているようだ。警備員に負けず劣らずクールな態度でわたしたちを迎える。

「お待ちしておりました。どうぞなかへ」ただし、声がほんの少し震えていたかもしれない。トリックスは何かの合図を求めるかのようにわたしの方をちらりと見たが、わたしはあえて反応しなかった。ロジャーはいまこの瞬間、わたしの存在をほとんど忘れているかもしれないけれど、ほんのささいなことですべてがぶち壊しになる可能性があるので、リスクはいっさい冒せない。

社長室にはいまいちばん会うのを避けたかった人がいた。オーウェンはたまたまマーリンといっしょにいたのだろうか、それとも、ロビーから連絡が入ったときに、急遽《きゆうきよ》こっちに来たのだろうか。自分がどんな反応をしてしまうかわからないので、オーウェンとは目を合わせないようにした。それに、彼の方をまったく見なければ、ロジャーはそれを元婚約者《フィアンセ》に対する嫌悪の表れと取るかもしれない。

マーリンはデスクの向こう側で立ちあがると、笑顔で言った。「ようこそいらっしゃいました。どのようなご用件ですかな」

ロジャーは意表をつかれたようだ。怒れる獣をいなすにはこちらに戦う意志がないことを示すのがいちばんだということだろうか。「お話があります」ロジャーは言った。

マーリンは椅子を指さす。「どうぞお座りください。お茶はいかがですか?」

ロジャーは混乱したように顔をしかめ、椅子に腰をおろした。そして、自分がマーリンの命令に従ったことにいま気づいたかのように瞬《まばた》きをした。「ああ、いえ、結構です」マーリンは腰をおろしながら言った。

「ミス・チャンドラー、あらたな仕事に就かれたようでなによりです」

わたしはロジャーの横に座る。「自分の能力を認めてくれる人がいるのというのはいいものです」ＭＳＩに恨みをもつ元社員という設定だったことを思い出し、役を演じる。「この街に免疫者《イミューン》を必要としている会社がほかにもあることをもっと早く知っていれば、とっくに辞めていたんですけど」

「あなたがそんなふうに感じているのでしたら、それは残念なことです」マーリンはさらりと言うと、ロジャーの方を向いた。「わたしの部下をご紹介しましょう。こちらは研究開発《R&D》部の責任者で理論魔術学の才器、オーウェン・パーマー。いまちょうど、彼が分析中の古い魔術について話し合っていたところです」

「席を外した方がよければ……」オーウェンはそう言って立ちあがろうとする。

「いいえ、かえってよかった。このままいてください」ロジャーは言った。いつもの落ち着きを取り戻している。

「それで、お話というのは？　ミスター……ああ、まだお名前をうかがっておりませんでしたな」マーリンは言った。

「ロジャーと呼んでください」

　重く冷ややかな空気に、わたしは思わず身震いした。男たち三人はこの状況に心地悪さを感じていることをいっさい見せまいとしている。ロジャーの魔力のレベルについてはまだよく知らないが、マーリンとオーウェンは魔法界で一、二を争うパワフルな魔法使いだ。そして、サムもひそかにそばに控えている。戦いになった場合、どちらが優位かは明らかだ。

　でも、それはロジャーもわかっているはず。正面切っての直接対決は彼のスタイルではない。ここへは弱点を探りにきただけだろう。そしておそらく、あとで彼らの不意を衝いて戻ってくるため、ビーコンを置いていくつもりなのだ。それがおそらくＭＳＩを乗っ取るための次のステップになるわけだが、ミネルヴァが見た未来を左右する重要な決断というのはこのことだろうか。

「では、ロジャー、お話というのはなんでしょうか」マーリンはにこやかに言ったが、嫌悪感を隠すつもりはないようだ。

「あなたの前任者には、少々問題があったようですが……」

「倒すためにわたしを呼び戻すという策略のことですかな?」そう答えるマーリンの笑みには、ほんの少し背筋を寒くさせるものがあった。

「ええ、それです。でも、その一方で、彼はわれわれ双方にとって有益なビジネスを構築してもいます。わたしはその関係を復活させたいと考えています」

「ああ、コレジウムのことを言っておられるのですな? 率直に申しまして、あの組織と関わりをもつことに利点は見いだしがたい。わたしは、コレジウムに対抗するために、のちに株式会社マジック・スペル&イリュージョン《魔法・呪文&めくらまし》となる組織を創設したのです。まあ、当時はそちらもコレジウムという名称ではありませんでしたが」

「あなたのご事情を考えれば、われわれの組織についての知識が少々古かったとしてもいたしかたありません」ロジャーは言った。「当初は黒魔術を使って統治者たちを操ることに重点を置いていましたから。しかし、いまは、さまざまな産業界にまたがる複合企業体としてビジネスを行っています。御社にも利益をもたらすことができると思います」

「どのように?」

「御社に新しい顧客をもたらします。わたしたちに協力させていただければ、今後、競争に直面することはなくなるでしょう」

「すでに競合相手はいないに等しい状態ですが」

「昨年のような危機に見舞われることも二度となくなりますよ」

「わたしの勘違いでなければ、あの危機は基本的にあなたがたの組織がもたらしたものだったはずですが。アイヴァー・ラムジーはコレジウムの一員であり、フェラン・イドリスを背後で操っていたのも彼です。ですから、ふたたびコレジウムと関わることがこちらの利益になるとはやはり思えません。魔術のカスタムオーダーやボリュームライセンスのディスカウントをご所望でしたら、もちろんご相談にのりますが、わが社は今後も反コレジウムの姿勢を維持していきますので、その点はどうぞ誤解のないようお願いいたします」マーリンは立ちあがり、ミーティングの終了をほのめかした。「ほかに何かお話しされたいことはございましたか？」

　ロジャーは動かない。「あなたは過ちを犯している。どれほど大きな過ちか、お気づきじゃないようだ。わたしたちはすでに御社の上層部に人員を配している。もしあなたの身に何かあれば、この会社は一瞬にしてわれわれの支配下に戻りますよ」

「そうでしょうか」片方の眉をくいとあげて、オーウェンが静かに言った。脅しとはほど遠い口調だが、わたしは彼をよく知っているので、いますぐどこかに身を隠したくなった。マーリンでさえ、少しずつオーウェンから離れはじめている。「あなたは自分が考えている以上に抵抗を受けることになりますよ。それに、あなたの人員はあなたが思うほどよいポジションにはいない」

ロジャーは危険に気づいていないようだ。あるいは傲慢すぎて、危険を探すことすらしないのだろうか。立ちあがり、スーツの上着を整える。「そうですか。それは残念です。お互いよいパートナーになれると思ったのですが、ご協力いただけないならいたしかたない。こちらとしては、別の方法で御社から必要なものを手に入れるしかありませんね」

そう言うと、ロジャーは部屋を出ていった。わたしは慌てて彼のあとを追う。サムがふわりと舞いあがり、わたしたちを追い越していった。正面玄関のオーニングの下を通るとき、髪に何かが落ちたのを感じた。顔をあげると、ウインクするサムが見えた。コートの襟から髪の毛を出すふりをして、髪のなかに入り込んだ小さな石のようなものを取り出し、そっとポケットに入れる。心臓の鼓動がはやくなる。ついに車を追跡する方法を見つけたのだろうか。それとも、これはビーコン？

会社に戻る車のなかはさぞかしぴりぴりした空気になるかと思いきや、ロジャーはすべて想定どおりにことが進んだかのように悠然としている。「ケイティ、いまのをどう思った？」ロジャーは訊いた。

「協力的ではありませんでしたね。彼らは基本的にかなり頑固です。こうであるべきだと思ったことは、なかなか変えようとしません」

「オーウェン・パーマーはきみの元婚約者だね？」

わたしはうなずく。

「彼のパワーは評判どおりなのかな」

「そう思います。彼が魔法の戦い《マジカルバトル》に勝つところを何度も見ていますから。世に出ていない魔術もたくさん知っているようですし」

ロジャーはにやりとした。「そういう魔術ならぼくも相当数知っているよ。おそらく彼が見たこともないようなやつをね」

思わずにやりとしそうになり、必死に堪《こら》える。顔が赤くなっていないといいのだけれど。

「とにかく研究熱心です。ほとんど趣味ですね、あれは。実は、それが婚約破棄の原因のひとつでもあるんです。暇さえあれば古い文献ばかり読んでいて、結婚式の準備にはまったく関心がないようでした」

「だが、彼もぼくとはまだ対戦したことがない」

会社に到着して駐車場から社内に入るとき、思わず息をのんだが、警報は鳴らなかった。ポケットに手を入れてビーコンの存在を確認したかったけれど我慢する。エレベーターをおりたときも、何も起こらなかった。最後の関門はオフィスエリアに入るときだが、どきどきしながらオフィスに通じる廊下に足を踏み入れたときも、警報は鳴らず、行く手を塞ぐ壁が出現することも、武装した警備員たちがわたしに向かって走ってくることもなかった。ほっとしてどっと疲れが出るのを感じながら、自分のオフィスに向かおうとしたとき、ロジャーが言った。

「いっしょに来てくれるかな。ＭＳＩについてきみの知恵を借りたい」

ついに恐れていた瞬間がきたようだ。任務の一部とはいえ、ＭＳＩを裏切らなくてはならない。あるいは、裏切るふりをする必要がある。嘘をつくなら、慎重にやらなければならない。

手のひらの汗をそっとスカートでふきながら、デスクをはさんでロジャーと向かい合って座る。

「何をお知りになりたいんですか？」

「マーリンのオフィスにはどのようなセキュリティーシステムが敷かれていたかな。なんらかの対策は取られていたと思うのだけど」

「おそらく魔法除け《ワード》をかけていたと思います」ガーゴイルがひそかにロジャーの一挙一動を見張っていたことには触れなかった。そもそも彼は社長室の通常のセキュリティーシステムには含まれていないし。「魔法除け《ワード》はわたしには効かないので、どういった種類のものなのかはわかりません。ほとんどの部署はここと同じようなキーカードタイプのロックを使っています。それはわたしにも有効です。魔法で稼働させているだけで、ロック自体は物理的なものですから。システムは頻繁《ひんぱん》にアップデートされているようです」

「ボディーガードは？」

「マーリンには必要ありません。武器をもった強盗を汗ひとつかかずにやっつけるのを見たことがありますし、魔法の戦い《マジカルバトル》では決して負けませんから」

「では、ふだんはたいていひとり？」

「そうですね。オフィスにいないときに何をしているかはわかりませんけど」

「パーマーは？」

「彼は基本的に会社に入り浸りですけど、まあ、そうですね、ひとりでいることが多いと思います。ひとり暮らしですし」過保護な母親のような猫が一匹いるのを別にすれば。

ロジャーはにやりとした。まなざしは冷たく鋭い。「なるほど、ありがとう。とても参考になったよ」

彼らに電話して警告できないのがもどかしい。もっとも、今日のようなことがあって警戒態勢を強化しないようであれば、わたしが警告したからといって大した効果はないだろう。自分のオフィスに戻ったものの、ロジャーが何を企んでいるのかが気になって仕事に集中できない。ガードが緩んだときを見計らって、魔法で彼らのもとへ移動し、カエルにするつもりなのだろうか。

一時間ほどたったとき、怒り狂ったロジャーの叫び声が聞こえた。わたしは即座に立ちあがって走り出す。また何か魔法で保護された本にでも触ったのだろうか。

彼のオフィスへ行くと、ロジャーが床の上の光る輪の中央に立って、拳《こぶし》を握りしめていた。

「どういうことだ、魔術が効かない」

15

「どうしたんですか？　大丈夫ですか？」ロジャーから十分距離を取りつつ訊く。こんなに激怒している彼を見るのははじめてだ。これまで彼が怒りを表すときは、いつも恐ろしいほど冷ややかで淡々としていた。いまの彼は、だれかを殴りつけそうな顔をしている。わたしがその相手になるのはごめんだ。

ロジャーはすぐに冷静さを取り戻して言った。「向こうへ移動できるはずなんだ。ビーコンを置いてきたし、すべての手順を正確にやった。転記する際にミスがあったということはないよね？」

幸い、この魔術は、一部に手を加えるというアイデアを思いつく前にロジャーに渡したものだ。「でもたしか、すでに一度うまくいっているのでは？」

「ああ、そうだった」

「これは百年も前の魔術です」わたしは言った。「ＭＳＩは古い魔術も研究しますが、魔法に関しては常に最先端にいることを心がけています。セキュリティー用の魔法《ワード》除けをアップデートしたのかもしれません。あるいはオーウェンが、台帳のもち主と同じ出典でこの魔術を見つけて、安全対策に導入したという可能性もあります」

ロジャーは片手を振って光の輪を消した。「では、別の方法を考えよう」肩をすくめて言う。「マーリンを捕らえるのは今日でなくてもいい」

「このところやけに忙しそうじゃないか」背後で低い男の声が聞こえた。振り向くと、シルバーグレーのスーツに身を包んだ、体格のいい銀髪の男性が立っていた。ものすごい威圧感を感じる――魔法使いとしても、人としても。全体会議のとき、階段席の最前列にいた人だ。自分より上位の人に不意をつかれたにもかかわらず、ロジャーはまったく態度を変えなかった。

「忙しいのはいつものことですよ。だからこれだけ仕事ができているんです」

銀髪の男性はオフィスに入ってくると、デスクの前の椅子に腰をおろし、しばらくいるつもりであることをほのめかすかのように、背もたれにもたれて脚を組んだ。ロジャーはほんの一瞬躊躇《ちゅうちょ》したように見えたが、すぐに悠然とデスクの後ろに回り、玉座のような自分の椅子に座った。わたしは壁の上のハエになったつもりで身動きせずに立っていた。ふたりがわたしの存在を忘れてくれることを願いつつ。

「妙だな。そのわりには結果が出ていないようだが」男性は言った。特別仕立てのスーツから、毎日理髪店に行っているのではないかと思えるほど一ミリの乱れもないヘアスタイルまで、あらゆる部分に高級感が漂っている。きっと、高級な料理を食べ、高級なワインを飲み、高級なアートを楽しみ、自分の美意識にそぐわないものはいっさい受けつけないタイプの人に違いない。「それだけ忙しいなら、かなりの成果があがっていていいはずだよ。何か勝手なことをしているんじゃないだろうね」

「いまは調査段階にあるということです。最近、ある貴重な情報を入手しました。然《しか》るべき形で利用すれば、われわれに大きな利益をもたらします。ただ、解読するのに若干時間がかかっていまして、いまアシスタントとともに鋭意取り組んでいるところです」そう言ってロジャーがわたしを指さすと、上司の男性ははじめてこちらを向いた。わたしは小さく手をあげる。

「彼女は免疫者《イミューン》なので、厳重に魔法除け《ワード》をかけられた資料にも難なく触れて書き写すことができます。これが完了したら、全魔法界への道が開けるでしょう」

「それなら、われわれがこれまで何世紀もやってきた方法でやればいいじゃないか。内部に人を送り込み、だれにも気づかれないうちに少しずつ確実に乗っ取るという方法で」

「そのやり方は昨今、以前ほど有効ではなくなっていると思いませんか?」ロジャーの目に例の捕食動物的な光が宿る。「この一年あまりの間にわれわれはいくつ主要な会社を失ったでしょう。ヴァンダミアを失い、ＭＳＩに対しては、大きな賭けに出て結局失敗しました」いま、ふたりのいずれもこちらを見ていなくて助かった。感情をうまく隠せている自信がない。そのふたつの失敗の大きな要因となった人物がいま同じ部屋にいると知ったら、ふたりはどんな反応をするだろう。それにしても、ロジャーは実際に、ＭＳＩでのわたしの役割についてどの程度知っているのだろうか。魔法界ではそこそこ有名になったつもりでいたけれど、案外そうでもなかったらしい。

ふと、ロジャーがヴァンダミア社を取り戻した件について触れていないことに気がついた。やはり、一連のことはコレジウムに内緒でやっているようだ。昇進したければ、真っ先に口にしているはず。

「MSIは絶対にものにする」上司は言った。「もはや時間の問題だ。マーリンが問題だが、いずれ必ず排除する」

「マーリンは特に問題ではありませんよ」ロジャーがにやりとして言った。「彼は飾りにすぎません」

「そのとおり。別の飾りを用意すればいいだけだ。皆が信頼し、かつ、われわれの自由になる飾りをね。MSIの社員たちは自分たちがわれわれのために仕事をしていることを知る必要はない」

「候補者はいるんですか?」ロジャーは訊いた。

「知っていると思うが、われわれは評議会《カウンシル》にも人を送り込んでいる。まあ、それはきみが気にすることではない。きみは若くて野心があり、頭も切れるが、まだ経験不足だ。いまは会社に金をもたらすことに全力を注いでくれればいい。古い魔術の解読などで時間を無駄にするのはやめることだ。さっききみは、危うく組織の連結構造を破壊するところだった。もう少しで、今夜、帰宅するのに航空券を買わなければならなくなるところだったんだ。金をつくっていると言うなら、そろそろ結果を見せてくれ」そう言うと、上司は立ちあがって上着のしわを伸ばし、わたしに軽くうなずいて部屋を出ていった。

期待に反し、ロジャーは叱られた子どものような態度はみじんも見せなかった。目玉こそ回さなかったけれど、まったく怖じ気づいた様子はない。「黙っていてくれてありがとう」ロジャーは言った。「ぼくたちがやっていることを口外しないようあえて言ったことはないのに、察してくれていたようだね。さすが頭のいい人だ」

わたしは肩をすくめる。「ヴァンダミア社を取り戻したことを彼に知らせたかったら、ご自身でお話しになったでしょうから。わたしが口を出すことではありません」

ロジャーは珍しく暗い表情になる。「きみはこれが予言者の言っていた重大な決断だと思うかい？　今日、未来を左右する何かが起こることになっている。すでにそれがなされたのか、まだなのかだけでもわかればいいんだが。人生を変えるようなことをした実感は、正直ないよ」

「そういうことは、たぶんずっとあとにならないとわからないんだと思います。大きな変化は往々にして、ほんのささいなことがきっかけでもたらされるような気がします」たとえば、歩くかわりに地下鉄で会社に行くことにしたりとか。あの朝、もしそうしていなかったら、わたしはオーウェンと出会うことも魔法の存在を知ることもなかったかもしれない。それとも、いずれなんらかの形で彼らはわたしを見つけていたのだろうか。

「もしかすると、なかに入るにはまだ準備が不十分だと知ることだったのかもしれないな。とにかく、上へ行って行動を起こす前に、どうしてもMSIを取り込んでおく必要がある」視線がどこか遠くへ向かっている。わたしにというより、自分自身に言い聞かせているようだ。わたしがまだここにいること自体、忘れているかもしれない。

ロジャーはふと我に返ったように瞬《まばた》きをした。「ゆうべはホテル泊だから、今日はもう帰っていいよ。ゆっくり休んで」

「ありがとうございます」いまならここにビーコンを置いていける。ＭＳＩは直接ロジャーのオフィスに移動したいだろうか、それとも、まず別の場所に入ってからここへ来たいだろうか。自分のオフィスには置きたくない。万一見つかったら大変なことになる。となると、やはりロジャーのオフィスが妥当だろう。

ロジャーがデスクの上の書類に目を落とすのを確認してから、ドアに向かって歩き出し、ポケットに手を入れてビーコンをつかむと、ドアの横のイチジクの鉢植えのなかにそっと落とした。ビーコンは根もとを囲む飾り石のなかにうまく紛れ込んだ。

オーウェンたちがあのビーコンで何をしようとしているのか気になるし、彼らに知らせたいこともある。家に帰ると、すぐにまた外に出て、通りを歩きながらマルシアに電話した。「早急にオーウェンに会いたいの。でも、細心の注意が必要」

「いつも以上にってこと？」

「今日、コレジウムの上層部のひとりに会ったの。彼がわたしにどの程度注意を払ったかはわからないけど、ロジャーを不審に思っていることはたしかだわ。わたしが彼なら、わたしのことを見張るわね」

「わかった。ちょっと待ってて」

ほかにやることもないので、そのまま買い物に行った。特に必要なものも欲しいものもなかったが、コレジウムの監視下にじっとしていたくなかった。家の外で比較的普通の人たちに囲まれていたかった。一時間ほどあれこれ服を試着し、何着か明るい色の服を買った。自ら好んで黒い服を着ることは、当分ないような気がする。

携帯電話が鳴り、出るとマルシアが言った。「グランドセントラルへ行って。そこから先どうするかは、たぶんあなたの方がわかってると思うわ」

地下鉄の駅までほんの一ブロックだったので、駅に向かって歩き出す。そのときふと、つけられているような気がした。魔力はなくても、だれかにじっと見られていると、なんとなくわかるものだ。もしかするとコレジウムとは無関係かもしれないが、慎重を期すに越したことはない。

ただ、すでに地下鉄の入口まで来ていたので、いま方向転換して別の場所に向かうのは、わざわざ尾行に気づいたことを教えるようなものだ。そしてそれは、そもそも尾行を警戒していたことを明かすことでもある。

改札を通り、ホームのなかほどまで行く。ラッシュアワーの駅は人であふれていた。おかげで、振り向いて尾行者を確認したあと、まわりの人たちに隠れながら、さりげなくその男の動きを追うことができた。これだけ過敏になっていなければ、男のことなど気にとめなかったかもしれない。全身黒ずくめでもなければ、トレンチコートに中折れ帽という格好でもない。なんの変哲もないごく普通の男性という感じだ。最初に気づいたときからきっちり六メートルの距離を維持してついてくることを除けば。

わたしに気づかれたと思っている様子はまったくない。こちらが免疫者《イミューン》であることは知っているはずだから、自分の姿が見えていないと思っているわけではないだろう。とにかく、わたしが気づくとは夢にも思っていないという態度だ。

彼は同じ車両の、わたしがいるのとは反対側の端に乗った。たとえこちらへ来たくても、すし詰め状態の車内を移動してくるのは不可能だろう。予定どおりグランドセントラルで降りるべきだろうか。彼をオーウェンのいるところへ引き連れていきたくはない。でも、オーウェンのプランがわたしの考えているとおりのことだったら、特に問題ではないだろう。うっかり見失ってしまったように見せかけるには、前後のどの駅よりグランドセントラルが適している。万一まくことができなかったら、そのときはS線に飛び乗ってタイムズスクエアへ行けばいい。

ドアが閉まるぎりぎりで電車を降りたのは、特に作戦というわけではなかった。車内があまりに混んでいて、なかなかドアにたどりつけなかっただけだ。閉まる扉にご注意くださいというアナウンスを聞きながら、人混みに紛れて歩き出す。尾行者の男が電車を降りられたかどうか気になったが、振り返るのを我慢し、ひたすら人をかき分けて出口を目指した。

ショップが並ぶモールのようなエリアまで来ると、ウインドウを眺めるふりをして立ち止まる。ガラスに映る男の姿が見えた。特に焦っているような感じはない。もしかすると、彼らはただ、わたしが何をするのか確認したいだけなのかもしれない。上司がロジャーのオフィスを出たあと、すぐに帰宅を許されたので、ロジャーに何か命じられたと思った可能性もある。残念ながら、わたしがやろうとしているのはロジャーのためではなく、わたし自身の任務だ。

本屋のなかをしばらくぶらぶらする。尾行者を死ぬほど退屈させるにはうってつけの方法だ——彼も本屋をぶらつくのが好きだというのでないかぎり。男は入口付近にとどまっている。

店を出るには必ず彼のそばを通らなければならない。

店のいちばん奥まで行ったとき、だれかに腕をつかまれ、書棚の裏に引っ張り込まれた。目の前にわたしのクローンのような人物がいて、思わず二度見をする。

よく見ると、マルシアだった。金髪を茶色のウィッグで隠し、わたしのそれとよく似たジーンズとスニーカーを履いている。「よかった、思ったとおりの格好をしてるわ。本屋に来たのはオーウェンの予想どおりね」マルシアは言った。

「これもプランの一部?」

「見張られているかもしれないって言ってたでしょ?」

「実際、そのとおりだったわ」

「セール本の近くにいる男?」

「そう。少なくともアスター・プレイス駅の外からずっとついてきてる」

「わかった。あなたはここで待ってて。わたしが彼をおびき出すわ」

わたしはあらためてマルシアを見る。髪はほぼわたしの色で、身長もだいたい同じだが、よほど不注意でないかぎり彼女をわたしと間違えることはないだろう。

「大丈夫よ。魔法をかけてもらってるから」わたしの懐疑的な顔を見て、マルシアは言った。

「彼の目には、わたしはあなたとそっくりに見えるの。でも、念のため、あなたの方も少し変わってもらうわ。まず、コートを交換しましょう」わたしのはカーキ色で、マルシアのは黒なので、それだけでも外見はずいぶん変わった。マルシアは続いて鞄から毛糸の帽子を取り出し、わたしの頭にかぶせると、さらに目もとを太縁のめがねで隠した。「よし、これで十分別人だわ。オーウェンにはどこで会えばいいかわかってるのよね？」

「見当はついてる」買い物袋をマルシアに渡し、彼女の鞄を受け取る。「じゃあ、やってみましょう」

マルシアが男のすぐ前を通って店を出ていくのを書棚の陰から見届ける。男は少し間を置いてから、あとに続いた。ほかに怪しい者はいないか周囲を見回し、尾行者が彼だけだったらしいことを確認すると、ふたりの姿が完全に見えなくなってから店を出て、プラットホームへおりた。

これだけ人が多い時間帯に秘密の通路へ向かうのは、少々リスクがある。一方で、人混みのなかに消えることができるという利点もある。まただれかに腕をつかまれ、振り返るとオーウェンがいた。どうやら、文字どおり消えることになりそうだ。

ホームから電車が出ると、すぐさま線路に飛びおりてトンネルのなかまで走り、壁の隙間を這ってくぐり抜けた。「ここにはドラゴンがいるんじゃなかった？」わたしは訊いた。硫黄のにおいが鼻をつく。

「彼らにはもっといい家を見つけてやったよ」

「前回ここに来たときもそう言ったけど」

「本当だよ。あのあと戻って全員移動させた」

「その後、別のが来てたりはしない？」

「絶対来ていないとは言いきれないけど、ぼくは彼らの扱い方を知っている」

　貴重なふたりきりの時間だ。ドラゴンについて言い合っている場合ではないけれど、オーウエンもわたしもぴりぴりしていた。「ビーコンを受け取ったわ。ていうか、あれはビーコンでいいのよね？」

「よかった。きみならすぐにぴんとくると思ったよ。どうやら警報は鳴らなかったようだね」

「そう思うけど。ひそかにサイレントアラームが作動していて、それでつけられたわけじゃないなら」

「どこに置いた？」

「ロジャーのオフィスの鉢植えのなか。ほかに思いつかなくて」

「完璧だよ」

「まさか、自ら彼のオフィスに瞬間移動するとか、ばかげたことは考えてないわよね？」

　ここがもう少し明るかったら、間違いなく彼の顔が赤くなるのが見えただろう。「その魔術とコレジウムの最上層部のところへ行くことを可能にするもうひとつの魔術を使えば、組織をいっきに潰すことができるかもしれない」

「ロジャーは魔法除け《ワード》をかけてないと思うの？」

「彼は傲慢だときみも言ったろう？　こちらが台帳に書かれた魔術を知っているとは想像だにしていないんじゃないかな」

「実は彼、今日の午後、自分をＭＳＩに瞬間移動させようとしたの。でも、あなたの魔法除け《ワード》に阻まれて失敗したわ。だから、少なくとも、あなたがこの魔術に対抗できるだけの知識をもっていることは知ってる。反撃を予想しているかどうかはわからないけど、奇襲攻撃は本当にベストな方法かしら」

「ほかにどんな方法がある？　ぼくらはマフィアを潰そうとしているＦＢＩじゃないんだから、裁判で相手を有罪にできる証拠が必要なわけじゃない。ただ彼らを阻止できればいいんだ」

「でも、完全に解体できなきゃ意味がないわ。あなたはこの組織の規模を見ていない。トップを倒しても、別のだれかがのしあがってその地位につくだけだわ」

「彼らが他の組織や個人に力を及ぼす手段を奪ってしまえばそうはならない」

わたしはため息をついた。「そうね、そうかもしれない。いずれにせよ、悠長に構えてはいられないわ。ロジャーの上司がＭＳＩを乗っ取る話をしてた。マーリンを排除して、評議会《カウンシル》のだれかを社長の座に据えることで、ＭＳＩをふたたび自分たちの会社にしようとしてるみたい」

「評議会《カウンシル》のだれか？　どの委員だろう。ジェイムズとグロリアに訊いてみないと」オーウェンの養父母はかつて評議会《カウンシル》の委員を務めていたことがあり、いまでも大物たちとつき合いがある。

「とにかく、ロジャーは上のだれかがそうする前にＭＳＩをものにしようとしてる。そうすることで、自分がトップに立ったとき、すでに権力基盤ができているようにしたいのよ。彼が具体的に何を目指しているのかはまだよくわからないけど、これまでコレジウムが秘密裏に悪事を働いてきたのに対して、どうやら彼はもっとおおっぴらに世界を支配したいみたい」

「ミネルヴァは絶対に彼を止めなきゃならないと言っていた。彼の計画が成功すると何か恐ろしいことが起こるのが見えたらしい。幸い、いまのところ彼はすべてにおいて適切な選択をしている。彼にではなく、ぼくらにとってね。だから、できるだけ早く行動を起こすべきなんだ。彼がこれ以上先に進む前に止める。そして、コレジウムそのものを潰す」

「秘密裏に活動できなくさせたら、それだけでもコレジウムにとってはかなり大きな打撃になるんじゃないかしら。彼らがやってきたことの証拠を魔法界に示すことで、組織を倒せるかもしれない。コレジウムには巨大な記録保管庫があるの。一度しか行ったことがないから何があるのかわからないけど、かなり昔の記録まで残ってるわ。ほとんどはあなたに翻訳してもらう必要があると思うけど、きっと何か使えるものがあるはず」

「必要なのはむしろ最近の記録だな。上層部についてはどんなことがわかってる？」

「ロジャーの上司に直接会ったのは今日がはじめてよ。ロジャーはわたしの存在を上に隠していたみたい。今日もわたしのことはアシスタントと言っただけだった。例の魔術を使って最上層部のオフィスに忍び込みたいところだけど、残念ながら、免疫のせいでそれは叶わないわ」

「でも、魔法を使える者たちがすでになかにいる」

「潜入したのはわたしがはじめてなんじゃなかったの？」そう言ってから、ふと気づいた。「なるほど、カエルの池にはコレジウムに恨みをもつ人たちがわんさかいるわね」

「どうすればいいかは知っているよね？」

すべきことを想像して思わず身震いする。「カエルの池には特にセキュリティーチェックを受けなくても行けるようだから、下に行って何匹かにキスすることは可能かもしれない。彼らのために、魔術を書き写さないと」

「お互いに連携する必要があるな。明日の午後、ロジャーはオフィスにいるかな」

「さあ、どうかしら。いつも綿密にスケジュールを立てて行動しているわけじゃないから。ハーピーに会いにいくかもしれないし、魔法のパン屋を営む小さなおばあさんを脅しにいくかもしれない」

「きみが向こうから合図を出せる方法があればいいんだけど」

「いまは社外との通信を許可されてるけど、かなり制約はあるわ。ミネルヴァに連絡して、彼女からあなたに伝えてもらうという手はあるかも……」わたしは頭を振った。「でも、やっぱりリスクが大きすぎる。彼らがどれだけ危険かはあなたも知っているでしょ？」

「だからこそ、倒そうとしてる。そして、そういう連中のところできみは働いているんだ。毎日ぼくがどういう気持ちでいるかわかる？」

わたしはオーウェンの腰に腕を回す。「やっぱり、心配よね」

オーウェンはわたしを抱きしめる。「当然だろう？　きみがあのサイコのもとで仕事をしていると思うとたまらないよ。本人に直接会ってからはなおさらね」

「あれはわたしが見たなかで最悪の彼だったわ。ああ、ＭＳＩにワープできなくて癇癪《かんしゃく》を起こしたときを除けばね。ふだんはむしろとても感じがいいの。世界征服の野望やカエルの件を知らなければ、素晴らしい上司だといえるわ」

「彼を倒すことに抵抗を感じたりするようにはならないよね？」

「まさか。わたしは世界征服の野望もカエルの件も知ってるもの」

「こうするのはどうだろう。ぼくらがまずロジャーのオフィスにワープして彼を倒す。そのあと、きみと何人かが下へ行ってカエルたちを助ける。それから、ぼくたち全員で魔術を使って最上層部のところへ行き、彼らを倒す」

「すごく簡単なことに聞こえるわね。そんなにスムーズにはいかないと思うわ」

「まあ、多少の混乱はあるだろうね」

「ビーコンは社屋の所在地を教えてくれないの？　場所を調べたうえで、物理的に城に攻め込むわけにはいかない？」

「それがなんと、社屋はマンハッタンにある一階建ての駐車場ビルだったんだ。追跡したら、そこに行き着いた。それ以外の建物は、世界中のさまざまな場所にあって、すべてポータルでつながっているらしい。きみのオフィスはロンドンにある。となると、通常の方法でそこへ行くのはかなり難しい。ニューヨークにある社屋の玄関から奇襲をかけても意味はない。突入すべき場所を見つけても、ぼくらがたどりつく前に、彼らは別の場所に逃げてしまう。だからビーコンを使って、相手のいる場所に直接現れる必要があるんだ」

「チャンスは一回きりだと思うわ」

「わかってる。少しでも雲行きが怪しくなったら、きみはすぐにその場から逃げて、できるだけ早く駐車場に行くんだ。そこからはだれかが安全な場所へ連れていってくれる。建物はいま、ガーゴイルたちが見張っているから」

わたしはうなずいた。だんだん深刻な響きになってきた。

オーウェンはわたしのあごに手を添えてくいと上を向かせた。「大丈夫だよ、絶対にうまくいく。ぼくが戦いに負けたことがある?」

「ううん、魔法の戦い《マジカルバトル》ではないわね」

「準備はしっかりした。彼が使いそうな魔術についてはすべて対抗魔術を用意してある。いちばん心配なのはきみが戦いに巻き込まれることだ」

オーウェンは優しくキスをする。「そろそろ行った方がいいな。彼らもまもなく追っているのが別人だと気づくだろう。ダイニングコンコースの女子トイレでマルシアと落ち合うように」

最後にもう一度キスをして歩き出す。電車が出るのを待ってホームに戻ると、オーウェンは向かい側の電車から降りてきた人たちの群れに紛れ込み、わたしはトイレに向かった。近くにさっきの男がいてトイレの方を見ているので、マルシアがなかにいるに違いない。トイレに入るために彼の前を通ったが、ちらりともこちらを見ることはなかった。

マルシアの姿が見えなかったので、名前を呼んでみると、個室からひょいと顔を出した。

「あの男、まだ外にいる?」

「いるわ」

「じゃあ、うまくいったみたいね」コートを交換し、マルシアに帽子とめがねを返して、彼女から買い物袋を受け取る。「目的は達成できた?」

「まあね」

「やけに浮かない顔じゃない」

「彼がまたとんでもないことを考えていて、わたしの忠告はかえってあだになったわ」

「とんでもないことを考えない人だったら、そもそもあなたは彼に恋してないわ。さあ、髪を直して。帽子のあとがついてるわよ」

マルシアはウィッグを脱いで髪を整えると、トイレから出ていった。わたしは鏡で自分の姿をチェックする。本当だ。かなり恐ろしい状態になっている。髪をできるかぎり整え、口紅をつけ直すと、二、三度深呼吸してから外へ出た。買い物袋がさっきより重く感じる。なかを見るとふたつほど新しい品物が入っていた。わたしの役をしっかり務めてくれたらしい。これだけ買えばグランドセントラルに来た理由を正当化するには十分だと判断し、地下鉄のホームに向かった。尾行者は後ろをついてきているようだ。

ユニオンスクエアで街を横断する線に乗りかえ、最寄りの駅から歩いて帰った。正面玄関の鍵を開けるとき、ドアのガラスに尾行者の男が映っているのが見えた。このあと、わたしがどこへも出かけないことを確認するのにどのくらいここで待つつもりだろう。

明日、大きな作戦が控えているので、コレジウムに少しでも疑念を抱かせるようなことはしたくない。たとえ、わたしを見張る理由がロジャーに対する不信感であったとしても。それにしても、いったいわたしが何をすると思っているのだろう。ロジャーの秘密の軍隊と極秘会議をするとでも？

わたしの個人の携帯電話が鳴った。待ち受け画面にマルシアの名前が出ている。「無事帰ったか確認しようと思って」

「ええ、もう家に着いたわ。でも、地下鉄はすごく混んでて、家の前の通りにもいつもより人が多い感じ」マルシアならわたしの言わんとすることがわかるだろう。窓辺へ行き、カーテンの陰から外をうかがう。男は依然として通りの向こう側に立っている。これだけあからさまに見張られていたら、気づかない方がかえって不自然だろう。「わたし、つけられているかもしれない」あえて言ってみる。

「本当？ いやだ、恐い」マルシアは言った。「それ、たしかなの？」

「たしかとは言いきれないけど、前の通りにさっきからずっと男が立ってるの。ココアでももっていってあげようかしら」

「警察に電話してみたら？」

「そうね、家の前に変な人がうろうろしてるって通報しようかな。わたしをつけているのかどうかはわからないし」もし急に彼がいなくなったら、この部屋に盗聴器があることがはっきりしたのだが、男はまだその場にとどまっている。

「ちょっと待って、着信が入っちゃった」マルシアが言った。

待っている間、男の様子を観察する。これまでの神経質な警戒がまるっきり見当違いというわけでもなかったことがわかったのは、ある意味、よかったといえる。

「もしもし？ まだつながってる？」マルシアの声の調子が少し変わった。

「つながってるわ。どうかした？」

「今夜ばったり会ったっていうあなたの友達、そのあと何か予定があるって言ってた？」

「ううん、特に何も言ってなかったけど、どうして？」

「いまロッドから電話があって、彼と連絡が取れなくなっているらしいの」

全身が凍りついた。「えっ？」

16

「落ち着いて！」マルシアは言った。でも、彼女自身の口調もあまり落ち着いているとはいえない。「ロッドが連絡が取れないって言ってるだけだから。ラボにこもっていて電話に出ないだけかもしれないし」

過呼吸にならないよう自分を抑えながら、わたしは言った。「そうね、これまでもそういうことがなかったわけじゃないし。ゾーンに入っちゃうと、たとえ横で時限爆弾が作動してても、きりのいいところまで魔術の実験を続けようとする人だから」ひとつ大きく息を吸い、ゆっくりと吐き出す。「でも、一応、だれかにオフィスへ確認しにいってもらうといいかもしれない」

「いまロッドが向かってる。あのあとどこへ行くか言ってなかった？」

「ううん、明日の予定について言ってただけ。もしかしたら、その準備をしているのかも。あるいは、それについてボスと話しているとか？　ミーティングの場に携帯をもっていっていないのかもしれないわ」少し気持ちが落ち着いてきた。どれも十分あり得ることだ。

「念のために、これからジェンマといっしょに彼の家に行ってみる」

「わたしも行く」コートに手を伸ばしながら言う。

「だめよ。あなたにはほかにやることがあるでしょう？」

ため息をなんとか堪《こら》える。「ああ、そうだったわ」ここですべてを台無しにするわけにはいかない。オーウェンはきっとマーリンやサムと明日の作戦を練っているに違いない――そう自分に言い聞かせる。みんなちょっと神経質になっていて、なんでもないことにパニックを起こしているだけだ。「何かわかったら知らせて」

「了解」

電話を切ると、窓辺へ行ってブラインドの隙間から外をうかがう。さっきとは違う男が同じ場所に立っている。交替するところを見逃したようだ。男は警戒しているというより、むしろ退屈そうに見える。屋根の上のガーゴイルはまったく動いていない。でも、それがガーゴイルの特技だ。

動き回りたいのを我慢する。そもそも小さな部屋にはそんなスペースはない。とりあえずソファーに座り、片手にテレビのリモコンを、もう一方の手に携帯電話をもった。特に何かを観る気にもならず、ただチャンネルをかえていく。この部屋はケーブルテレビのフルパッケージに入っているので、すべてのチャンネルを観ることができる。それにしても、こんなにたくさんのチャンネルが存在するとは知らなかった。

時計を見ないようにしていたので、ふたたび電話が鳴ったとき、どのくらい時間がたっていたのかはわからない。またマルシアからだった。「家にはいないようだわ。少なくとも、呼び鈴を鳴らしても出てこない。彼、居留守を使うことってある?」

「使ったことはある。でも、本当にものすごく動揺していたときよ。さっき会ったときはそんな感じはまったくなかったから、すねて引きこもっているわけじゃないと思う。ロッドから連絡はあった？」

「まだ。ほんの数ブロック歩くだけのわたしたちよりは、若干時間がかかると思うわ」

「ああ、そうよね」

「きっとロッドが過剰反応しているだけよ。彼、妙に心配性なところがあるから」

ロッドが世話焼きなタイプだとは思わないが、オーウェンは彼にとって弟のような存在だし、子どものころからずっと面倒を見る役を担ってきた。「何かわかったらすぐに知らせて」

またひたすら待つ時間が始まる。チャンネルをひと巡りしたあと、音楽専門チャンネルまですべてチェックした。だいぶ夜も更けてきた。明日のためにそろそろベッドに入るべきだが、いざというときすぐに外に出られるよう着がえないでおこう。もっとも、外に出て何ができるのかはわからない。コレジウムもロジャーもわたしとオーウェンは破局したと思っている。彼に会いに緊急治療室に押しかけたり、捜索に加わったりすれば、嘘がばれてしまう。それに、捜索に関してはわたしよりずっと有能な専門家たちがいる。

ひとつ心配なのは、オーウェンがまた何か無謀なことをやっていないかということだ。たとえば、明日の本番に備えて、ロジャーが帰ったあとあのビーコンを試そうとしたとか。そして、何か不具合があって戻れなくなったり、捕まったりしているとか。明日の朝、わたしのオフィスでデスクの下に隠れているオーウェンを見つけるところを想像してみる。頭のなかに次々と浮かんでくる最悪のシナリオに比べれば、ずっとましな光景だ。

ようやく電話が鳴った。今度はロッドからだった。「今夜何をするつもりかきみに言ってなかった?」あいさつも前置きもなしに、ロッドは言った。

「いいえ、明日、大事な予定があるってことだけ」

「ああ、それについては話し合った」

「そのための準備を今夜やるって話はしていない?」

「ぼくには何も言ってなかったけど」

「オフィスにはいなかったのね」

「ああ」

「彼のご両親のところは? そういえば、彼らに訊きたいことがあると言ってた」

電話の向こうでロッドがほっとしているのが目に浮かぶようだ。「それは思いつかなかった。今夜はもう遅いから、明日の朝いちばんに電話してみるよ」

同じようにほっとしたいが、この説明にはほころびが多すぎる。いずれにせよ、明日になれば、何があったのかすべてはっきりするだろう。そしてそれは、決してよいニュースではないような気がする。


翌朝、車が迎えにくる前にロッドから連絡はなかった。つまり、仕事が終わって帰宅するまで、報告は聞けないということだ――ロジャーから聞かされないかぎり。日中は世界から切り離されて働く。ロンドンにいながら街を歩くことすらできずに。

急いで着がえを済ませ、オフィスに行った。何も変わった様子はない。すべていつもどおりだ。戦いの痕跡のようなものはないし、デスクの下に魔法使いが隠れていることもなかった。ロジャーはまだ来ていない。オフィスをのぞくと、ビーコンは依然として鉢植えのなかにあった。

自分のオフィスに戻る途中、トリッシュが前からやってくるのが見えた。ロジャーのアシスタントに選ばれてから一度も彼女を見ていなかったので、解雇されたか別の部署に配置されたのだろうと思っていた。会社のユニフォームを着ているので、配置がえされたということだろう。「あら、まだいたんだ」トリッシュは言った。「消えちゃったみたいだから、そろそろ捜すべきかと思ってたところよ」

そういえば、そんな約束をしていた。彼女を捜そうとしていなかったことに気が咎める。

「ええ、まだいるわ。オフィスの場所が変わっただけ」彼女がそれを知らなかったというのが少し意外だ。アシスタントに選ばれなかったことを教えられていないのだろうか。

「なるほど、ボスの近くになったわけね」

「ええ。彼のあらゆる気まぐれに応じるためにね」

トリッシュは周囲をさっと見回すと、小声で言った。「これを届けなきゃいけないんだけど、そのあとちょっと話せる?」

「いいわ」

トリッシュはロジャーのオフィスへ走っていくと、またすぐに戻ってきた。「ついてきて。

安全な場所を知ってるの」トリッシュは廊下の反対端の女子トイレに入ると、洗面台の蛇口をひねって水を出した。「ここが真っ当な会社じゃないってことはわかってたけど、実際、どのくらいやばいの？　何かすごくよくないことが進行中みたい。いや～な予感がするの」

「きっと魔法の会社だからよ。それで変な感じがするんじゃない？」

「魔法の会社にしたって妙すぎない？　変なのは魔法そのものじゃないわ。人が次々にいなくなったり、とても尋常とはいえないセキュリティーシステムがあったり。自分が働いている場所すら知ることができないのよ？　まあ、それは最初からわかってたことだけど、でも、奇妙の度合いがますますエスカレートしてきてる感じ。ボスにはなんか気持ち悪い本を読まされるし。中世の拷問のハウツー本みたいなやつ？　どう考えても、ただの趣味ってわけじゃないわ、あれは」

どう答えるべきだろう。これは罠？　こちらの疑念やひそかに企んでいることを認めさせるには実にうまいやり方だ。白状させることができたら、彼女は上層部の評価を得ることになる。このタイミングで彼女が現れたのも何か怪しい。だれかがわたしの尾行を始めた翌日に、彼女がさも不安げに近寄ってくるなんて、ただの偶然といえるだろうか。

もちろん、本当に偶然だという可能性もある。だれだってこんな状況には違和感を覚えるはず。「たしかに、前の会社とはずいぶん違うわね」わたしは言った。「セキュリティーはちょっと厳しすぎるし。ＣＩＡだって、職員に対してここまでやらないんじゃない？」

「でしょう？」トリッシュは水道の蛇口をさらにひねり、わたしに顔を寄せてささやいた。

「それと、彼らが人をカエルにするのを見た？　いったいなんなの、あれ」

「たぶん、殺すよりましっていうことじゃないかしら」

トリッシュは怪訝《けげん》そうにわたしを見た。わたしをロジャーと同種の人間として見るべきか考えているかのように。「それはどうかしらね」

「あの魔術はもとに戻すことができるの。おとぎ話《フェアリーテール》と同じよ」

トリッシュは顔をしかめる。「キスするってこと？　うう〜、気持ち悪い」

「でも、それで彼らを人間に戻せるわ」

「それから、あるとき彼がある男とミーティングをしたんだけど、その数日後にわたしをその人のオフィスへ行かせたの。でも、本人はいなくて、そのかわり壁にかかった男の肖像画がわたしを見てるのよ。こっちがよそ見をしたら動くんじゃないかっていう生々しさで」

わたしは思わず身震いした。ひょっとしてオーウェンも同じことをされているのだろうか。カエルにされたのなら救い方を知っているが、ＭＳＩが肖像画の魔術を解く方法を解明したかどうかはわからない。「そういう魔術が存在することは聞いたことがあるわ」

「じゃあ、わたしの頭がおかしくなってるわけじゃないのね？」

「ええ」

「ああ、もう、どうしよう。給料はいいし、悪い仕事じゃないんだけど、やっぱりやってく自信はないわ。免疫者《イミユーン》を欲しがってる会社はほかにもきっとあるわよね」

「それはここですべき話じゃないわ」問題になるようなことは何も言わなかったはず。たとえ彼女がおとりだったとしても。でも、彼女の不安は本物のように見える。

しばらくデスクを離れた理由をつくるため、オフィスに戻る途中、休憩室でコーヒーをいれた。ロジャーはまだ現れない。彼とオーウェンが同時に行方不明になっているという事実に、不安がかき立てられる。

とりあえず、ロジャーの不在を利用して、コレジウムの最上層部のところへ行くときに使う魔術を二部書き写し、デスクの引き出しに隠した。奇襲がいつ実行されるのかがわかれば、もう少し心の準備もできるのに。

台帳の最後の章を書き写しているとき、廊下から陽気な口笛が聞こえてきた。顔をあげると、ロジャーがドア枠に寄りかかっている。「あとでお礼を言ってもらいたいな」ロジャーはにっこり笑って言った。

「どうしてですか？」不安が声に出てしまう。おそらく顔にも出ているだろう。

「きみのために、ちょっとした問題をひとつ片づけておいたよ。まあ、ぼく自身のためでもあるけどね。一石二鳥ってやつさ」

「そうなんですか？」息が苦しくなってきた。

「あとでわかるよ。きみへのサプライズだ。でも、まずは仕事だ。さあ、行こう」

ロジャーはオフィスではなく、エレベーターに向かって歩き出した。外出が長くならなければいいのだけれど。ロジャーがオフィスにいなければ、奇襲の意味がなくなる。もっとも、オーウェンが行方不明のいま、予定どおり作戦が実行されるかどうかはわからない。いや、そもそも行方不明のままかどうかがわからない。外部と連絡が取れないというのは本当にストレスが溜まる。

　今回はいつもよりずっと長く車に乗っていた。ようやく目的地に着くと、そこは評議会《カウンシル》の本部として使われている屋敷だった。去年の夏の戦いでほとんど壊滅状態になったが、その後、みごとに復元されていた。「評議会《カウンシル》ですか？」

「知ってるのかい？　ボスより先に彼らと話をする必要がある。きみは賢い人だから、ぼくが独自に行動していることはもうわかっているよね。組織が動くのを待つつもりはない。評議会《カウンシル》にコレジウムの息がかかった者がいるなら、ぼくの方に寝返らせる。それじゃあ、目をよく見開いて、連中が何か隠していたら、どんな小さなことでも教えてくれ」

　すんなりなかへ通されたので、この訪問は予定されたものだったようだ。わたしたちを出迎えたのははじめて会う人だった。どうやら委員のだれかのスタッフらしい。きびきびとしたやる気にあふれた感じの若い女性で、ロジャーにとっておきの笑顔を向けられると、とろけそうになった。「お電話をいただきありがとうございます」そう言って、髪を耳にかける。「ミスター・バークのアシスタントのリネイ・グリーンです。ミスター・バークは提案に興味をもっていますが、いまその件についてあなたとお会いすることができません。わたしがかわりにいくつか質問させていただきたいのですが、よろしいですか？」

　リネイはわたしたちを部屋に案内する。話し合いはよくあるビジネスミーティングの様相を呈した。お互いに具体的なことは言わず、それとなく相手に探りを入れる。彼女は自分がだれを相手にしているのかわかっているのだろうか。それとも、まったく自覚のないまま上司をコレジウムに売ろうとしているのだろうか。ああ、言葉どおりに解釈できる会話が恋しい。はっきりと率直にものの言える生活が。

「でも、どうしてMSI内の採用に影響を及ぼすことができるのですか?」リネイが言った。

わたしは目下の状況に注意を戻す。

「現在、さまざまな変革が進行中なんです。わたしはMSIに大きな影響力をもつ投資家グループを代表してきています。現在のCEOがいまの地位にいるのは、計画的になされた人事ではありません。陰謀の一部だったわけですから。わたしはいつまでもこの状況に縛られる必要はないと考えています。もちろん、彼は偉大な魔法使いです。でも、今日、われわれを率いるのに最もふさわしい人物かと問われれば、ノーと言わざるを得ません」

投資家グループの代表などという見え透いた嘘をあっさり受け入れたところを見ると、彼女は実情を知らないようだ。MSIを弱体化させることには賛成のようだが、彼らをコレジウムに売り渡そうとしていることには気づいていないらしい。彼女とそのボスについて、マーリンに警告しなければ。

もちろん、そうするチャンスがあれば、ということだけれど。MSIはオーウェンがいなくても作戦を実行するつもりだろうか――オーウェンが依然として行方不明だとして。

オフィスへ戻る車のなかで、ロジャーはすこぶる上機嫌だった。「彼らはぼくみたいな者に対してまったく備えができていないようだな。コレジウムでさえ、頭の固いただの企業になってしまった。ほんの少し革新的なアプローチを取るだけで、こちらのしていることには気づかない」

百年も前の作戦を流用するのはおよそ革新的とはいえないけれど、それを指摘するのは我慢した。たとえ言ったとしても耳に入っていなかっただろう。彼はいま自らが頂点に立つ自分だけの小さな世界にどっぷりと浸っていて、わたしがここにいることすら忘れているようだ。すっかり悪役の独白《モノローグ》モードに入っている。

「ぼくの曾祖父を倒した男の手法を使って、いまぼくが彼の後継者たちを倒そうとしているというのは、かなり皮肉な話だけど、だからこそ気味がいい」ロジャーが手を軽くひるがえすと、シャンパンのグラスが現われた。「きみも飲む？」

「いいえ、結構です」

「ぼくには大きな計画がある。なぜ潜んでいなければならないんだ。なぜ秘密にする必要がある？　われわれは皆にその存在を知られ、恐れられるべきだ。われわれには魔力がある。われわれは世界を支配すべきなんだ」

長いドライブのあと、車はようやく止まった。外に出ると、そこは会社の駐車場ではなく、古い家が建ち並ぶかなり荒れたエリアだった。一軒だけたっぷりお金をかけて修復されたような家がある。昔はこのての一戸建てが並ぶ高級住宅街だったのだろう。

「この辺りに住んでいるはずなんだが……」顔をしかめて家並みを眺めながら、ロジャーは言った。

「その人は魔法使いですか？」

「ああ。何か見えるかい？」

「一軒だけすごくきれいな家があります」

ロジャーはにやりとした。「なるほど。覆《ヴェール》いをかけているのか。たしかに、こんな場所では目立ちたくないよな。案内してくれ」

あらたな犠牲者のもとへ彼を導いているのではないことを祈りつつ、玄関前の階段をあがり、呼び鈴を鳴らす。二、三分たってから、ぼろぼろの服を着て髪が四方にはねた疲れた顔の男がドアを開けた。のぞき穴からはわからなかったのか、わたしの後ろにいるロジャーを見るなり急いでドアを閉めようとした。ロジャーは一瞬はやく手を伸ばしてドアを押さえ、男を押しのけるようにして家のなかに入った。「期限は過ぎているぞ」

「このての仕事は急げばできるってもんじゃない」男の声は見た目ほどくたびれてはいなかった。

「急げとは言っていない。同意した期限を守ってくれと言っているだけだ。ぼくの計画の成否はこの魔術にかかっている。もうひとつのあてが外れたんでね。さあ、見せてくれ」

「まだできてない。テストの結果がこれだ」男は自分の服と頭を指さす。「制御された実験条件下でこの状態だ。外ではもっとひどいことが起こり得る」

こんな状態になるのは、ロジャーにとって悪夢以外の何ものでもないだろう。「もっとひどいこととは？」ロジャーは不快そうに男の姿を見る。

「これと同じことが皮膚や臓器に起こり得るということだ。実験室にはうまくいかなかったときにすべてを停止させる安全装置がある。これを本物のブロックにやって、もし失敗したら、命はないと思った方がいい」

「なんだ、その程度か。最初にだれかが死ねば、突破できるようになるのか？」

男は瞬《まばた》きした。意味がよくわからないというように。「なんだって？」

「最初にだれかを行かせて、そういうことが起これば、あとは安全かと訊いてるんだ」

「ああ、おそらく。そんなテストはしていないが。わたしが死んだら、実験結果を報告することができないからね」

「ぼくが実験に使える人間を提供したら？」

男とわたしはぎょっとして視線を交わしたが、ロジャーはそのまま外へ出ていく。いったいだれを犠牲にするつもりだろう。彼のカエルではないことを祈る。オフィスに戻るのかと思って急いであとを追ったら、ロジャーは歩道に立ち、腰に手を当てて通りを見ていた。

ティーンエイジャーがふたり、こちらへやってくる。本来なら学校にいる時間だ。少年たちはロジャーを見ると、急にこそこそした態度になった。彼はたしかに何かの役人のように見えなくもない。

ロジャーは少年たちにほほえみかける。彼を知らなければ、友好的な笑みに見えるかもしれない。「やあ、きみたち。ちょっとお金を稼いでみないかい？」これ以上怪しげな誘い文句はないように思えたが、少年たちは目をぱっと輝かせた。

わたしはロジャーの後ろで首を横に振り、危険を知らせようとしたが、少年たちは〝お金〟という魔法の言葉《マジックワード》にみごとに引っかかってしまったようだ。「どんな仕事?」ひとりが訊いた。

「ふたりにあることを手伝ってほしいんだ。この家のなかで」

ふたりは顔を見合わせる。さすがにまずいと思ったらしい。「外でやれないのかよ」

「ああ、なかでしかできないことなんだ」

少年たちは歩き出した。「やっぱ、無理」

ところが、そのまま去っていくかに見えた少年たちは、逆にロジャーの方に近づいてくる。彼らがすぐそばまで来たとき、ロジャーは片手を振った。するとふたりはぴたりと止まり、目がうつろになった。ロジャーが指をくいと動かすと、少年たちは彼のあとについて階段をのぼり、そのまま家のなかに入った。

「だめです!」わたしは言った。「彼らはまだ子どもじゃないですか!」人がカエルにされるのはなんとか見ていられた。あの魔術はもとに戻す方法がある。でも、これは彼らを殺しかねない。正体がばれてもかまわない。だいたい、まともな人間なら、だれだって反対するはずだ。

ロジャーはわたしの方を向いた。「だめ? きみはぼくに指図する立場にはない。なぜきみが彼らのことを気にかける。彼らはだれでもない。魔法使いですらない。彼らをどうしようと、だれにもわからない」

魔法使いの科学者か何か知らないが、この家の男もやはり愕然としていた。「生身の人間を実験台になどできない」彼は言った。

「つべこべ言わずにやれ」ロジャーは怒鳴った。「ひとりめを行かせたら、ふたりめがどうなるかを見るんだ」

科学者はわたしたちを家の奥の一室へ連れていった。そこには古い本や複雑な装置がぎっしり並んでいて、オーウェンのラボがだれかの家にあったらこんな感じに見えるかもしれない。男は頬を引きつらせながら、装置のひとつをいじりはじめる。部屋のなかの魔力がぐんぐんあがっていくのがわかる。

どうやら彼らは瞬間移動の魔術の改訂版をテストしているらしい――MSIの防御を突破できるものを。ロジャーが少年のひとりの肩をつかんだ。「待って!」わたしは言った。「魔術は自分でかけなくてもいいんですか?」

「たしかに彼女の言うとおりだ」科学者は言った。「移動するには自分自身で魔術をかける必要がある」彼がわたしに見せた表情は、それが必ずしも真実ではないことをほのめかしていた。おそらく口実に飛びついただけだろう。

「なんだ、そうなのか」ロジャーは吐き捨てるように言った。ロジャーが片手を振ると、少年たちはゾンビのように歩き出し、家から出ていった。

わたしはふたりのあと追う。歩道に到達すると、少年たちは何ごともなかったかのように歩き出した。ほっと安堵のため息をついたとき、空にハーピーの姿が見えた。

急降下してきたので、思わず頭を抱えてしゃがんだが、ハーピーは歩道に着地すると、わたしを無視して玄関の階段をのぼりはじめた。続いて、もう一頭現れた。どうやらロジャーがあらたな実験台を呼んだらしい。彼女たちはおよそ善良とはいえないが、この状況にはやはり抵抗を感じる。

「彼はあなたたちを危険なテストに使うつもりよ」ハーピーたちのあとについて奥の部屋に向かいながら、わたしは小声で言った。反応はない。聞こえなかったのか、それとも無視しているのかはわからない。

「呼んだ?」ハーピーの一方が黒板を爪で引っかいたような声でロジャーに言った。

「ああ、やってほしい仕事がある」ロジャーはそう言って、一枚の紙と小石をひとつ彼女に渡した。「この魔術をやってみてくれ」

ハーピーは質問することもなく、魔術を読んで頭に入れると、紙をロジャーに返して小石を握り、目を閉じて単語を二、三つぶやいた。突然、閃光《せんこう》が走り、彼女の姿が消えた。わたしは思わず首をすくめる。結果を見るのが恐い。ハーピーは部屋の向こう側に横たわっていた。一応、体はひとつのままだ。生きているのかどうかはわからない。容姿ははじめからかなり崩れているので、どれくらい変わったのかもわからない。彼女はまだ立ちあがらない。テスト用の魔法のバリアはわたしには効かないので、そばへ行って無事かどうか確かめたいが、確かめたところで何ができるかわからないし、そもそも彼女がわたしの助けを喜ぶかは疑問だ。とりあえずいまは、バリアのこちら側にいる方が安全ではある。

ロジャーはもうひとりのハーピーに向かって言った。「次はきみだ。ぼくの見方が正しければ、きみはもっと楽に行くはずだよ」

ハーピーはぎょっとしてロジャーを見ると――ハーピーがぎょっとするのをはじめて見た――そのまま逃げようとしたが、ロジャーは片手をあげ、魔法で彼女の動きを止めた。

「仕事をしないなら支払いはできないけど、いいかな」特に声を荒らげるでもなく、まるで自分のコーヒーカップは自分で洗うよう諭すような穏やかな口調で言う。

ハーピーは唸るように声を漏らすと、魔術を書いた紙と小石をロジャーから受け取り、呪文を唱えた。彼女もまた閃光とともに消え、部屋の向こう側に現れた。なんとか立っているが、疲労困憊《こんぱい》といった感じだ。ハーピーはロジャーをにらみつけると、しゃがんで仲間のハーピーの様子を見る。

「素晴らしい」ロジャーは両手をもみ合わせた。「うまくいきそうだな。先に突撃隊を行かせてバリアを軟化させてから移動すればいい。ありがとう」科学者に向かって言う。

「これが修正した魔術だ。突撃要員はいるのか？」科学者はやや落ち着いた様子で言った。

「ああ、いくらでもいる」ロジャーは胸ポケットから札束を出すと、何枚か引き抜いて科学者に渡した。「ごくろうさま。期限は過ぎたが、まあ結果オーライだ」

科学者は装置のひとつを操作する。バリアをつくっていた魔法除け《ワード》が解除されたらしく、部屋のなかの魔力が弱まるのを感じた。ロジャーはハーピーたちのところへ行くと、紙幣を数枚放った。「これで今回の時給はカバーできるはずだ」最初にバリアを通ったハーピーが意識を取り戻したのを見てほっとしている自分に気づく。ずっと敵としか思ったことがなかったのに、妙なものだ。

「合意したのは、あんたのために戦うということだ。実験台になると言った覚えはないよ」立っている方のハーピーが言った。

「こちらが必要とすることはなんでもやるという契約だ」ロジャーは言った。「今日の午後、全員に集まってもらう。四時半にいつもの場所に集合してくれ。さあ、ケイティ、行こう」

車に乗ると、ロジャーはわたしを見据えて言った。「人前でぼくに反論するようなことは二度としないでくれ。ぼくが意見を求めたときは率直に思ったことを言ってほしいが、そうでないときは黙っているように」

「はい、わかりました」わたしはしおらしく言った。どうせ、もうすぐすべて終わる。

ロジャーはふたたび笑顔になって、シートの背にもたれた。「きみの元カレの協力は得られなかったが、結局、うまくいってよかった」

「え、あの、どういうことですか？」

「新しい魔法除け《ワード》を突破する方法を製造元に訊こうと思ったんだが、彼はあまり助けにならなかった。まあ、さほど期待はしていなかったけどね。少なくとも、きみはもう彼のことを気にしなくてよくなったよ」

「もともと気になどしていませんでしたけど」胃がずっしりと重くなるのを感じつつ、できるだけ素っ気なく言う。「彼を思い出すことすら、ほとんどなくなりましたから」

ロジャーの笑顔がほんの少し曇る。「なんだ、そうだったのか。じゃあ、とりあえず今後はいま以上に思い出さずにすむようになるよ。きみのために手を打っておいたから。というか、基本的にはぼくのためかな。彼は邪魔だったからね。でも、きみも喜んでくれると思ったんだ」

「彼に何をしたんですか?」パニックを必死に隠しながら訊く。ロジャーはオーウェンが協力を拒んだと言った。いったいどんな拷問をしたのだろう。こうなったらむしろカエルにされているることを祈る。

「心配しなくていい。彼は快適な状態にあるよ。いまごろ睡蓮《すいれん》の葉の上でくつろいでいるんじゃないかな」

たとえ街じゅうのカエルにキスすることになったとしても、必ずオーウェンを救うと心に誓った。

17

かなりの意志の力を要したが、ロジャーのあとについてひとまずオフィスに戻った。どんなことをしてでも、今日、この男を倒さなければならない。

そのためには、ロジャーが彼の軍隊と合流する前に、奇襲作戦を実行する必要がある。ＭＳＩがオーウェンなしでも予定どおりに計画を進めるつもりなのかはわからない。でも、やってもらわなければならない。それも、できるだけ早く。

なんとか彼らに連絡できないだろうか。外界から隔絶された状態でメッセージを送るにはどうしたらいいだろう。

ビーコンだ。彼らはビーコンの位置を把握できているはずだから、それを動かせば、何かの合図だとわかるかもしれない。今日ここまで転記した分をもって、わたしはロジャーのオフィスへ行った。そして、オフィスを出るとき、うっかりペンを落としたふりをして、しゃがんだときに鉢植えからビーコンを取ってすばやくポケットに入れた。

ロンドンに通じているポータルはどこにあるのだろう。入口からロジャーのオフィスがあるエリアに至るまでの廊下のどこかという気がする。廊下を歩いて休憩室へ行き、コーヒーをいれると、そのままさらに進んでトリッシュを訪ねた。

「あなたの言うとおりだわ。やっぱり何か変よ」わたしは小声で言った。「あとで会える？」それから声を大きくして続ける。「下のスパ、もう試した？　わたし、今日の午後行こうと思ってるの。爪がひどい状態だし、腰のマッサージも受けたいから」

トリッシュはうなずき、親指を立ててみせた。「あら、いいじゃない？　今日は早くあがれそうだから、わたしも行くわ」

ビーコンを監視している人はそろそろ動かされたことに気づいているはず。オフィスに戻ると、念のために、部屋のなかを円を描くように大きく回った。どの程度伝わるかわからないが、ほかに緊急性を訴える方法を思いつかない。

とりあえずできることはやったので、台帳を転記した紙のうちわざと残した一枚をもって、ふたたびロジャーのオフィスへ行った。オフィスに入るとき、ビーコンを鉢植えの根もとに落とす。「すみません、このページを忘れていました」そう言って、紙をデスクに置く。

「ありがとう」その口調も表情も本当に感じがよくて、さっき魔術のテストをするためになんの関係もない少年たちの命を危険にさらそうとした人物とはとても思えなかった。「今日は早くあがっていいよ。このあとはもうきみの手を必要とする仕事はないから」

「ちょうどスパを予約しようと思っていたんです。ずっと下を向いて書いているので、背中が張ってしまって」

「ああ、ぜひそうするといい。腰痛もちになられたら大変だ。きみはかわりのきかない大切な助手だからね」

笑顔を返すこと自体気分が悪いが、彼の陰謀の手助けをしていると思うとさらにむかむかする。たとえそれが、最終的に彼を止めるために必要なことだとしても。

奇襲が行われるときにその場にいてはまずいので、急いで自分のオフィスに戻る。そもそも奇襲は行われるのだろうか。わたしは本当にやれることをすべてやっただろうか。あと何かできるとすれば、ミネルヴァかロッドに電話することぐらいだ。彼らはコレジウムのために——あるいはロジャーのために——仕事をしていることになっているから、オフィスから電話をしてもおかしくはない。

通信履歴をスクロールして、ロジャーとのセッションを設定するためミネルヴァに電話したときの記録を見つけると、リダイヤルボタンを押し、息をのんで待つ。

長距離電話になるためか、電波の具合のせいかはわからないが、つながるのにひどく時間がかかっている。今日はすべてにおいて一秒が一時間にも感じられる。ついに呼び出し音が聞こえた。どうやらつながったらしい。思わず安堵のため息が漏れる。

いや、本当につながったのだろうか。電話に出たのは聞き覚えのない声だった。「この通信は予定にないものです。目的を述べてください」

「外部のコンサルタントに予約を入れるためです」声が震えないよう、できるだけきびきびと答える。

「少々お待ちください」

待てというのは、電話をつなぐということであって、上司に確認するという意味ではないことを祈る。ふたたび永遠とも思える時間が流れて、ようやくまた呼び出し音が鳴った。

「まあ、ケイティ、驚いたわ」ミネルヴァの声が聞こえて、いっきに肩の力が抜けた。「ひょっとして、あなたのお友達、またセッションを希望されているのかしら。残念だけど、あまりお役に立てないと思うわ」

「実は、いますぐやっていただけると本当にありがたいんですけど」可能なかぎり言葉を強調しながら言う。彼女は霊能者《サイキック》だ。きっと察知してくれる。

「スケジュールをチェックして折り返すわ」その口調はあまりに軽くて、メッセージが伝わっていないのか、それとも、傍受している者に疑いを抱かせないよう素晴らしい演技をしているだけなのかはわからない。「三十分以内に連絡すればいいかしら」

どうやら、メッセージは伝わったらしい。「ありがとう。でも、それ以上あとだとちょっと遅すぎるわ。ほかの予定が入っているから」

「了解よ。では、のちほど」

電話を切ってデスクに置き、汗ばんだ手のひらをスカートでふく。さて、ここにとどまって奇襲を待つべきか、それとも、下へ行ってカエルたちを人間に戻し、こちらの陣営を少しでも増強しておくべきか。タイミングを誤ると、取り返しのつかないことになりかねない。

電話が鳴ってびくりとする。ミネルヴァからだ。「オーケーよ。十分後くらいでどう?」ミネルヴァは言った。

ということは、いますぐ行動開始だ。〝魔法の鍵〟の魔術を書き写した紙をジャケットのポケットに入れ、引き出しから会社支給の小さな化粧ポーチを出す。そのなかからリップクリームだけ取り出してポケットに入れ――何もつけない唇でカエルにキスするつもりはない――トリッシュのオフィスへ行った。「リップクリームをもって。これからカエルにキスしまくるから」小声で言う。

トリッシュは引き出しからリップクリームを取り出すと、おおげさに掲げてみせた。いっしょにエレベーターに乗り、スパへ向かう。降下するガラスのエレベーターのなかからいまいたフロアを見あげる。奇襲が行われたことを、それが成功したかどうかを、どうやって知ればいいだろう。

池に到着すると、トリッシュはカエルたちの方におずおずと目をやった。「その、ただキスすればいいわけね？」

「口にする必要はないわ」わたしはリップクリームの蓋を開けて、唇に二度ほど重ね塗りする。

トリッシュは肩をすくめ、同じようにリップクリームを塗った。わたしはしゃがんで最初に近づいてきたカエルを拾いあげる。オーウェンならたとえカエルになっても、真っ先にわたしに気づいて近寄ってきてくれるのではないかと思って。自分がキスしているものを見なくてすむよう目をつむり、カエルの頭にキスをする。

意外に悪い感触ではなかった。少なくとも、キスが効力を発揮し、カエルが振動しはじめるまでは。急いで放すと、カエルは淡い光に包まれて宙に浮かんだ。

「嘘みたい……」トリッシュがつぶやく。

「よし、うまくいきそうね。さあ、急いで。だれかに気づかれる前にできるだけやってしまいましょう」

トリッシュは肩をすくめ、カエルを拾いあげると、顔をしかめてすばやくキスをした。

わたしは次のカエルにキスをする。そのカエルを放したときには、最初にキスをしたカエルはすっかり人間の姿に戻っていた。フィリップだ。「ケイティ！　なんとお礼を言っていいか！」両手を差し出してこちらにやってくる。

「お礼のかわりに、カエルを捕まえてキスしてくれればいいわ。見つかる前にできるだけたくさん解放したいの」フィリップは驚いたように瞬《まばた》きすると、周囲を見回す。そして、ここが敵地であることに気づくと、すぐさま仕事に取りかかった。

人間に戻った元カエルには、わたしたちといっしょにキスで仲間の魔術を解いてもらった。最初の数匹のなかにいたシルヴィア・メレディスを別にすれば、ほとんどは男性だった。二匹ほど本物のカエルがいた。彼らはキスされると、身をよじって手のなかから飛び出していった。

まだオーウェンは現れない。カエルにされたばかりだから人間としての意識はまだ維持できているはず。一度にたくさんの魔術が解かれて周囲の魔力がこれだけ高まっていれば、気づかないということはないだろう。すぐにわたしのところへ来てもいいはずなのに。

カエルたちを救出する元カエルの人数が十分確保できたところで、わたしは何人かに防衛戦を張るよう指示した。「そろそろ気づかれるわ。盾《シールド》を張って迎え撃つ準備をして」さほど鼓舞する必要はなかった。彼らがされたことを考えれば当然だろう。この人たちが何者なのか知らないし、別の状況では果たして協力し合うような相手かどうかもわからないが、とりあえずいまは皆仲間だ。

最初の攻撃はスパからだった。白衣を着たマッサージ師が走り出てきた。「あなたたち、いったい何をやってるの！」

「解放よ！」トリッシュが拳《こぶし》を振りあげて叫ぶ。元カエルたちもいっせいに声をあげた。マッサージ師はスパに駆け戻ろうとしたが――おそらく助けを呼ぶためだろう――元カエルのひとりが魔法を放って彼女の動きを止めた。まもなく別のだれかが気づいて援軍とともにやってくるだろうけれど、少しでも時間を稼げればそれに越したことはない。

カエルを見つけるのが次第に難しくなってきた。ほとんどは魔術を解かれて人間に戻ったし、残っているのはどうやら本物のカエルのようで、その大半は何度もキスをされたせいか睡蓮《すいれん》の葉の下に隠れている。

いったいオーウェンはどこにいるのだろう。ひょっとして、わたしが知らないだけで、無事に会社に戻っているとか？

いや、ロッドたちがオーウェンを見つけられなかったことと、ロジャーが彼について言ったことを考えると、その可能性は低い。ロジャーはオーウェンの協力が得られなかったと言っていた。それはつまり、オーウェンをすぐにはカエルにしていないということだ。まずは尋問しているはず。もしそうだとしたら――

オーウェンが拷問されたかもしれないと思うと、吐き気がしてきた。たとえいまカエルではなくても、この社屋のどこかに――あるいはここからつながる世界中の建物のどこかに――因われていることは十分に考えられる。カエルの池以外に本物の地下牢があったとしても、驚きはしない。

でも、まだカエルの池を諦めるわけにはいかない。いまのところここが依然として最も可能性の高い場所だ。

カエルたちの大反乱に気づいて、ついに警備部隊がやってきた。元カエルたちはほとんどが魔法使いのようなので、対応は彼らに任せた。魔法が飛び交うのを感じるが、わたしには影響がないのでひたすら無視する。

わたしは靴を脱ぎ捨て、カエルの池に入った。池は真ん中まで来てもひざくらいの深さしかない。「オーウェン、どこにいるの?」そうささやきながら、残っているカエルを探す。

池の向こう端からゲロッという小さな声が聞こえた。行ってみると、岩の上から水が流れ落ちている場所があった。岩のまわりには草花が植えられている。

緑のなかに紛れているカエルを見つけるのは簡単ではない。「オーウェン、そこにいるの?」カエルに向かって話しかけていることが少し奇妙に思えたが、いまは非常時だ。

またかすかにゲロッという声が聞こえた。まもなく、岸辺に一匹の小さなカエルがいるのを見つけた。片脚が排水口の格子にはさまっている。偶然はさまったのか、それとも、だれかにやられたのかはわからない。

わたしはかがんでささやいた。「大丈夫よ、いま助けてあげる」傷つけずに脚を外すのは難しそうだ。かといって、脚がはさまったまま魔術を解けば、さらに大きなダメージを与えることになるだろう。

「フィリップ！」池越しに叫んだが、激しく飛び交う魔術や叫び声で、彼の耳には届かない。

「しかたないわね。代案でいきましょう」格子をぐいと引いて外し、カエルごと慎重にもちあげる。格子は重かったが、腰にのせてバランスを取った。「心配しないで。ちゃんと外してあげるから」カエルに向かってそう言ったが、カエルはさほど動揺している様子はなかった。むしろ、かなり弱っているように見えた。脚を引き抜こうと、ずっともがいていたのだろう。動けないのでエサを取ることもできなかったに違いない。

格子を抱えながら水のなかを歩くのは容易ではなかった。岸では元カエルたちがコレジウムの警備部隊を迎撃しているので、近づくにつれますます進むのが難しくなった。わたしには危険がなくても、魔術の流れ弾がカエルに当たるかもしれない。このカエルがオーウェンであることを願う気持ちとそれを恐れる気持ちがせめぎ合っている。もしオーウェンなら、彼は怪我をして衰弱している。そうでないなら、彼の行方は依然としてわからないことになる。

声が届きそうな距離まで近づいたとき、わたしはもう一度フィリップを呼んだ。フィリップは振り返ると、すぐさま駆け寄ってきて格子を受け取り、わたしを池から引きあげた。「ありがとう。このカエルを格子から外せる？　この状態のまま人間に戻すのは危険だと思うの」

フィリップが格子に向かって片手を振ると、次の瞬間、カエルはわたしの手のひらに乗っていた。「じゃあ、さっそくもとに戻るかやってみましょう」わたしはそう言って、カエルにキスをした。

体が光りはじめたので、やはり魔法でカエルにされた人間だったようだ。光が次第に人間の形を取りはじめるのを息をのんで見つめる。期待は、しかし、すぐに落胆に変わった。カエルはオーウェンではなかった。この男性がだれかはわからないが、服装から推察して、かなり長い間カエルでいたようだ。どうやらすべてのカエルが自然界に放たれるわけではないらしい。男性は瞬きして周囲を見回しながら、左の手首を痛そうに抱えた。

意気消沈するわたしの横で、フィリップの表情がぱっと輝いた。「ケネス？　ケネスなのか⁈」

「フィリップ？　ここはどこだ。いったい何があったんだ」カエルだった男性は言った。

「弟よ、それを話すと長くなる。いまはまず、身を守るために戦わなければならない」

フィリップが長らく行方知れずだった弟と再会を果たしたらしいのは喜ばしいことだが、わたしは泣きたかった。これもオーウェンではなかった。でも、泣いている暇はない。ロジャーがオーウェンに何をしたのか突き止めなければ。そのためにはまず、アトリウムを出る必要がある。いまのところ、わたしたちは包囲されている。元カエルたちがなんとか彼らを押しとどめているものの、すべての出口の前には警備員がいて、突破するのはかなり難しそうだ。

突然、警備員たちが向きを変え、わずかな人数を残して別の方向へ走り出した。ＭＳＩの奇襲が始まったに違いない。「行くわよ！」わたしはそう叫んで、エレベーターへの通路をひとりで塞いでいる警備員に向かって走り出した。警備員はわたしを見ると、呆れたように瞬きしたが、すぐに後ろから元カエルたちが迫ってくるのに気づいて、焦りの表情に変わった。

一瞬のひるみにつけ込み、元カエルのひとりが魔法で警備員を気絶させる。皆がエレベーターの前にそろうと、わたしは魔術を書き写した紙を配った。「五分たったらこの魔術を使って。組織のトップのところへ行けるわ」

それから、フィリップ、ケネス――彼のいまの状態ではあまり戦力になるとは思えないが、フィリップのそばを離れないのでしかたない――そしてシルヴィアとトリッシュ、さらに何人か勇敢そうに見える人たちを選び、エレベーターに乗った。上が封鎖されていないことを祈りつつ。

幸い、エレベーターは目的の階にちゃんと止まった。わたしたちはロジャーのオフィスに向かって走る。ポータルも閉じられていなかった。おそらく、彼をロンドンに隔離するより、援軍を送れる状態にしておきたかったのだろう。

ロジャーのオフィスは混沌としていた。ロジャーはデスクの後ろに身を隠し、ときどき顔を出しては侵入者たちに魔術を放っている。警備員たちが数人、オフィスの前に立っているが、どうやらなかには入れないようだ。おそらくマーリンが部屋に魔法除け《ワード》をかけたのだろう。魔法除け《ワード》はわたしには関係ない。「警備員の気を散らしてくれる?」わたしは元カエルの部隊に言った。

そのうちのふたりが目を合わせると、互いにうなずき、廊下を走り出した。まもなく、彼らが走っていった方向から爆発音が聞こえた。侵入者たちがあらたに到着したかのように聞こえなくもない。警備員たちが状況確認のためいなくなると、わたしは床を這ってオフィスのなかに入った。

皆それぞれに取り込み中で、わたしに注意を払う者はほとんどいない。いまロジャーがいるところからは、わたしは見えないはず。彼から死角になるデスクの前まで行き、MSIチームの方に向き直る。ロッドが最初にわたしに気づいた。わたしは親指を立ててみせ、入口の方を指さした。振り向いて援軍がいるのを見ると、ロッドはマーリンに合図をし、マーリンはドアに向かって片手を振った。わたしは元カエル隊に向かって手招きする。彼らがなかに入るとすぐに、マーリンは再度ドアに向かって片手を振った。

MSIチームは士気が高く、元カエルたちは怒りに燃えている。どう見てもロジャーの方が劣勢だが、彼は驚くほど落ち着いている。オーウェンが危機的状況で見せる冷ややかな沈黙とも違う。少なくとも、オーウェンのそれは感情の表れ方のひとつだ。ロジャーからは感情が感じられない。身の危険を感じていたり、計画が失敗するのを危惧していたりする様子はまったく見受けられない。おそらくそれが彼を難敵にするのだろう。動揺しないので、いっこうに諦めの境地に至らない。ただひたすら突き進むのだ。

ロジャーはさほど防御に労力を費やしてはいないように見える。自分のまわりにかなり堅牢な盾《シールド》を張っているようだ。このままこちらの攻撃がやむのを待つつもりなのかもしれない。でも、ロジャーに反撃能力がある以上、MSI側も攻撃をやめるわけにはいかない。必要なのは、彼の盾《シールド》を破る魔術か、突破できるレベルまでパワーを増強することだ。

ふと、オフィスの奥のテラリウムが目に入った。インテリアの一部だと思って、これまで特に注意を払うことはなかったが、もしかすると特に価値の高い獲物を入れておく場所なのかもしれない。デスクのまわりを少しずつ移動し、ロジャーがいる側の角ぎりぎりまで行く。

部屋の反対側でひときわ強い魔力が放たれ、ロジャーがそちらに注意を向けたすきに、いっきにテラリウムの前まで走った。

なかにはカエルが一匹いた。しごく非カエル的な驚愕の表情でガラス越しに外の世界を見つめている。わたしはテラリウムの蓋をもちあげ、手を入れてカエルをすくいあげた。

「何をしてる！」ロジャーが叫んだ。わたしに危害を加えるには身体的暴力に訴える必要がある。わたしはロジャーを無視し、カエルが魔法の攻撃を受けないよう自分の体を盾にした。

「やめろ！」ロジャーの足音が近づいてくる。

ぐずぐずしている暇はないので、すばやくカエルにキスをした。何も起こらない。これは本物のカエルだ。わたしは舌打ちをして、カエルをタンクのなかに戻す。表情があるように見えたのは、こちらの思い込みだったのかもしれない。

ほかにカエルはいるだろうか。探す時間はなかった。ロジャーがわたしの肩をつかみ、テラリウムから引き離す。すねを蹴ってみたが、カエルの池で靴を脱いでいたので、あまり効果はなかった。ひじでみぞおちを思いきり突くと、一瞬、肩をつかむ力が緩んだので、体をよじって彼の手を振り払う。

ロジャーの注意がわたしに移ったことで、ＭＳＩと元カエルの部隊は彼の盾《シールド》を破ることができたようだ。背中を向けているので彼らが何をしているのかは見えないが、すぐ近くで強力な魔力が使われるのを感じ、そのあとロジャーはもうわたしを捕まえようとしなかった。マーリンが状況を制御していると判断し、わたしはあえて振り返らず、つま先立ちになってテラリウムのなかに腕を入れ、底を探った。まだほかにもカエルがいるはずだ。

やがて草の下にいる何か冷たくてなめらかなものに指先が触れた。触っても逃げようとしない。

体の下にそっと指を入れ、手のひらに座らせる。ひどくぐったりしているが、生きてはいるようだ。ゆっくりもちあげると、片脚がかすかに動いたので、思わず安堵のため息をついた。もしこれがオーウェンだったら、体の状態が心配だ。それ以前に、オーウェンじゃなかったらどうしよう。もうほかにどこを探せばいいかわからない。カエルの池でもロジャーのオフィスでもないなら、いったいどこにいるのだ。

「もうこれ以上カエルにキスするのはごめんだからね」そうつぶやいて、頭のてっぺんにキスをする。

これは間違いなく、魔法でカエルにされた人間のようだ。体が光りはじめ、放すとそのまま宙に浮いた。いつの間にか、ロッドとトリッシュ、そして元カエルの何人かが横に立っていた。

「これって、もしかして……」ロッドがつぶやく。

「わからない。そうだといいんだけど」もしオーウェンじゃなかったら、どうすればいいかわからない。また落胆させられるのが恐くて、わたしはカエルから目を離し、周囲を見た。マーリンはついにロジャーを捕らえたようだ。銀の鎖でぐるぐる巻きにされ、繭のようになったロジャーが、床に横たわっている。残りのメンバーは魔法除《ワード》けのかかったドアの方を見ている。オフィスの外にはコレジウムの部隊がいて、出口を塞いでいた。

意を決してカエルの方に視線を戻すと、光は人間の形を取りはじめていた。平均より若干低い身長も、スリムで筋肉質な体も、オーウェンのそれを思わせる。

ついに光が消え、オーウェンの姿がはっきりと現れた。思わず歓喜の声をあげたが、オーウェンの体がぐらりと揺れ、喜びは一瞬でパニックに変わった。

18

ロッドがすばやく駆け寄り、床に落ちる前にオーウェンの体を受け止めて、そのままそっと横たわらせた。わたしはひざをつき、オーウェンの手を握る。顔はひどく青白いが、どこを怪我しているのかはわからない。服が破れていたり出血していたりするところはなく、手脚もちゃんと然《しか》るべき位置に然るべき角度でついている。顔にもあざらしきものはない。頰に手を当てると、カエルに触れたときと同じようなぺたりとした感触があった。魔術を解いたとき、何かうまくいかなかったのだろうか。

オーウェンの額にかかった髪をそっと払って、わたしはロッドを見あげる。「どうしたのかしら」

「わからない」ロッドはオーウェンの頰を軽くたたく。「おい、目を覚ませ。おまえが頼りなんだから」オーウェンはわずかに体を動かしたが、目を開けない。

「カエルの王子が現実にあるなら、眠り姫もありなんじゃない?」トリッシュが言った。

「たしかに、眠りの魔術を使ったのだとしたら、ロジャーがオーウェンより優位に立てたことの説明がつきますな」マーリンが言った。

試す価値はある。それに、意識のないオーウェンにキスするのは、カエルにキスするよりずっといい。わたしはかがんでオーウェンの唇に自分の唇をそっと重ねた。自分がどれだけ彼を愛しているか考えながら――この魔術を解くには〝真の愛〟の部分が重要かもしれないので。

オーウェンはすぐに目を開けた。そして、あえぎながら体を起こす。「何があったんだ?」周囲を見回し、MSIチーム、わたし、元カエルの部隊、そして、縛られて横たわるロジャーを順に見ていくと、顔をしかめてふたたび言った。「ここは?」

「ロジャーのオフィスよ」わたしは言った。「目下、奇襲攻撃中なの。戦える?」

「え、ああ、たぶん」ロッドが手を貸してオーウェンを立ちあがらせる。「ぼくはどうやってここに来たんだ?」

「それを説明すると長くなる」ロッドがオーウェンの肩をたたく。「それに、覚えていない方がかえっていいかもしれない」

「では、そろそろ次へ参りましょう」マーリンが言った。「まずは、ロジャーとともにここにとどまってくれるかたをふたりほど募りたいと思います」

元カエルのなかからふたりの男性が満面の笑みで前に進み出た。この役をおおいに楽しむつもりらしい。「おまえも残った方がいい」フィリップがケネスに言った。

ケネスは首を横に振る。「彼らとの最終決戦に臨むのなら、ぼくもぜひ参加したい」

「わたしもいっしょに行けますか?」わたしは訊いた。「役に立てることがあると思います」

「魔術を使う者がこれだけいれば、あなたを帯同することは可能でしょう」マーリンは言った。「ただ、残念ながら、免疫者《イミューン》をふたり同時に連れていくにはパワーが十分ではありません」

トリッシュは手をあげて〝結構です〟という仕草をした。「わたしはここで全然オッケー。こっちの前線で役に立たせてもらうわ。もし、勢いあまってこいつを蹴っちゃったら、そのときは大目に見てね」

「急ぎましょう。カエルだった人たちが何人かすでにトップのところへ行っています」わたしは言った。

オーウェンとロッドがわたしの両側に立ち、手をつないだ。オーウェンがほぼいつもの感じに戻っているのを見てほっとする。服装はふだん仕事のときにする格好よりカジュアルではあるけれど。

魔法使いたちは声をそろえて呪文を唱える。すると、胃が急降下するような感覚とともに、ロジャーのオフィスが消えた。ふたたびぐいと引っ張られるような感覚があって、瞬《まばた》きすると、わたしたちは現代のオフィスビルではなく、中世の大悪党の隠れ家といった感じの場所に立っていた。

壁は荒削りの岩で、ここが建てたものではなく、岩山を削ってつくった場所であることをうかがわせた。壁に取りつけられたたいまつが、室内に揺れる影を落としている。ほかに光源は見当たらないが、壁側の暗さに対して、部屋の中央が少し明るすぎるような気がした。

部屋の中心には大きな丸いテーブルがある。魔法界の人々はキャメロット的なイメージが本当に好きらしい。ただし、これはリーダーを置かない同格の人々の集まりではないようだ。本来はそれが〝円卓〟の趣旨なのだけれど。テーブルにはほかより明らかに大きい玉座があった。

玉座にはこの会議の議長らしき男が座っている。男は不機嫌そうだ。いや、ほほえんでいないからそう見えるだけかもしれない。実際、彼の表情を読むのは難しい。こちらが知らない何かを知っていて、わたしたちはまんまと罠に引っかかったのだとしたら、したり顔のように見えなくもない。普通は、自分に恨みをもつ元囚人たちと魔法界随一の魔法使いに囲まれれば、もう少し警戒の表情を見せてもいいはずだ。それが、せいぜいわたしたちのせいでお茶の時間に遅れる、ぐらいのことしか思っていないように見える。

「マーリン」男は言った。「いずれここに来るだろうと思っていましたよ」

マーリンは男に近づいていく。顔をしかめ、彼がだれであったか思い出そうとしているようだ。やがて、マーリンは言った。「モードレッド？ ずいぶん大人になりましたな」

モードレッド？ 本当に？ わたしは思わず笑いそうになる。「ええ、すっかり老けましたよ。あなたの方はまったく年を取っていないようだ。冬眠の効果でしょうか。感謝していただきたいですね」

「あなたも年齢のわりにはすこぶる元気そうではありませんか。あなたが背後にいたことを察するべきでした。たしかにこれはあなたのやり方だ」

元カエルのひとりが前に飛び出してきた。彼の服装はこの部屋によく合っている。相当長い間カエルでいたようだ。「モードレッド！ 貴様、死んだのではなかったのか！」

モードレッドはほほえんだ。「わたしが死んだという噂は過剰に尾ひれがついて広まった。いつか指摘したいとは思っていたのですがね。たしかにわたしは戦場に倒れた。アーサーのおかげで。しかし、死んだわけではない。友人たちに助けられ、ここにたどり着いたのです」モードレッドは部屋のなかをぐるりと指し示す。「ここは癒やしと命の空間です。ここにいるかぎり、わたしは年を取らない。この姿は――」そう言って自分の顔と白髪を指さす。「この数世紀の間に何度か短時間外へ出た結果です。ほんの数分でも、積み重ねればこうなるのですよ、悲しいかな」

「裏切り者め！」中世の格好をした元カエルが叫んだ。

「しかし、わたしはあなたを殺さなかった。その点は評価してもらいたい。一部の残忍な者たちと違い、わたしは敵を人道的に扱う。運悪く、よくない時節に外へ逃げ出したカエルを二、三失ったかもしれないが、それ以外は然るべき環境できちんと世話をしてきましたよ」

「一世紀もの間カエルとして生きることを強いるのが人道的だといえるのか」フィリップがつぶやく。

モードレッドにはその声が聞こえたようだ。彼はにっこり笑って言った。「魔術は解かれたではないか。これはいつなんどきでも解くことのできる魔術だ。あなたが最近まで若い女性に口づけしてもらえなかったのは、わたしの責任ではない」

「これまでずっと背後でコレジウムを操っていたのはあなただったのですな」マーリンが会話の筋をもとに戻す。

「円卓の騎士として始まり、その後何世紀もの間、さまざまな名で通ってきましたがね。目的のために、使い方を少々変えただけです。まあ、昔のことはどうでもいい。重要なのはいまです。どうやら、愚かなロジャーはあなたがたにしてやられたようですね」

「あの愚か者はあなたを失脚させ、組織を乗っ取ろうとしていたのですよ」

「彼がそう思っていただけです。あの台帳は罠ですから。野心的すぎる者たちを最終的に直接わたしのもとへ来させることで効率よく排除できるのですよ。それも、組織のために十分働いてもらったあとでね。実際、彼は予定どおりに進んでいた」モードレッドはそこではじめて心底不快そうに顔をしかめた。「ところが、彼は同時にあなたたちに道を開いてしまったらしい。これは予定になかったことですが、今日の結果いかんでは、彼を生かしてもいい。ちなみに、どのように彼を利用したのです？」


わたしはオーウェンの後ろに隠れた。いまは手柄を認めてもらわなくていい。「うちにも情報網があるということです」マーリンは言った。「人を潜入させたり、心変わりさせたりできるのは、あなただけではありません。さて、ではそろそろ、あなたがまたもやわたしを排除しようとする理由を聞かせてもらいましょうか」

「あなたは目の上のこぶなのですよ。出会ったときからずっと」モードレッドは言った。

「わたしはかなり長い間あなたの目には入らないところにいたはずですが」


モードレッドはため息をつく。「ええ、そのとおりです。そうしたのはだれだとお思いです。あなたの助けが得られないときにアーサーを倒すのはたやすいことだった。でも、あなたはいた。わたしにはわかっていた。あなたがいつか戻ってくることが。わたしはいつもそのときがくるのを恐れていた」モードレッドは六十歳くらいに見えるが、いまの彼は兄に見張られていることを不満げに訴える不機嫌な子どものようだった。「しかし、ようやく決心がつきました。あなたが戻ってきてすべてを奪う悪夢にうなされることなく眠れるようになりたいと思ったのです」

「それで、わたしをよみがえらせ、代理の者に討たせようとしたわけですか。邪魔者を前から永遠に消し去るために」

「残念ながら、少々読みを間違えてしまったようですがね。でも、いまこうして、あなたの方からやってきてくれた」

「わたしはひとりではありません」マーリンはＭＳＩの部下たちと元カエルの部隊を指し示す。

「わたしもひとりではありませんよ」モードレッドは言った。ついにその顔に、まんまと罠にはまったなと言いたげな独善的な笑みが浮かんだ。「もともとはロジャーのために準備したものだが、相手があなたでも同様に有効だ」

たいまつは単に気味の悪い暗闇を演出するためだけのものだったようだ。その暗闇のなかから、鎧《よろい》に身を包んだ騎士たちが現れた。鎧はあちこちへこんでいていかにも古そうだが、彼らはキャメロットの時代の者たちではないはず。このタイプの鎧が登場するのは、もっとずっとあとのことだから。一度、博物館の展示品に追いかけられたことがあるので、このてのものにはちょっと詳しくなっている。それでも、この空間にはそれなりにマッチしていた。そして、慈悲のかけらもないロボットのような動きをする彼らは、十分恐ろしかった。

騎士たちはわたしたちを取り囲み、ガチャガチャと音を立てながら迫ってくる。わたしは少しずつオーウェンの方へ寄った。何か武器として使えるものがあればいいのに。もっとも、あったところで、この鎧に対して、あるいは魔法に対して、どんなダメージを与えられたかはわからない。靴を置いてきたことがあらためて悔やまれる。ヒールはそれなりの武器になっただろう。でも一方で、この方がいざ逃げるチャンスができたときにはやく走れるかもしれない。

オーウェンとマーリンは視線を交わし、同時に動いてわたしたちのまわりに盾《シールド》を張った。盾《シールド》は徐々に騎士たちを後退させていく。サムと数頭のガーゴイルが天井近くまで舞いあがり、騎士たちに向かって魔法の焼夷弾《しょういだん》を放った。騎士たちは攻撃をよけるような動きはせず、鎧の上の飾りが燃えあがっても、その場に立ったままだ。もし鎧のなかにいるのがすでに死んだ人ではないなら、死ぬのは時間の問題だろう。

モードレッドは手をたたいて笑った。「いやあ、おみごと。もちろん、騎士たちは本物ではない。でも、なかなか真に迫っているだろう？　たいていの謀反人は、これで慈悲を請いはじめるものだ。もちろん、与えられることはないんだが」

「あなたのやることはだいたいわかっていますよ、モードレッド」マーリンは言った。「より進化した鎧を使ったのは、たしかに効果的でしたがね。革だけのものとは迫力が違う。まあ、あれもはじめて登場したときは、戦場に旋風を巻き起こしたものですが」マーリンは椅子のひとつを引き出して座る。「あなたは権力を手にした。しかし、それで何をしていますか。小さな会社から金を巻きあげ、大きな会社を買収する。そんなことでは大した満足感は得られないでしょう。わたしを排除した暁には何をするつもりだったのですかな？」

腰をおろしておしゃべりを始めるには、いささか妙なタイミングだ。オーウェンと視線を合わせてみたが、彼にもマーリンの意図は見えていないらしく、かすかに首を横に振った。オーウェンはまだ少し呆然としているようだ。無理もない。おそらく家に帰っている途中で突然意識を失い、その後、尋問され、あるいは脅され、ふたたび意識を失い、戦いのさなかの知らないオフィスで目が覚めたと思ったら、今度は地下牢のような場所に転送されてモードレッドに遭遇したのだから。

魔術で眠らされたり、カエルになったりしたわけではないわたしでさえ、ついていくのに苦労しているのだ。オーウェンの受けた衝撃は相当なものだろう。

「ここから出ることはできない？」わたしは小声で訊いた。

「どうして？　彼をこのまま逃がすわけにはいかないよ。いずれ決着をつけなくてはならないなら、いまつけてしまった方がいい」

「でも、自分たちの陣地で彼に対峙する方が勝つチャンスは大きいわ。ここには絶対罠がしかけられているだろうし、彼を生かしているのがこの場所の魔力なのだとしたら、ここから連れ出せば弱らせることができるかもしれない」

「でも、いま現在優位に立っている彼をどうやって連れ出す？」

「ロジャーのオフィスにビーコンがあるわよね？　まずはそこへ戻ってみたらどうかしら」さまざまな考えが頭のなかを駆け巡る。不確定要素がたくさんあって、なかなかひとつにまとまらない。

まず第一に、コレジウムにはボスの正体と真の目的を知っている人がどのくらいいるのだろう。ロジャーは間違いなくボスがだれかも自分がはめられていることも知らないはず。それは利用できるかもしれない。また、ロジャーはMSIを攻撃させるためにハーピーとガイコツの部隊を準備している。これも使えそうだが、具体的にどう使うかが見えてこない。とりあえず、すべての役者をひとところに集めれば、何かが起こるような気がする。

「マーリンは時間を稼いでくれてるんだわ。何かしなきゃ」わたしはささやいた。

「わかった。やるだけやってみよう」オーウェンはロッドに近づいてささやく。「ビーコン用の石はもってるか?」

「ああ、どうして?」

「ここからロジャーのオフィスに戻ることは可能か?」

「全員が? それとも一部が?」

「ケイティがモードレッドをここから連れ出してはどうかと言ってる」

ロッドは眉を片方くいとあげる。「なるほど、いいアイデアだ。ボスもひとつもってる。皆で連携した方がうまくいくだろう」

ロッドはテーブルを回り、マーリンの真後ろに立った。オーウェンもロッドに続いたが、わたしは動かなかった。わたしを連れていくにはよけいなパワーが必要となる。もしモードレッドが抵抗したら、彼らは使える魔力をすべて彼に使うべきだ。

マーリンはロッドをちらりと見ると、椅子の背にもたれ、さりげなくポケットに手を入れた。

その直後、魔力がいっきに高まり、すぐにまた収まった。

モードレッドが笑い声をあげる。「その方法で本当にわたしを連れ出せると思ったんですか？　わたしの魔術を使って？　無駄ですよ。それに、あなたがたもその方法でここから出ることはできない。わたしがそれを許さないかぎり」モードレッドは腕時計を見る。「でも、何か方法を考えた方がいいかもしれません。ロジャーは友人たちを雇ってあなたの会社を襲わせる予定だったらしい。彼らをがっかりさせるのは忍びないので、わたしが報酬を立てかえて、仕事をまっとうしてもらうことにしましたよ。彼らが攻撃を開始するまであと一時間ほどです。あなたの部下のうち有能な者たちは皆こちらにいるようですが、大丈夫ですか？」

オーウェンがゆっくりとわたしの方に戻ってくる。モードレッドはマーリンに集中していて気づいていない。「彼はなんの話をしてるんだ」すぐ横まで来ると、オーウェンは訊いた。

「ロジャーはあなたがつくった対ビーコン魔術の防御システムを突破する方法を見つけたの。まあ、厳密に言うと、ちゃんと突破できるのはふたりめからになるんだけど。それで、ハーピーの軍団にMSIを襲撃させようとしていたの」

「じゃあ、あと一時間でそれを止める方法を見つけないと」

「もしかしたら、物理的な出口があるかもしれない。おそらくわたしは通れるはず」

テーブルの反対側へ移動する。焼夷弾の攻撃を受けたあと、騎士たちは動かなくなっている。騎士のひとりの前まで行ってみた。依然として動かないので、そのまま横をすり抜ける。オーウェンもあとに続こうとしたが、途中で進めなくなった。おそらく騎士たちの後ろにバリアが張られているのだろう。「気をつけて!」オーウェンは小声で言った。

わたしは片手をあげて応えると、急いで部屋の壁際まで行った。ドアを探すが、なかなか見つからない。ひょっとして、ドアは存在せず、魔法を使ってしか出入りできないのだろうか。パニックが襲ってくる。わたしを魔法で移動させるのはとても負担の大きい作業だ。敵と戦いながらとなればなおさらだ。幸い、たいまつとたいまつの間の暗がりに、鉄の筋交いが入った重そうな木のドアがあった。

ドアに触れるとびりっという魔法の刺激があったので、魔法除け《ワード》がかけられているようだが、物理的に施錠されてはいなかった。ぶ厚いドアを全体重をかけて引く。石のフロアにストッキングの足が滑って苦労したが、なんとか外がのぞけるくらい開けることができた。

頭上から光が注いでいる。それも、ものすごく高いところからだ。冷たい光で、人工のものか、でなければ月光だろう。腕時計は午後の四時を示している。でも、いま自分が世界のどこにいるのかは見当もつかない。もしこれが月光なら、通常の方法で一時間以内にMSIに戻れるような場所でないのはたしかだ。でも、行ってみれば何かしらできることのヒントが見つかるかもしれない。

ドアの向こう側は、いまいたところよりさらに粗いつくりの部屋だった。煙突のなかのような円筒状のがらんとした空間で、天井は見えない。壁に階段らしきものが彫られていて、上方に続いている。のぼってみようか。ここがどこなのかわかるかもしれない。でも一方で、とんでもない危険が待ち構えている可能性もある。

頭上からかすかに音が聞こえて、何かが動いているのがわかった。まもなく、人がひとり階段をおりてくるのが見えた。

すぐにのぼりはじめなくてよかった。あのまま行っていたら、手すりもなく隠れる場所もないせまい階段で鉢合わせして、どちらかが落ちていたかもしれない。わたしは階段の下の石の壁がわずかにへこんだ暗がりに体をぴったり寄せた。ここなら、おりてくる人が明かりをもっていてよほど注意深く周囲を見ないかぎり、気づかれないだろう。

今回ばかりは、全身黒のコレジウムの制服がありがたく思えた。今日はタイツも黒だ。顔だけがむき出しなので、髪を前にもってきて可能なかぎり隠す。黒髪ではないけれど、肌よりは暗い色だ。

幸い、明かりはもっていないようだ。つかまるところのないすり減った不揃いな階段を、足もとの見えない状態でよくおりてこられるものだ。よほどこの階段に慣れているのだろう。それとも暗視能力がずば抜けているとか？　あるいは、自分の姿をだれにも見られたくないのかもしれない。もしくは、その全部かも。

人影が最後のカーブを曲がり、わたしの頭のすぐ上にさしかかる直前、ようやくその姿がよく見えて、女性だということがわかった。少なくとも、髪が長くて肩幅はせまく、ウエストでベルトをしたコートが砂時計形のシルエットをつくっている。女性は階段をおりきったところで立ち止まった。激しい息づかいが聞こえる。何か肉体的にきついことをしてきたかのような。あるいは、緊張からきているのかもしれない。

女性は部屋をざっと見回す。わたしに気づいたかどうかはわからない。そのままドアの前まで行くと、立ち止まった。両手の指を組み、腕を前に伸ばす。コンサート前にストレッチをするピアニストのように。続いて両手を離して前に掲げ、小声で何か唱えはじめた。

言葉ははっきり聞き取れないが、どうやら呪文のようだ。魔力が高まっていくのを感じる。声をかけるべきだろうか。それとも何をするのかこのまま見ている? 彼女はモードレッドの仲間で、彼を助けにきたのだろうか。それとも、対決しにきた敵なのだろうか。

なんとなく、前者ではないような気がする。味方ならドアを開けるのに魔術は必要ないだろう。果たして、ドアに触れたとたん、彼女は後ろに弾き飛ばされた。やはり仲間ではないらしい。「くそっ」彼女ははじめて言葉を発した。

声に聞き覚えがある。体を反転させて立ちあがったとき、月光に照らされて顔が見えた。エヴリンだ。髪をおろし、いつもの穏やかな笑みがないので、ひどく印象が違う。

さて、どうしよう。このまま彼女がいなくなるのを待つべきか、それとも、彼女の前に出ていって、何をしようとしているのか問いただすべきか。わたしの正体はもうばれているし、彼女はわたしに対して魔法を使うことができないので、ここにいることを彼女に知られてもさほど不都合なことはない。それに、何か情報を得ることができるかもしれない。

「エヴリン!」そう言って、壁のくぼみから出ていく。

エヴリンは思ったほど驚いてはいないようだ。「ああ、来ていたのね。あなたひとりじゃないといいんだけど」

「ええ、ひとりじゃないわ。あまり驚いていないようね」

「あなたがスパイだということははじめからわかってたわ。同じにおいがしたから」

「あなたもスパイなの？　だれの？」

「わたし自身よ。コレジウムはうちの一族を破滅させたの。もっとも、家族のなかにそのことを理解している者がいたかどうかはわからないけど。わたしはどうしても腑に落ちなくて、いろいろ調べたの。そして、脅迫があったことを突き止めたわ。曾祖父がコレジウムに家業を乗っ取られて、一族がすべてを失うことになったいきさつを。それで組織に潜入することにしたの」

「でも、あなたは非中核家系の出身だと言ってなかった？」

「ええ、一応そうよ。母方の家系がね。採用されるために、少しばかり関係を誇張したけれど」

「いまの立場にたどりつくまで何年もかかったんじゃない？」

「わたしは忍耐強いの。ところが、運悪く、とんでもない誇大妄想に駆られた男が上司になってしまって、これ以上うえに行けなくなったわ。それでも、できるかぎりのことは調べた。そして、今日、会社で起こった大混乱のおかげで、オフィスから直接外へ出ることができて、ここにたどり着いたというわけ」

「何をするつもりだったの？」

エヴリンはコートのポケットから何か取り出した。薄暗くてよく見えないが、何やら不気味に光っている。「これで彼を生かしているあの部屋の魔法を破壊することができる。長がいなくなれば、組織は衰退するわ。彼はすべてを徹底的に秘密にしてきたから、彼なしでは機能しないと思う」

「でも、ひとつ問題がある――」

エヴリンはため息をつく。「そう、わたしはなかに入れない。あなたはどうやってここに来たの?」

「ここにテレポートしたグループといっしょに来たの。使った魔術は結局、ロジャーを罠にはめるためのものだったんだけど」

「で、あなたは免疫者《イミューン》だから部屋から出られたのね」

「わたしならそれをもってなかに入れるかもしれない」

エヴリンは光る物体を胸に押し当て、首を横に振る。「いいえ。これを使うときはわたしもその場にいるわ。彼の目をまっすぐ見て、わたしがだれかを思い知らせてやるの」

「理想のリベンジにこだわってたら、彼を倒すチャンスを逃すかもしれないわよ?」

エヴリンは葛藤《かっとう》しているようだったが、やがて言った。「とりあえず、あなたにドアを開けてもらって、わたしが入れるかどうか見てみましょう」

引くかわりに、体重をかけて押せばいいので、ドアはこちら側から開ける方が楽だった。部屋に入ってみたが、特に何も感じなかった。おそらく魔術はドアそのものにだけかけてあるのだろう。たしかに、触れた者をあんなふうに弾き飛ばすドアなら、セキュリティーとしては十分かもしれない。部屋に足を踏み入れたとき魔法の存在は感じたが、これは魔法除け《ワード》とは違う種類のものだ。おそらく、モードレッドを生かしているアンチエイジングのフィールドに入ったということだろう。

「入ってみて」わたしはささやいた。

エヴリンは目をぎゅっと閉じ、光る物体を強く握って、ドアの内側に足を入れる。そして、目を開け、自分が無事部屋のなかにいることがわかると、止めていた息をいっきに吐いた。

この数分の間、部屋のなかの状況はあまり変わっていないようだ。依然としてモードレッドが『007』の悪役よろしくひとり語りを続けている。騎士たちは相変わらず円卓のまわりに陣取り、MSIの面々と元カエルたちを包囲している。

「魔法を無効にするにはどうすればいいの?」わたしは訊いた。

「境界の内側に入ればいいの。だからもう機能しはじめているはず」

わたしはテーブルの方を見る。「どうしたら確かめられるかしら」

「わからない。本来の年齢までいっきに老化が進むことを期待していたんだけど、もしかするとこの先の抗老化効果がなくなるだけかもしれない」

「だとしたら、健康状態にもよるけど、彼を完全に倒すには十年から二十年待つ必要があるわね」

でも、MSIを救うにはあと四十五分ほどしか時間がない。

19

「その魔術を無効にして、部屋をもとの状態に戻すことはできる？」わたしはエヴリンに訊いた。

「わからない。でも、どうしてそんなことをする必要があるの？」

「彼くらい自尊心の高い人には、彼自身を人質にするのがいちばん有効だと思うの。協力しなければ若さの魔法を無効にすると言えば、こちらの要求を受け入れるかもしれない」

「でも、わたしはあいつをとことん苦しめてやりたいの」

わたしは苛立ちをなんとか抑えて、彼女の協力を得る方法を考える。「もちろん、いずれそうするわ。でも、このままだと彼は普通に老化して死を迎えるだけ。それじゃあ大して苦痛を与えることにはならないんじゃない？　わたしのやり方の方が、彼はずっと苦しむわ」

エヴリンは最後の言葉に反応する。「本当？　わかったわ。それならあなたの方法でやりましょう。わたしは何をすればいいの？」

「とりあえず、恐い顔をしてそれをもってて。さあ、行きましょう」

壁際の暗闇に沿って部屋のなかを移動する。エヴリンが騎士たちの周囲に張られた魔法のバリアを抜けてモードレッドに近づけるかどうかわからないし、たとえバリアが一方向だけのものだったとしても、万一この作戦がうまくいかなかった場合に彼女を内側に閉じ込めることになるのは避けたい。わたしはバリアの外からできるだけモードレッドに近づくため、彼の座っている側へ向かった。

ＭＳＩと元カエルの面々は、皆つまらなそうにしている。モードレッドのひとり語りは大して面白くないらしい。マーリンでさえ退屈そうに見える。わたしに気づいたのか、オーウェンがはっとしたように目をあげたが、すぐに素知らぬ顔をした。

モードレッドの右後ろまで来ると、わたしはふたりの騎士の間を通って前に出て、咳払いをした。「ええと、お話の途中で申しわけないのですが、お知らせしたいことがあります」

部屋にいる全員の視線が――フリーズしている騎士たちを除いて――わたしに向けられた。「どうしましたか、ミス・チャンドラー」モードレッドが口を開く前に、マーリンが言った。「この部屋の抗老化魔術が機能しなくなったことをお伝えした方がいいんじゃないかと思いまして」わたしはそう言って、すぐそばに立っているエヴリンの方を向く。エヴリンは光る物体を掲げてみせた。「あなたはこの先、皆と同じように年を取っていきます。もしかすると、老化のスピードは通常より早いかもしれませんね。そのしわはさっきあったかしら。それに、その髪の生え際、十分前はそこまで後退していましたっけ」これは嘘だ。でも、このくらいは言う必要がある。

モードレッドは玉座から立ちあがり、わたしたちの方を向いた。「なんだと?」パニックで声が甲高くなっている。

「こちらに協力するなら、もとに戻してあげてもいいわ」エヴリンが言った。驚いたことに、モードレッドは彼女がだれかわかるようだった。「おまえはうちの社員ではないか。なぜこんなことをする。わたしが裏切り者をどうするか知らないのか」

「あなたを友人だと信じている人たちに対する仕打ちに比べたら、大したことないわ」エヴリンは苦々しげに言った。「わたしは社員のふりをしていただけ。わたしの雇い主はわたし自身よ。死にたくなかったら、彼女の言うとおりにしなさい」

「わたしたちをここから解放すればいいだけよ」わたしは言った。

モードレッドが葛藤《かっとう》しているのがわかる。プライドを捨てて譲歩すべきか、それとも、普通の人間のように死ぬリスクを取るか。モードレッドはため息をつく。肩がわずかにさがって、いっきに何歳も老けたように見えた。モードレッドは手を動かした。その瞬間、魔法のバリアが落ちたのを感じた。騎士たちが壁際のもといた場所に戻る。「退出を許す」モードレッドは言った。「さあ、魔法をもとどおりにしろ」

「ここを出たあとちゃんと戻りたい場所に戻ったことを確認してからよ」エヴリンが言った。

マーリンが立ちあがった。「では、全員、集まってください」

皆がマーリンのそばに移動しはじめると、ケネスが叫んだ。「彼をこのままにしておくのか?!」ケネスはずいぶん回復したようだ。もう怪我をした腕を抱えていない。この部屋の魔法は彼にも効果があったらしい。

ケネスとフィリップはモードレッドに向かって魔術を放った。すると、モードレッドが消え、彼のいた場所にはカエルがいた。カエルはぴょんぴょん跳んで逃げようとしたが、わたしはすばやくカエルをすくいあげ、マーリンに渡した。今日はもう何匹も捕まえているので、コツはつかんでいる。マーリンはそれをポケットに入れた。

エヴリンが口をあんぐりと開けてケネスを見ている。「お祖父さん？　じゃなくて、曾お祖父さん？　あなたは写真で見たケネス・ヴァンダミアにそっくりだわ」

「曾お祖父さん？」ケネスの目が大きく見開かれる。

フィリップがケネスの肩をたたく。「あれから途方もなく長い時が流れたということだ。積もる話が山のようにある」

「自分が父親になっていたことすら知らなかった」ケネスは呆然として言った。

エヴリンは息をのむ。「あなたはもしかして、大大伯父さんのフィリップ？」

「親族会はまたあらためてやりましょう」わたしは言った。「先に助けなきゃいけない会社があるわ」

魔術を使ってロジャーのオフィスに戻ると――わたしも無事魔法使いたちとともに移動することができた――縛られていたはずのロジャーがいない。カエルが二匹床を跳ねていて、トリッシュが部屋の隅に横たわっていた。手首をプリンターのコードで縛られ、口にはガムテープが貼られている。

魔法使いたちがカエルを人間に戻している間、わたしはトリッシュの口からテープをはがし、手首のコードをほどいた。「何があったの？」

「警備部隊が部屋に突入したの。ああなったらもう多勢に無勢だわ。ロジャーは予定があるとかなんとか言ってた」

「彼、MSIを襲撃しにいったのよ」

「あなたの前の会社? っていうか、まだそこの社員なのよね」

「ええ、ずっと社員のままよ。大丈夫?」

「わたしは大丈夫。ただ、むちゃくちゃ頭にきてるだけ」

「じゃあ、その怒りをぶつけにいきましょう」わたしは立ちあがり、立とうとするトリッシュに手を貸すと、オーウェンに訊いた。「ロジャーのビーコンをマーリンのオフィスに置いたままにはしていないわよね?」

「ああ、調べるためにぼくのラボにもっていった」オーウェンはそう言うと、青くなった。「まずい、もし移動に成功したら、そこが彼の行く場所になる。急いで戻るか別の場所に移すかしないと」

「じゃあ、戻ろう」ロッドが言った。「さっき使った魔術を逆にたどればいい。ただ、MSIのメンバーはうちの盾《シールド》を通れるけど、ほかの人たちは通常の方法で行かなくちゃならない」

「わたしが彼らを外に出すわ」わたしは言った。MSIの面々が一瞬で消えると、わたしは元カエルたちとトリッシュ、そしてエヴリンに、ついてくるよう合図した。「こっちよ」ポータルが封鎖されていないことを祈る。もし閉まっていたら、わたしたちはロンドンに足止めされることになり、帰りは遠い道のりになる。それに、わたしはパスポートをもっていない。

廊下は大混乱だった。社員たちがいっせいに出口に向かって走っていて、警報装置のサイレンがけたたましく鳴り響いている。どうやらポータルが壊れかけているようだ。通っている最中に壊れたらどうなるのだろう。でも、躊躇《ちゅうちょ》している暇はない。わたしたちは全速力で廊下を走った。一瞬、体が宙に浮いたような感じがしたあと、ふたたび足が床についた。ポータルを抜けたらしい。人数を数えていたわけではないけれど、とりあえずだれも欠けてはいないようだ。振り返ると、ポータルがあった場所は何もない壁になっていた。

ポータルはほかにもまだあるのだろうか。毎日送迎の車が入る駐車場がマンハッタンにあるのはたしかだ。ここから出口までの間にあるポータルがひとつでも閉じる前に、なんとか外に出る必要がある。

アトリウムを囲む回廊はさらに混沌としていた。社員たちがいっせいにそれぞれの更衣室に向かって走っている。皆、この組織をひとつにまとめている魔法が完全な機能不全に陥る前に、私物を回収して外へ出ようとしているのだ。モードレッドの隠れ家の魔法を無効にしたことが、この状態を引き起こしているのだろうか。それとも、モードレッドが社屋から連れ出されたことが関連しているのだろうか。

パニック状態の人々の波をかき分けながら、一行をわたしの更衣室へと導く。更衣室に入ると、急いでハンドバッグをつかんだ。この先ここに戻ってこられるかどうかわからないので、クレジットカードと鍵だけはもっていきたい。トリッシュとエヴリンが皆を反対側のドアへ誘導している間に、靴を履き、コートを手に取る。

コレジウムの制服を着たまま更衣室を出たので、警報が鳴ったが、もはや意味はない。すでに社屋全体がカオスと化している。わたしたちはエレベーターに乗り、駐車場に向かった。

駐車場にはリムジンが二台待機していた。そのうちの一台に走っていくと、運転手が窓を開けた。「車を降りて」わたしは言った。

「はっ？」運転手は聞き返す。次の瞬間、彼はカエルになっていた。振り返ると、フィリップがにやりとしていた。

「あとで人間に戻します」フィリップは言った。

「運転できる？」わたしはフィリップに訊く。

「その技術はまだ身につけていません」

「トリッシュは？」

「任せて。どこへ行くの？」

「フィリップ、彼女をMSIへ案内して。みんなは乗れるだけ乗って」後部座席が満杯になると、車は発進した。「残った人はわたしといっしょに来て」

もう一台の方の運転手はすでに車の外に立って両手をあげていた。「鍵はなかにさしてあります」運転手は言った。

「ありがとう！　向こうにいるあなたの同僚のことを見てあげて。それから、たぶん次の仕事を探した方がいいかもしれないわ」

車が満杯になると、わたしは運転席に乗り込んだ。助手席にはすでにエヴリンが座っている。

「わたしも行くわ」

「じゃあ、見張り役をお願い」足がペダルに届くよう座席を前に出し、エンジンをかけた。運転はできるが、ニューヨークでするのはこれがはじめてだ。幸い、故郷で乗っていたのは長い荷台のある軽トラックなので、リムジンを運転するのもそう難しくはないはず――たぶん。

駐車場を出ると、細い路地が交通量の多い大きな道路につながっていた。道路に出る前にいったん車を止め、周囲を確認する。エンパイアステートビルとクライスラービルの見える角度から判断して、わたしたちはマディソンスクエアからそう遠くないところにいるらしい。道路に出て、街を東西に走る次の通りまで行き、そこからセカンド・アベニューに出てダウンタウンへ向かった。必ずしも近道ではないが、わたしにとってはこの行き方の方が確実だ。ハイウエイに迷い込んでおりられなくなるようなことだけは避けたい。

こんなに緊張する運転ははじめてだ。わたしが走っていたのはもっぱら田舎道や小さな町の通りで、たまにオースティンへ行ってその交通量に辟易することはあったが、それだってせいぜいフリーウェイが渋滞する程度。各交差点に信号のある格子状の道を走ることなどなかったし、暴走タクシーも、自殺行為としか思えない走り方をするバイク便も、車のことなどまったく頭にないような歩行者たちもいなかった。まして、一度に一ブロック進むか進まないかという道路状況のなか、一台で一ブロックのほとんどを占めそうな車を運転するなどという経験はない。

サイドミラーに黒い車が映っているのに気づく。この街では珍しいことではない。走っている車の半分がイエローキャブか黒い送迎サービスの車だ。でも、この黒い車についてはなにかいやな予感がする。

一瞬、まいてみようかと思ったが、すぐに思い直した。こうものろのろ運転で、しかも信号で何度も止まるのでは、とてもそんな芸当はできない。それに、おそらく行き先はすでにわかっているだろう。心配なのはMSIに行くのを邪魔されることだけだ。

道路から目を離さず、わたしはエヴリンに言った。「その辺に後部座席と話せるインターフォンがないかしら」前屈みになってダッシュボードを調べるエヴリンが視界の隅に見える。

「あった」二分ほど探してエヴリンは言った。「何を言えばいいの?」

「彼らは皆、魔法使いよね? 後ろについている車からわたしたちを隠すことはできないか訊いてみて」

エヴリンはスピーカーボタンを押し、リクエストを伝える。「了解」後部座席から返事があった。「ただ、窓の外が見えると、より仕事がしやすくなるな」

エヴリンはふたたびダッシュボードを調べ、ボタンを押した。「これでどう?」

「素晴らしい。ついでに、天窓はどうだろう」

エヴリンはまたボタンを見つけて押した。道路の真ん中でストレッチリムジンの天井から時代がかった服を着た人が姿を現したら、さぞかし目立つだろう。でも、背に腹はかえられない。それに、ここはニューヨークだ。案外、だれも気づかないか、気づいたとしても眉ひとつ動かさないかもしれない。

わたしは関節が白くなるほどハンドルを握りしめ、遅い車を追い越して尾行車の前に何台か別の車を入れた。シートベルトをしていないであろう後部座席の人たちが少し気の毒になる。何人かは生まれてはじめて車に乗ったかもしれない。できればもう少しいい形で現代を初体験させてあげたかった。

サイドミラーを確認したが、さっきの車は見当たらなかった。「後ろに黒い車はいる?」エヴリンに訊く。エヴリンは自分の側のサイドミラーを見る。

「何台かいるけど、わたしたちをつけている車かどうかはわからないわ。後ろの人たちにも訊いてみる」エヴリンはふたたびインターフォンを操作すると、後部座席の魔法使いたちに同じ質問をした。

「やつらはまだいる。でも、ずっと後ろだ。それに、向こうにはこっちが見えない」後部座席から返事がきた。

「わたしたちのことを完全に見えなくしたわけじゃないでしょう?」わたしは慌てて訊く。マンハッタンの道路上で何もない巨大な空間に見えるというのはとても危険だ。車道にそんな空間があれば、あっという間に車が入り込んでくる。同じスペースにふたつの物体が同時に存在するのは物理的に不可能だ。

「黒のかわりにシルバーに見えるだけだ」

わたしはほっとして特大のため息をつくと、肩の力を抜くよう努めながら、自分より小さい車たちがわずかなスペースを見つけては入ったり出たりを繰り返す大都市の通りに、大きな外洋船のような車を走らせた。

ハウストン・ストリートを通過するころには、だいぶ運転にも慣れてきた。でも、まもなく車は、通りがシンプルな格子状から不規則に入り組んだ迷路へと変わるロウアーマンハッタンに入った。目指す方角に向かっている道を選びながら、ほとんど本能だけで進む。ついに目的の建物が見えて、玄関前にすでに到着していた一台目のリムジンの後ろに車を止めたとき、わたしは思わず歓喜の声をあげた。ここは駐車禁止の場所だけれど、車の名義はわたしではない。罰金を払うのはコレジウムだ。

急いで車から降り、後ろに回って、後部座席のドアを開ける。「さあ、みんな降りて」

元カエルたちがピエロの芸のごとく次から次へと車から出てくる傍らで、わたしは建物の小塔を見あげた。戦いが行われているような気配はない。

最後のひとりがリムジンから出るのと同時に、コレジウムの黒い車が到着した。「早くなかへ！」わたしは叫んだ。運転手がドアを開ける前に、グループの最後尾について社内に駆け込む。なかにはトリッシュとフィリップが率いる先発隊がいた。「どこへ行けばいいかわからなかったから、とりあえず待ってたわ」トリッシュが言う。

「叫び声や爆発音は聞こえない？」耳を澄ましてみたが、建物のなかはひどく静かだ。

そのとき、オーウェンがロビーの階段を駆けおりてきた。淡く光る物体をもっていて、後ろからロッドとジェイクもついてくる。「一応盾《シールド》は張ったけど、彼の新しい魔術に対しても有効かどうかはわからない」オーウェンは息を切らしてそう言いながら、ロビーを突っ切ってくる。わたしたちは慌てて道を空けた。

「移動にどのくらい時間がかかったの？」出口に向かって走るオーウェンを目で追いながら、ロッドに訊いた。「あれを動かす時間はたっぷりあったと思うけど」

「すみません、ぼくのせいです」ジェイクが顔をゆがめる。「別の場所にしまっておいたら、捜すのに手間取ってしまって」

オーウェンがドアの手前まで行ったところで、ジジジッという音がした。破裂音がふたつほど続き、数頭のハーピーが降ってきて床に激突した。ハーピーたちは倒れたまま動かない。一瞬おいて、また数頭のハーピーがガイコツ数人とともに現れ、オーウェンを取り囲んだ。さらにあらたなハーピーとガイコツのグループが到着し、最後にロジャーが虚空から現れた。

ロジャーはネクタイの位置を直すと、周囲を見回す。「なるほど。ビーコンを動かしたんだね」

マーリンがロビーの階段をおりてきた。「ここで諦めた方がよいと思いますよ」マーリンは言った。「これ以上先には進めません。そして、あなたの組織はいま崩壊の途にあります。あなたは最初から組織の長の術中にはまっていたのです」

「そうよ、わたしたちに感謝すべきだわ」わたしは言った。「彼はあなたを罠に誘い込んだの。自分で自分の首を絞めるようロープを渡されていたのよ。あなたが組織を乗っ取ることは決してなかったわ」

「乗っ取りは前にも行われている」ロジャーはまったく動じない。ひょっとしてこの人、ロボットなのだろうか。

「あの台帳は偽物だったの」わたしは言った。「ボスはこの千年くらいずっと同じ人物よ。あなたに汚い仕事をやらせて、最後はあなたをお払い箱にするつもりだったの」

「彼はいまどこにいる」

マーリンは上着のポケットからカエルを出してにっこりした。「彼にはよい家を見つけてあげる予定です」

ロジャーは笑った。不気味で邪悪な響きの笑いだ。「では、邪魔者はいなくなったということだな」

「その前に――」サムが天井からふわりと降りてきた。「まずはこのご婦人がたとガイコツ連中をここから連れ出してくれ。そしたら、会社の残骸を乗っ取るなりなんなり好きにするがいい」

「もう大して残ってないと思うわ」わたしは言った。「それから、オフィスに行くにはきっと飛行機が必要よ。社屋は崩壊しはじめてたから」

「建物などどうなろうとかまわない」ロジャーは肩をすくめる。「重要なのは組織そのものだ」

「それもなくなったと思った方がいいわ」エヴリンが言った。

ロジャーは彼女の方を向き、眉を片方あげた。「エヴリン？　なんだ、ブルータス、おまえもか、だな」

「あなたは自分が思うほど切れ者ではないということよ。あなたのすぐそばにふたりもスパイがいたのに気づかなかったんだから」エヴリンの声はどこか楽しげだ。

「でも、どうして？　ぼくはきみたちふたりを大事にしただろう？　ぼくはいい上司だったはずだ」

視界の隅に入る動きで、警備部隊がロビーに集まりつつあるのがわかった。ガーゴイルたちは頭上を旋回し、ハーピーたちを監視している。魔法使いやそのほかの魔法生物《クリーチャー》たちが廊下や通路から続々と出てくる。全員が位置につくまでもう少し時間を稼ぐ必要がある。

「あなたがどうこうっていうことじゃないの、ロジャー」わたしに注意を引きつけるため、彼に向かって歩き出す。「すべては任務のため。個人的な理由ではないわ。正直、あなたはわたしにとって過去最高の上司だった。少なくとも、わたしの友達をカエルにしはじめるまではね。あれはとても大目に見られることじゃないもの。でも、真の目的はあくまであなたのボスよ。ボスに近づくためにあなたを利用したの。おかげさまでうまくいったわ。ありがとう！」

わたしのしていることに気づいたのか、エヴリンも前に進み出た。あるいは、ひとこと言ってやりたかっただけかもしれない。「わたしもロジャーもあなたのボスに近づくためにあなたを利用したわ。でも、わたしの場合、目的は家族の敵討《かたきう》ち。コレジウムが一族にしたことに対するリベンジよ」

「きみは何年もぼくの下にいたじゃないか」

「わたしは忍耐強いの」エヴリンは肩をすくめる。「でも、あなたのおかげで目的を果たすことができた。その点についてはお礼を言うわ」

ＭＳＩの部隊がそろったところで、マーリンが前に出た。「おしゃべりはこの辺にしておきましょう。あなたは包囲されました。さあ、怪物たちを帰して、降伏するのです」

ロジャーは自分を取り囲む怒れる元カエルたちやＭＳＩの面々を見回す。それでも、普通追い詰められた者が示すような反応は見せない。彼のボディーランゲージに緊張を表すようなものはまったくなく、表情もいたって平然としている。ロジャーは鋭く冷たいまなざしのままほほえんだ。「囲まれているのはぼくだけじゃない」

ロジャーの視線の先には、ガイコツたちに包囲されたオーウェンがいた。ハーピーたちがその頭上を旋回している。オーウェンはビーコンをもっていたため、彼らの移動先になったのだ。オーウェンもまた、こういう状況にある者としては落ち着いて見える。でも、ロジャーのような感情のない落ち着きではない。わたしくらい彼を知っていれば、緊張のサインが見て取れる。肩の構えは戦いに備えた者のそれだし、視線はすばやく動いて周囲の様子をうかがっている。

ロビーはしんと静まり返った。「で、どうするつもりです、マーリン」ロジャーが言った。「ぼくに何かした瞬間、あなたのお気に入りは一斉攻撃を受けることになりますよ。彼は優秀かもしれないが、果たしてこれだけの数を一度に相手にできますかね」

オーウェンなら、〝ぼくのことは気にせず必要なことをやってくれ〟というようなことを言いそうな場面だ。実際、前にそのてのことを言ったことがある。でも、今回、彼が取った行動は、おそらくだれも予想しなかっただろう。

オーウェンはゆっくりと腰を落としていく。あまりにゆっくりで一見動いているようには見えなかった。床に手がつくくらいまでしゃがんだところで、オーウェンは小さな光るものを転がした。ビーコンだ。ビーコンはロビーの反対側まで転がっていく。

何をしているのだろうと思ったとき、近くで雷のような大きな音がした。ふいに魔力が痛いほど高まり、突然、ハーピーとガイコツたちがロビーの別の場所に移動した。ビーコンを囲んで立つ彼らをMSIの部隊が包囲する。どうやらオーウェンは魔法生物《クリーチャー》たちが彼のビーコンにロックオンするのに使用したビーコンをなんらかの方法で稼働させ、彼らを新しい場所に瞬間移動させたようだ。たしかにオーウェンは、この魔術を調べていると言っていた。

「これでどうでしょう。降伏しますか?」マーリンは訊いた。

「いいえ」ロジャーは笑みを浮かべたまま言った。「ぼくは戦う方を選びます。あなたを追い払ったら、この会社を乗っ取れるじゃありませんか」

ロジャーは両手をあげる。マーリンはものすごく高齢だが、素晴らしい反射神経でロジャーが放った魔術をかわした。

ロジャーが動いたのと同時に、彼のクリーチャーたちがまわりを取り囲むMSIの部隊に攻撃を開始し、ロビーはあっという間に魔法による乱闘状態に陥った。

トリッシュが正面玄関の近くで呆然としているのが見え、わたしは飛び交う魔術をかいくぐって彼女のところへ行った。「こ、これちょっと、やばくない?」トリッシュは言った。

「ええ、でも、魔法はわたしたちには無害だから大丈夫よ。彼らが何か卑怯なことをしないか、いやつかによるけど」

「こういう戦いっていう意味？　そうね、二、三カ月に一度くらいかしら。そのときだれが悪

「あなた、こういうことしょっちゅうやってるの？」

目を光らせていましょう」

背後から襲いかかろうとしているガイコツを見つけて注意を喚起する以外に、何か貢献できることはないだろうか。ふと、少しの間魔力をもったときの経験を思い出し、アイデアが浮かんだ。魔法使いたちは魔力を無尽蔵に備えているわけではない。彼らは空気中に潜在する魔力を自分たちが使えるものに変える能力をもっている。魔力の潜在量は場所によって異なり、豊富な地域もあれば、そうでないところもある。この建物には、社内で使われる大量の魔力をサポートするため、特別な魔力の供給システムがある。あらたな供給がなくなければ、利用できる魔力が減り、魔力をより多く蓄える能力のある人や少ないインプットでより大きな魔力をアウトプットできる人が有利になる。オーウェンとマーリンは魔法界有数のパワフルな魔法使いだ。オーウェンはその能力の大きさから、悪に転じないよう監視されているほどだ。ふたりなら、ほかの人たちよりずっと長くパワーを維持できるだろう。

やるべきは、供給システムの遮断だ。

20

「考えがあるの。いっしょに来て」トリッシュにそう言って、歩き出す。自分には影響がないとわかっていても、何かが勢いよく飛んでくると思わず首をすくめてしまう。それに、ハーピーたちの鋭いかぎ爪はそれ自体十分危険だ。戦う人々とわたしを何度か交互に見たあと、トリッシュは小走りで追いついてきた。

「考えって?」

「建物内のパワーを落として、こっちを有利にするの」

「それって、ここから出てやること?」

「そうよ」

「じゃあ、いっしょに行く」

階段までもう少しというところで――階段には外部の魔法使いや魔法生物《クリーチャー》を社内の主要部分に入れないために追加の魔法除け《ワード》がかけてあるはず――ハーピーの一頭がわたしたちに気づいた。ハーピーはかぎ爪を出して急降下してくる。「走って!」わたしはトリッシュに言った。

トリッシュはなかなかの脚力を見せてダッシュした。わたしもすぐ後ろに続いたが、ハーピーのスピードにはかなわない気がした。魔法は効かなくても、あの鋭いかぎ爪で攻撃されたらわたしは全速力で階段を目指す。

「サム！」声が届くことを願って叫ぶ。サムは急旋回してハーピーに向かってきた。わたしはとっさに床に伏せる。肩越しに一瞬振り返ったとき、サムが間に合いそうにないことがわかった。わたしはとっさに床に伏せる。ハーピーはぐんぐん迫ってくる。彼女の羽が起こす風が体に当たり、悪臭が鼻をつく。腹部を守るために丸くなり、頭を下げようとしたとき、ハーピーが突然、後退しはじめた。

顔をあげて見回すと、オーウェンがハーピーに何か放ったらしく、両腕を前に伸ばして立っている。わたしはオーウェンに向かってキスを投げると、立ちあがってふたたび走り出した。わたしが何をするつもりかわかっているのかどうか知らないが、いずれにせよ、敵が入れないバリアの向こう側に行くことについては反対しないだろう。

トリッシュは階段の途中の踊り場で待っていた。「行きましょう」彼女に追いつき、そのまま残りの階段を駆けあがる。びりっという軽い刺激があり、魔法除け《ワード》を抜けたことがわかった。立ち止まってひざに手をつき、息を整えながら震えが止まるのを待つ。

「まじで正気の沙汰じゃないわ」トリッシュが言った。

「そのうち慣れるわ」

「あの黒い髪のイケメン、あなたの彼氏か何か？」

「実は婚約してるの」

「彼みたいなのがほかにもいるなら、ここに就職してもいいわね。彼ら、人を探してない？」

「わたしたちのような人材は常に探してるわ。これが無事に終わったら人事部に話してみるわね」

ＭＳＩに来てから何度か社屋のなかを隅から隅まで回る機会があったし、日々の仕事でも社内のいろんな場所に行くけれど、制御室にはまだ一度しか行ったことがない。廊下に世界各地につながるポータルこそないけれど――少なくとも、わたしの知るかぎり――この建物もかなり複雑なつくりになっていて、迷うのは簡単だ。

バリアを通過したことで危険を脱した気になっていたが、社内にはコレジウムのスパイがいることを忘れていた。スパイたちの一部がこちらに向かってくる。仲間の援護に行くつもりのようだが、彼らはおそらく魔法除け《ワード》を突破できないはず。つまり、わたしたちで対処しなければならないということだ。

「ちょっと、シュレックがいるわ」トリッシュが顔をしかめて言った。

「あれはグレゴール。いつも鬼ってわけじゃないんだけど、いまはかなり興奮状態にあるのね」

幸い、わたしはハンドバッグをもったままだ。ニューヨークの治安を心配した母との約束で、バッグにはいつも唐辛子スプレーが入っている。こちらに向かってくる人たちから目を離さずに、バッグのなかをかき回し、唐辛子スプレーをしっかりつかんで取り出す。コレジウムのスパイたちはもうすぐそこまで来ている。彼らはほんの数人で、以前調べたときに明らかになった人数よりだいぶ少ない。どうやら、カミングアウトを厭わない人ばかりではないということらしい。こんなふうに行動を起こすのは大きなリスクを伴うはずで、強い忠誠心の表れでもある。自分たちのボスがいまカエルになっていることを知ったら、彼らはどうするだろう。それとも、この人たちはロジャーが雇った彼個人に忠実なスパイなのだろうか。

トリッシュは腰を落として防御の構えを取った。どうやら彼女は武術の心得があるらしい。わたしは迫ってくる魔法使いたちに向かって唐辛子スプレーを構える。数は多くないとはいえ、物理的に襲われれば、やはり勝ち目はない。

そのときふと、もしかしたら彼らはわたしたちと戦う気はないかもしれないと思った。下で繰り広げられている大きな戦いで同志たちを援護しようとしているだけで、わたしたちが邪魔しないかぎり、攻撃してこないかもしれない。わたしはトリッシュの腕をつかんだ。彼女は反射的にわたしを殴りそうになったが、すんでのところで手を止めた。「彼らに道を空けてみましょう」わたしは言った。

トリッシュは近づいてくるスパイたちをちらりと見ると、ふたたびわたしの方を向いて肩をすくめた。「そうね。戦わなくてすむならそれに越したことはないし」

わたしたちは壁際に移動する。わたしは唐辛子スプレーのボタンに指を置き、トリッシュは防御の構えを維持していたが、彼らはわたしたちの前をそのまま通過していった。彼らがバリアに阻まれて戦いに参加できないことに気づいたとき、あるいは、わたしたちが彼らの陣営にとって脅威になり得ることを悟ったとき、近くにいたくないので、彼らが通り過ぎるとすぐにトリッシュにささやいた。「走るわよ」わたしたちは急いで廊下の端まで行き、角を曲がる。

「いったいここはなんなの？」彼らから見えない場所まで来て立ち止まると、トリッシュが言った。「城と大学と古いオフィスビルが合体したような感じだけど」

「株式会社マジック《魔法》・スペル《呪文》&イリュージョン《めくらまし》よ。魔法界のマイクロソフトのようなものだと思ってくれればいいわ。魔法界の人々が使う魔術のほとんどを彼らがつくっているの。いろんな面でかなり伝統主義な会社だけど、社長がマーリンなんだから当然といえば当然よね」

「ちょっと待って。あのみんなを仕切っている老人ってマーリンなの？　あのマーリン？」

「そうよ。話せば長くなるわ。いまはまず、魔力を止めることが先」

「魔力って止められるの？」

「この建物には特別な魔力の供給システムがあるの。それを止めれば、ＭＳＩ側を有利にすることができると思う。魔法使いのエネルギーの処理の仕方に関係していることなんだけど、あとでオーウェンに訊くといいわ。きっと喜んで講義してくれるから。ええと、たしか、制御室はこっちだったはず」

　この廊下には見覚えがある。社内のほかのエリアと違い、城やヨーロッパの古い大学の再現というより、実用性を重視したつくりになっている。普通の会社ならサーバールームや配電盤がありそうな場所だ。実際、そうしたものもあるが、それとは別にここには魔法の会社特有の設備がある。

　ドアに〝魔力〟と書かれた部屋があった。開けようとしたがびくともしない。アクセスカードが必要なようだ。ふだんは社内のどこにでもアクセスできるカードをもっているのだが、ここを辞めるふりをしたときに置いてきてしまった。前のオフィスに行けばあるかもしれないが、いまそんな時間はない。

わたしはドアを思いきりたたいた。「開けて！　緊急事態なの！」このくらい重要な設備なら、きっと人がいるはず。とりわけ、会社が攻撃下にあるときは。

だれかがドアについている細い窓からこちらをのぞいた。「ここは封鎖中です」彼が特別に細長い顔をしているのか、ガラスのせいで変形して見えるのかはわからない。

「ええ、知ってます。ロビーで戦いが起きてるわ。だから、魔力の供給回路を遮断してほしいの」

「戦いの最中になぜ供給を止めるんです」

「敵にも十分な魔力を提供することになるからよ」

男性はくるりと方向転換し、いなくなった。彼が供給を止めるつもりなのか、それとも、頭のおかしい女が現れたと思って警備部に通報しにいったのかはわからない。

「供給が止まったかどうかは、どうやって確かめるの？」トリッシュが訊いた。

「確認の方法は特にないわ。影響が現れるまで少し時間がかかるだろうし。ロビーに戻って、魔法使いたちの様子を観察するしかないわね」

「観察するだけなら、バリアのこっち側にいてもいいわよね？」

「ええ、これはまさに〝君子危うきに近寄らず〟で行くべき状況だと思うわ」

「その方が、彼らもわたしたちの身を心配せずに戦いに専念できるし」

「そのとおり」そう言ったものの、脇でただ見ているだけなのは、正直、本意ではなかった。わたしたちはロビーへ急いだ。階段の上で立ち止まり、ロビーを見おろす。戦いは依然として激しかったが、やや分散していた。ロジャーとガイコツたちはまだ比較的包囲された状態だったが、一部のクリーチャーたちはMSIの包囲網を突破していた。ハーピーはいたるところにいて、ガーゴイルたちと空中戦を繰り広げている。ガーゴイルの部隊に混じって何人か妖精たちの姿もある。トリックスが戦士になったティンカーベルのごとく宙を舞いながら、きらきら輝く金の粉でハーピーの目をくらませている。

コレジウムのスパイたちはバリアの前に集まっていた。ひいきのチームが劣勢の試合をテレビで観ているフットボールファンのように、苛立ちながらロビーに向かって叫んでいる。二頭のガーゴイルがそばで見張っているので、どうやら彼らはすでに拘束されているらしい。よく見ると、ガーゴイルはロッキーとロロだった。ふたりはサムの部隊の精鋭とは言いがたいメンバーだが、囚人を逃がすようなことはないだろう。これでついにグレゴールともおさらばだと思うと、妙に感慨深い。

注意をロビーに戻す。皆、さすがに疲労の色が見えはじめている。エネルギーの消耗は相当に激しいはず。オーウェンはこのあときっと、二、三時間死んだように寝て、起きたら目に入ったものを片っ端から食べ、また十二時間くらいぶっ続けで寝ることになるだろう。ただ、彼らの疲労が、戦いが長引いていることによる通常のものなのか、魔力の供給が減ったことによるものなのかはわからない。そもそも、供給回路の遮断がどれほどのインパクトを与えるかもわからない。ニューヨークは魔力のパワーラインが集中する場所にある。だからこそここにはこれほど大きな魔法界のコミュニティーがあるのだ。

それでも、オーウェンとマーリンはやや優勢になりはじめたように見える。ほかの面々はほぼ互角という感じだ。ハーピーとガイコツの一部は戦いから脱落し、魔法で動けなくされているようだ。あとはロジャーさえ抑え込むことができれば、決着はつく。

オーウェンはガイコツをまたひとり倒すと、ロジャーに迫ろうとしているマーリンに駆け寄り、攻撃に加わった。ロジャーは相変わらず信じられないくらい落ち着いている。とても危機に直面している人のようには見えない。ただ、瞳に現れた怒りだけが――それはわたしたちのいる階段の上からでもわかった――彼がいま激闘のさなかにいることを物語っていた。

マーリンとオーウェンはロジャーを壁際に追い詰めた。ロジャーは援護を求めて叫んだが、彼のクリーチャーたちはＭＳＩの部隊や元カエルたちに阻まれて動けない。元カエルたちの戦いぶりには鬼気迫るものがあった。彼らが受けた屈辱と試練を思えば、当然かもしれない。

フィリップとケネスはとりわけ素晴らしいチームワークで戦っている。そこにさらにエヴリンも加わる。戦いは収束に向かいはじめているようだ。ついに勝利が見えてきたかと思ったとき、クリーチャーたちが戦いながら少しずつロジャーの方に移動しはじめた。まもなくマーリンとオーウェンはたくさんの小さなバトルに囲まれた。クリーチャーたちはそれぞれの相手と戦いながらも、ときおりマーリンたちの方に魔法を放つ。

「なんだかまたもつれはじめたわね」トリッシュが言った。

「ロジャーがやられたら報酬がもらえなくなることを思い出したのね。でも、いいことを思いついたわ」

「ひょっとして、そのアイデアには下へおりてあのなかを駆け抜けるっていうのも入ってる?」

「ええ。でも、あなたはここにいてもいいのよ」

「ご冗談。置いてきぼりはごめんだわ。さ、行きましょ」

わたしたちは階段をおりて、ロッキーとロロのところへ行った。「ロッキー!」

「よう、ケイティ! 元気だったかい?」

「ええ、おかげさまで。ところで、ちょっとお願いがあるんだけど」

「なんだい、言ってみな」

「わたしたちを見えなくすることはできる?」

「なんでまたそんなことしてえんだい」

「そうすれば、だれもわたしたちのことが見えないから」

ロッキーはうなずく。「ああ、なーるほど。そりゃそうだ。ほらよ!」

「わたしたちには魔法《イリュージョン》が効かないんじゃなかった?」トリッシュが言う。

「このてのめくらましはまわりの人たちに作用するの。相手にこちらが見せたいものを見させることができるのよ」

「やれやれ、学ぶことはまだまだたくさんありそうね」

「じゃあ、行くわよ。準備はいい?」

「どこへ行くの?」

「さっきオーウェンが床に転がした小石のようなものを覚えてる?」

「ええ」

「あれを取りにいくの」

わたしたちは魔法除け《ワード》を抜けて、階段を駆けおりた。こちらのことが見えない人たちをなんとかよけながら進んでいく。トリッシュがときの声をあげると、人々が見えない声の主を捜して動きを止めたので、少しの間、通り道を確保することができた。やがて、前方にビーコンが見えた。でも、その前に戦う人たちの大きな固まりがある。なかを突っ切るのはとても無理そうなので、戦闘のいちばん激しい部分を迂回していく。

もう少しでたどりつくというとき、だれかの足がビーコンに当たった。わたしたちは飛んでいったビーコンを追ってまた走る。ようやく追いついて拾いあげようとしたとき、またたれかが蹴った。トリッシュがすばやく回り込んで足を出し、床を滑るビーコンを止める。なんだか世界一小さなサッカーゲームをしているような気分だ。

わたしはトリッシュの足に当たったビーコンを急いで拾いあげた。「で、このあとは?」トリッシュが訊く。

「外よ」わたしたちは正面玄関のドアへ向かって走る。トリッシュがドアを押し開けると、わたしはビーコンを外に投げて叫んだ。「オーウェン!」オーウェンは振り返ったが、わたしのことは見えていない。ロッキーのところに戻ってめくらまし《イリュージョン》を解いてもらう時間はないし、ここから呼んでも声は届かないだろう。わたしはオーウェンに向かって走りながら叫んだ。「ビーコンは外よ！」

こんなふうに叫べば、当然、皆に聞こえる。クリーチャーがふたりほど、その意味するところを悟ったのか、出口に向かって走り出した。でも、オーウェンの方が早かった。彼は呪文を唱える。バリッという何かが割れるような音がして、すべてのクリーチャーが建物の外へ瞬間移動した。ビーコンが建物の外に出たので、彼らはもう魔法除け《ワード》を突破してなかに入ることはできない。魔法除け《ワード》は今日中にさらに強化されるだろう。

戦いはMSIの全部隊および元カエルたち対ロジャーひとりという構図になった。ここへきてはじめて、ロジャーの顔色が変わった。待ち受ける結末が見えるのか、怯えた表情になっている。オーウェンとマーリンは視線を交わすと、元被害者たちに舞台を譲った。大きな魔力のうねりが起こる。それが収まると、床の上には一匹の小さなカエルがいた。

マーリンはそっとカエルをすくいあげる。「オフィスにテラリウムが必要ですな」マーリンは言った。「彼とモードレッドにとってそれが最も人道的な処置かどうかはわかりませんが、おそらく最も安全であることはたしかでしょう。彼らは適切に世話をされますし、そこにいるかぎり悪事をはたらくことはできません」

「テラリウムには必ず〝カエルにキスをしないでください〟という張り紙をしてくださいね」わたしは言った。

皆がきょろきょろしているのを見て、トリッシュもわたしもまだ透明人間のままだったことを思い出した。オーウェンが片手を振る。どうやらロッキーの魔術を解いたようだ。オーウェンとわたしは互いに駆け寄って抱き合った。

「やっと終わったわ」わたしはオーウェンの耳もとで言う。

オーウェンはわたしの額にキスをして、背中をさすった。「潜入調査はこれが最後だよ。いいね」

「それはわたしの新しい上司がなんと言うかによるわ」

「新しい上司？」

「サムに警備部に来いって言われてるの。オファーを受けるつもりよ。わたしの能力がいちばん生かせる部署だと思うわ。それから、推薦したい人材もいるの」わたしは声をあげて警備部長を呼んだ。「サム！」

戦闘中に倒れた者やバリアを最初に突破して動けなくなっていたクリーチャーたちの収容を監督していたサムは、ふわりと舞いあがり、こちらに飛んできた。「どうした、お嬢」

「サム、紹介するわ。こちらはトリッシュ」わたしは言った。「トリッシュ、こちらはサム、警備部門の責任者よ。話をしてみて」

「あの、ガーゴイルなんだけど」トリッシュは不安そうに言った。

「ああ、そうさ。こちとら監視は得意中の得意よ」

「でしょうね」

「トリッシュはわたしと同じ免疫者《イミューン》なの。今回はすごく力になってもらったわ」

「ってことは、お嬢はいよいようちのチームに来るのかい？」

「ええ、そのつもりよ。こういう仕事がいちばん楽しいって気づいたの。正直、マーケティングは面白くなかったわ」

「年がら年じゅう大乱闘やおとり捜査をやってるわけじゃないぜ？」

「わかってるわ。でも、営業会議もないでしょ？」

「本当にいいのかい？」オーウェンが腰に回した腕にぎゅっと力を入れて訊いた。

「どの部署にいても結局危険な目に遭うなら、いっそそれが前提のところにいて、その道のプロたちに囲まれていた方がいいでしょ？」

「まあ、きみがハッピーならそれでいいけど」オーウェンはあくびをして頭を振った。「かなりエネルギーを消耗したみたいだな。なんだかくたくただよ」

「眠りの魔術の影響もあるかもしれないわね。ああ、そうだ、魔力の供給を再開しなきゃ」

「魔力の供給？」

「回路を遮断してもらったの。あなたとマーリンを有利にするんじゃないかと思って」

オーウェンは笑って頭を振った。「たしかにきみは警備部向きかもしれない。そんなこと、ぼくにはとても思いつかなかったよ」そう言うと、トリッシュと話しているサムの方を向く。

「サム、魔力の供給回路を再起動するよう指示してくれるかな」

「あいよ、任しときな」

「いずれにしても、十二時間ほどの睡眠ときみのお母さんのチョコレートケーキが必要な感じだな」

「ケーキは寝る前がいい？　それとも寝たあと？　レシピがあるからつくれるわよ」

「寝たあとがいいかな。でもその前に、やらなければならないことがいろいろある」

事後処理は順調に進んでいるようだ。残っていたクリーチャーたちはすべて収容され、怪我人は治療師《ヒーラー》たちが手当てをしている。ロッドとアシスタントのイザベルが、今後の対応を検討するため、元カエルたちから聞き取りをしている。ロジャーの世界征服作戦のなかで最近カエルにされた人たちは比較的簡単にもとの生活に戻れるが、長い間カエルでいた人たちにはサポートが必要だ。

会計チームは早くも、コレジウムの記録や保有企業を調べて、資産を正当な所有者に返還するための体制づくりを始めている。ポータルのほとんどが崩壊したいま、コレジウムの各オフィスが実際に存在した場所の特定は、エヴリンの証言が頼りになっているようだ。

警備チームはスパイたちを拘束し、実際にどんなことをしたかによって、即時解雇組と訴追検討組に振り分けている。評議会《カウンシル》の法執行者たちが到着し、わたしもロジャーの活動について事情聴取を受けた。一度同行した評議会《カウンシル》のスタッフとのミーティングについても報告した。コレジウムはあらゆる方面に触手を伸ばしていたので、今回発覚したことは、魔法界全体に対して予想をはるかに超える影響を与えることになりそうだ。

コレジウムとつながってはいたものの、具体的な背信行為を働いていない社員については、対応を検討中だ。この先、たくさんの面接と話し合いが行われることになりそうだが、コレジウムが存在しなくなったいま、彼らに何ができるだろう。

とはいえ、コレジウムは巨大な組織だった。残骸からふたたび何か生まれる可能性は否定できない。あの組織には野心的な人々が大勢いた。そのうちのだれかがまたあらたなアイデアを思いついたとしても意外ではない。

でも、いまそれを心配しても始まらない。事情聴取が終わると、わたしは周囲を見回し、社屋の魔法除け《ワード》を強化している人たちのなかにオーウェンの姿を見つけた。魔力の供給が再開されたいま、オーウェンはさっきよりずいぶん元気そうに見えるが、やはり何か差し入れが必要だ。

まもなく元オフィスになる予定の自分のオフィスへ行くと、パーディタが仕事に没頭していた。信じられないことに、ついさっきまでロビーで繰り広げられていた戦いにはまったく気づいていなかったようだ。「ケイティ！　どうしたんですか？　会社、辞めたんじゃなかったんですか？」

「ううん、実は任務の一部だったの」

「えっ、そうなんですか。じゃあ、ここに戻るんですね？」なんだか落胆しているように見える。

「いいえ、別の部署に移るわ」

「じゃあ、このまま続けられるかもしれませんね！」

「何を？」

「次の人が決まるまでの暫定措置ということで、あたしがあなたの仕事を引き継いだんです。でも、なかなか人選が進まなくて。だから、あたしにやらせてくれたらいいのになって、実はひそかに期待してたんです」

「わたしが推薦しておくわ」わたしの推薦がどれだけの効力をもつかはわからない。なにしろわたしは、ほとんどの人にとって、会社を辞めて敵のもとへ走った裏切り者だ。さっきの戦いでの働きが、皆の見方を変える一助となってくれればいいのだけれど。考えてみたら、パーディタに話すのは、社内全体に知ってもらう効率的な方法かもしれない。彼女に任せれば、マーリンがコレジウムの解体におけるわたしの役割について社内メモを出すのを待たずに周知されるような気がする。

「だけど、いったい何をしていたんですか？」パーディタは訊いた。

「コレジウムという組織を知ってる？」

「え、それって実在するんですか？」

「実在したわ。もうなくなったけど」

パーディタのつりあがった眉がさらにあがる。「ひょっとしてあなたが潰したとか？」

「すべてをわたしの功績にするわけにはいかないけど、でもスパイとして組織に潜入したのはわたしよ」

「ほんと？　すごーい！　さぞかし毎日エキサイティングだったでしょう？」

「それがそうでもないの。どちらかというと退屈な時間の方が多かったわ。でも、今日に関しては、かなりエキサイティングだったわね。ところで、ここに来たのはあなたにお願いしたいことがあったからなの」

「なんでも言ってください」

「いまもいろんなフレーバーのコーヒーをつくってる？」

「ええ、何がいいですか？」

「ホイップクリームを増量したモカをふたつ」

次の瞬間、わたしは両手にそれをもっていた。「実は、コーヒーの魔術、売り出そうかと思ってて。いろいろ改良を重ねて、ほぼ完璧な形に仕上がってるんです」

「あなたならマーケティングの方もばっちりね。これ、どうもありがとう」

わたしがまだオフィスを出ないうちに、パーディタはさっそく受話器を手に、わたしがMSIを辞めた本当の理由についてのスクープを拡散しはじめていた。

ロビーに戻ると、オーウェンは相変わらず仕事に励んでいた。彼のところへ行き、カップを渡して言う。「チョコレートケーキじゃないけど、砂糖とカフェインは入ってるわ。ちょっと休憩したら？」

階段のいちばん下の段に並んで座る。オーウェンはカフェモカをひと口飲むと、しばし目を閉じ、大きく息を吐いた。「ああ、生き返る。ありがとう」

「久しぶりにあなたの世話を焼くことができてうれしいわ」

「そういえば、眠りの魔術にかかっている間に何があったのかまだ聞いてなかったな。ぼくはどうやってロジャーのオフィスに行ったの?」

「知らない方がいいと思うけど」

オーウェンは怪訝《けげん》そうな顔をする。「ぼくはカエルになっていたんだね?」

「その間ずっと意識がなかったわけだから、果たしてカエルになっていたといえるかどうか……」

「でも、カエルにはされていた。頼むから、魔法を解いたのはきみだと言って」

「もちろんわたしよ。でも、白状すると、今日はたくさんのカエルの魔法を解いたの。でも、ほか人たちへのキスにはなんの意味もないわ。気持ちを込めたのはあなたへのキスだけ。それに、どのキスもこのカエルがあなたでありますようにって祈りながらしたわ」

オーウェンは笑った。「そのことできみを責めたりはしないよ」そう言うと、ロビーのなかを見回す。「あそこに祭壇を置いたらどうかな。階段がふたてに分かれる踊り場のところ。ぼくらはその前の階段に立つんだ。そして、ロビーにゲストのための椅子を並べる」

彼が結婚式の話をしていることにすぐには気づかなかった。忘れていたわけではない。ただ、このところ考える余裕がなかった。「ここで結婚式をするってこと?」

「どう思う? ここは教会っぽいし、いまからでも間違いなく予約できる。ここで魔法界のしきたりにのっとった正式な式をあげて、そのあと小さな式と披露宴をテキサスできみの家族とやるのはどうだろう。この方法なら、住所のあるこの街で必要な手続きはすべて済ませられるし、きみの家族にもセレモニーに参加してもらえる」

わたしはオーウェンに寄りかかる。「ん〜、いいわね。それから?」

「それから、ぼくは最初カエルとして式に出る。そうすれば、誓いのキスがよりドラマチックなものになるよ」

わたしはオーウェンの脇腹を軽くひじ打ちする。オーウェンはわたしの肩に腕を回して、自分の方に引き寄せた。「わかった、それはなしにしよう」

「カエルにならなくてもキスは十分思い出深いものになると思うわ」わたしはオーウェンのモカを床に置かせた。キスの予行練習をするために。

解　説

池澤春菜

冒頭の「続きを待ち続けてくれるファンに捧ぐ」と言う献辞に、涙ながらにスタンディングオベーションした人。

は～い。

ゲラを数ページ読み進めたところで、矢も盾もたまらなくなり、既刊七冊をまたしても涙ながらに読み返した人。

は～い。

記念すべき第一巻『ニューヨークの魔法使い』を読んだその日から、このシリーズの大ファン。日本一、とまでは言えなくても、少なくとも日本のＴＯＰ100に入る自負はあります。今までどれだけの翻訳シリーズが途中で儚《はかな》く消えていったかを思い知る身としては、こうしてコンスタントに続編が出るなんて夢のように幸せなのです。

……大丈夫ですよね、めくらまし《イリュージョン》じゃないよね、これ？

さすがにわたしのように既刊全てを読み返すのはちょっと大変だと思うので、ここで各巻をさらっとおさらい。長いシリーズになると、最新刊までの内容を、忘れちゃったりしますものね（わたしも読み返したきっかけは「ラムジー、誰だっけ？」でした）。

『ニューヨークの魔法使い』でテキサスから出てきたケイティを悩ませていたのは、最低最悪な上司ミミ。そしてニューヨークに来てからしょっちゅう目にする、おかしな光景。羽根の生えた人に、いたりいなかったりするガーゴイル、魔法としか思えないもの……さすがニューヨークと無理矢理自分を納得させていたケイティだったけど、（株）魔法製作所ことMSIにヘッドハンティングされ、自分が免疫者《イミューン》であることを初めて知る。全く魔力を持たないがゆえに、魔法が使えない代わりに魔法にかからない、めくらまし《イリュージョン》にも騙されない。同僚は妖精にノームにエルフ、あの伝説のマーリンに、とびきりイケメンの魔法使いオーウェン。貴重な検証人としての仕事をスタートさせたケイティは、さっそく魔法的知的所有権戦争に巻き込まれる。ここで登場するのが、レギュラーメンバーにして憎めない悪者フェラン・イドリス。

続く『赤い靴の誘惑』では、社内スパイ事件、テキサスからの両親来襲に、ようやくやってきたロマンスと、いきなりお手玉は三つに。しかも、ケイティのママ、どうもガーゴイルや妖精が見えるらしい……ということはまさかママも免疫者《イミューン》?!　注目キャラは、一巻で出会った、同じく免疫者《イミューン》で（株）MSIの顧問弁護士イーサン。眼鏡で細身でスーツの似合う知的イケメン、さてさてケイティとの仲やいかに。

『おせっかいなゴッドマザー』で、恋に仕事に大忙しのケイティのヘルプに押しかけたのは、なんとフェアリーゴッドマザー!!　ゴッドマザーとは、日本ではあまり知られていない概念だけど、名付け親や第二の母親のようなもの。血の繋がりはないけれど、縁があって、いざという時に助けてくれる後見人的な存在です。ケイティの担当のエセリンダは、シンデレラとプリンスの仲も取り持った凄腕《すごうで》らしいんだけど……やることなすこと、全てが的外れ。これじゃ上手くいく恋も駄目になっちゃう、しかも宿敵イドリスが大きな資金源を手に入れて現代的な広告戦略に打って出てきた。旧態依然の魔法界、これに対抗できるのは実家の飼料店を切り盛りした経験のあるケイティだけ!! いやしかしエセリンダの強烈なこと。地獄への道は善意で舗装されている、というけれどエセリンダだったらさらにそこに「足つぼにいいのよ」と地雷を埋めかねません。

そして『コブの怪しい魔法使い』。ようやくオーウェンとの仲が進展したけれど、彼のために自ら身を引く決意をしたケイティ。舞台はニューヨークからケイティの実家、テキサスのコブという田舎町に移ります。何も魔法的なことのない、のんびりとした平和な町だったはずなのに、なんだかおかしい……魔法の匂いがする!! どうもケイティは魔法からは逃れられない運命みたい。次々に明らかになる家族の意外な一面、追ってきたオーウェンとのぎくしゃくしたやり取りにもやきもき。ケイティがなぜあんなにパワフルでてきぱきしているのか、その理由が彼女の生い立ちにあることがわかる一冊です。

『スーパーヒーローの秘密』で、ニューヨークに戻ってきたケイティ。でもニューヨークではそこかしこで悪い魔法が使われています。しかも、魔法使いだけがかかる猛烈にたちの悪いインフルエンザが大流行。そんな中、明らかになったオーウェンの出生の秘密とは……前社長ラムジーのいけすかなさったら!! 第一シーズン最終巻に相応しい、まるで映画のような迫力のアクションシーン。オーウェンの養父母、ジェイムズとグロリアの深い愛情にホロリ。ケイティの友人ニタのキャラクターにニヤリ。

第二シーズン開幕の『魔法無用のマジカルミッション』、冒頭からケイティはちょっと退屈気味。あれだけの大立ち回りを繰り広げた身には、平和はやや生ぬるい。ところが、持つものに強大なパワーと権力への渇望を与える〈月の目〉が何故かティファニーに出現?! さらにそれが永遠の寿命を与えるエルフのブローチとくっついちゃったから、大変なことに。ケイティの言葉を借りれば「権力欲の強いエルフロードが陰謀のためにひそかにつくらせたブローチを、いま、とんでもない女暴君が手にしちゃった」のです。女暴君、つまりケイティのあの元上司、さらにはケイティのおばあちゃん、エルフにノームに〝魔法界の清教徒《ピューリタン》〟まで加わって、シリーズ屈指の大騒動。最後は何とケイティに……!!

『魔法使いにキスを』もスケールの大きさでは負けていない。免疫者《イミューン》のはずなのに、魔法の力を得てしまったケイティ。オーウェンの指導の下、楽しく魔法の練習に励んでいたが、周囲では次々とエルフが失踪していく。その謎を追う二人は気がつくと全く別の世界に……まさかの物語in物語、しかも出会いのシーンからもう一度、という最高に粋な計らい。残念ながらエルフロードの陰謀だったけれど、このラブコメディ映画のパロディのような世界は、抱腹絶倒。最後はとうとうオーウェンが……。

そしてそして今作、『カエルの魔法をとく方法』。ようやく婚約までこぎ着けたケイティとオーウェン（ここまで実に七巻!!）。そこへ、MSIのライバル会社コレジウムが暗躍しているとの報がもたらされる。ケイティは潜入捜査官《アンダーカバー》として、敵陣に潜り込むことに。ケイティをアシスタントとして採用したロジャーは一見優しい理想の上司。でもこれが今までで一番恐ろしい性格破綻者。顔色一つ変えずに相手をカエルに変えちゃうロジャーのもとで、果たしてケイティは無事陰謀を阻止できるのか。今回もまた見せ場たっぷり、魔法たっぷり、そしてケイティ大活躍。凄い魔法使いたちがどれだけ揃っていても、免疫者《イミューン》のケイティだからこそできることがある。どんどん強くかっこよくなっていくケイティに惚れ惚れ。

　このシリーズの魅力1：何といってもケイティが素敵。普通の女の子、でもだからこそおかしいことにはちゃんとおかしいと言える。勇気があって、ちょっと向こう見ずで、まっすぐで、頭が良い。身近にいたら絶対仲良くなれそうな、そんな女の子。しかもシリーズを追うごとに、どんどん強くなっていく。今作では堂々たるアンダーカバーっぷり。もはやスーパーヒーローはオーウェンの代名詞ではなくて、ケイティのことかも？

　このシリーズの魅力2：何といってもオーウェンがかっこいい。めちゃくちゃイケメンで、凄い魔法使いなのに、シャイで礼儀正しくて奥手で猛烈な照れ屋さん。ちょっと硬すぎるかな、と思わなくもないけれど、そんなところもケイティとぴったり。でも、ようやく結婚式の話題が出始めたとは言え、この二人のことだから、大団円までにはまだ時間がかかりそう。

　このシリーズの魅力3：何といっても脇役が魅力的。オーウェンの親友、めくらまし《イリュージョン》の達人ロッドに、ケイティのルームメイトのニタとジェンマとマルシア。好々爺《こうこうや》に見えて実は伝説の魔法使いマーリン。頼もしいガーゴイルのサム。ケイティの家族と、オーウェンの家族。イドリスやキムやラムジーやアリといった困った人たちだって、やっぱり嫌いにはなれない（でもロジャーだけは苦手かも）。

　このシリーズの魅力4：何といっても魔法とビジネスのバランスが面白い。株式会社化はしていても、昔ながらのやり方でのんびり魔法を売っていたＭＳＩ。ところがイドリスの出現で否応なく現代のやり方を取り入れることに。広告？　マーケティング？　カスタマーカンファレンス？　頼みの綱は、ケイティのみ（と、もしかしたら各種ビジネス書を愛読し一番現代のビジネスにアップトゥデイトできている、マーリン社長かも？）。

　高校在学中から声優の仕事を始め、恥ずかしながら社会経験の一切ないわたしにとっては、オフィスワークが既にファンタジー。部長課長は魔法使いの階級だし、秘密保持契約書とか、「ＦＹＩとして言っておくけれど、アウトソーシングに関するアグリーメントはとれているので、先方とのアポイントメント、アジェンダしておいて。リマインドとエビデンス忘れずに」なんて、魔法の呪文としか思えない。オフィスラブなんて、そりゃもう……じゅるり。

　魔法的な側面も、実務的な側面も、どちらも同じくらい面白い。チックリット（等身大の女子が頑張る日常物語）に魔法というスパイスを加えると、こんなに新しくなるなんて。シャンナ・スウェンドソンのさじ加減のうまさったら。

本国のみならず、日本でこれだけのファンを持つに至った理由は、そこらへんにあるんじゃないか、と思うのです（だって、第五巻が本国アメリカに先立って出ちゃうんですよ？　日本のファンのラブコール凄い‼）。そりゃ、『プラダを着た悪魔』も『ブリジット・ジョーンズの日記』も面白い。でも魔法の存在によって、主人公たちがより生き生きと、親しみを持って感じられる。わたくしごとですが、数年前にニューヨークを訪れた時は、セントラルパークを歩いては「あああああ、この池にもしかしたらフィリップがいたのかも」と興奮し、ビルを見上げては「あのガーゴイル、今動かなかった？」とトキメき、道行く人たちの背中に妖精の羽根をこっそり探して歩いておりました。ワシントンDCの学校に通っていた時は、コミュニケーションに疲れたり、弱気になる度に「でもケイティやオーウェンとならお友達になれるでしょ？だったら、相手が英語を話してたって、多少文化が違ったって、ちゃんと通じ合うはずだ」と自分を奮い立たせていました。

そんな風に、現実にまでかかる魔法を、この作品は持っていると思うのです。もしかしたら、魔法使いはシャンナ自身かも。

作者のシャンナ・スウェンドソンの経歴を少し。

テキサス大学オースティン校で、マスコミ学を専攻。作家になるために様々な経験を積んだそうです。卒業後は広報として働きながら小説を書き、それがみごとコンテストのSF／ファンタジー部門に入賞。ね、これまるでケイティじゃありません？

二〇〇五年に〈(株) 魔法製作所〉シリーズの刊行が始まり、現在八巻。今年の二月のブログに、「(株) 魔法製作所の新作を書いています」とあったので、続きも期待できそう。他にも未訳で、ケイティとオーウェンが出会う前のお話や、ガーゴイルのサムが主人公の短編もあるんです。こちらもいつか翻訳されることを心待ちにしています。

未訳と言えば、現在三巻まで刊行されているRebel Mechanicsシリーズは、なんとスチームパンクファンタジー!! 十九世紀が舞台の、魔法と蒸気機関、革命と秘密のお話。二巻目のキャッチの"Tea, Love . . . and Revolution!"（お茶と恋、そして革命！）の素敵なこと。こちらもいつの日か日本語で読めますように。

早く読みたい、もっと読みたい、と言う方には新しいシリーズの〈フェアリーテイル〉三部作を。主人公は優雅で強くて美しいバレリーナ。舞台はニューヨークと妖精界、謎と恋と魔法がぎゅっと詰まった、これまた最高にトキメくお話です。わたしはブルドッグのボーレガードがお気に入り。未読の方はぜひ。

〈(株) 魔法製作所〉は、作品と作者とファンが結びついた理想的なシリーズ。待たされたことを忘れるくらい、毎回期待を裏切らない面白さ。つい一気読みしてしまって物足りなくなったら、わたしのようにまた一巻目から読み返してみる、という手もあります。

果たして、次巻はどうなるのか。コレジウムの残党やロジャーはまだ暗躍しそうな気もするし、エルフロードも黙っていなそう。ケイティとオーウェンの前途はこれからも山あり谷ありの気配です。でも、この二人ならどんな困難も乗り越えていってくれる気がしません？　わたしとしては、二人のベイビーがどんな力をもって生まれてくるのか興味津々です。オーウェンやマーリンをも凌《しの》ぐ魔法のパワーを持つか、ケイティの現実的なものの見方と圧倒的な芯の強さを持つか。もしかして魔法使いと免疫者《イミューン》の双子とか。どちらにせよ、賑やかで楽しい家族になりそう。

まだまだこのシリーズが続きますように。遠い（でもお節介な）親戚のように、二人をずっと見守り続けられますように。

そして、あなたの日常をシャンナがかける素敵な魔法のヴェールが覆いますように。

あれ、あの狛犬《こまいぬ》、今ウインクしませんでした？　ね、あちらのイケメン、さっきから真っ赤になりながらずっとあなたを見ている気がするんですけど……もしかして?!

訳者紹介 キャロル大学（米国）卒業。主な訳書に、スウェンドソン〈㈱魔法製作所シリーズ〉〈フェアリーテイル・シリーズ〉、スタフォード『すべてがちょうどよいところ』、マイケルズ『猫へ…』、ル・ゲレ『匂いの魔力』などがある。

検印
廃止

㈱魔法製作所
カエルの魔法をとく方法

2018年11月16日 初版

著 者 シャンナ・スウェンドソン
訳 者 今《いま》 泉《いずみ》 敦《あつ》 子《こ》

発行所 ㈱ 東京創元社
代表者 長谷川晋一

162-0814/東京都新宿区新小川町1-5
電 話 03・3268・8231-営業部
03・3268・8204-編集部
URL http://www.tsogen.co.jp
工友会印刷・本間製本

ISBN978-4-488-50312-3 C0197

第2回創元ファンタジイ新人賞優秀賞受賞作

ARROW◆Aoi Shirasagi

ぬばたまおろち、しらたまおろち

白鷺あおい

創元推理文庫

◆

両親を失い、ひとり伯父の家に引き取られた綾乃には秘密の親友がいた。幼いころ洞穴で見つけた小さな白蛇アロウ。アロウはみるみる成長し、今では立派な大蛇《おろち》だ。

十四歳の夏、綾乃は村祭の舞い手に選ばれた。だが、祭の当日、サーカスから逃げ出したアナコンダが現れ、村は大混乱に。そんななか綾乃は謎の男に襲われるが、そこに疾風のように箒《ほうき》で現れ、間一髪彼女を救ったのは、村に滞在していた美人の民俗学者、大原先生だった。

綾乃はそのまま先生の母校ディアーヌ学院に連れていかれ、そこで学ぶことに。だが、そこは妖怪たちが魔女と一緒に魔法を学ぶ奇妙な学校だった。


第2回創元ファンタジイ新人賞優秀賞受賞作。

ドイツで100万部突破。大人気の時間旅行《タイムトラベル》ファンタジー

Kerstin Gier

ケルスティン・ギア　遠山明子 訳

＊

〈時間旅行者《タイムトラベラー》の系譜〉三部作

紅玉《ルビー》は終わりにして始まり

青玉《サファイア》は光り輝く

比類なき翠玉《エメラルド》 上下

女子高生がタイムトラベル!?
相棒はめちゃくちゃハンサムだけど、自信過剰でイヤなやつ。
〈監視団〉創設者の伯爵の陰謀とは?　クロノグラフの秘密とは?
謎と冒険とロマンスに満ちた時間旅行へようこそ!